古典詩歌研究彙刊

第二輯

龔鵬程　主編

第 14 冊

金元全真道士詞研究（上）

陳宏銘　著

國家圖書館出版品預行編目資料

金元全真道士詞研究（上）／陳宏銘 著 -- 初版 -- 台北縣永
和市：花木蘭文化出版社，2007〔民 96〕

序 20+ 目 6+192 面：17×24 公分
（古典詩歌研究彙刊 第二輯：第 14 冊）
ISBN-13：978-986-6831-24-9（全套：精裝）
ISBN-13：978-986-6831-38-6（精裝）
1. 詞論　2. 道教文學　3. 金代文學　4. 元代
820.93056　　　　　　　　　　　　　　　96016215

ISBN - 978-986-6831-38-6

9 789866 831386

古典詩歌研究彙刊
第二輯　第十四冊　　　　ISBN：978-986-6831-38-6

金元全真道士詞研究（上）

作　　者　陳宏銘
主　　編　龔鵬程
出　　版　花木蘭文化出版社
發 行 所　花木蘭文化出版社
發 行 人　高小娟
聯絡地址　台北縣永和市中正路五九五號七樓之三
　　　　　電話：02-2923-1455／傳眞：02-2923-1452
電子信箱　sut81518@ms59.hinet.net
初　　版　2007 年 9 月
定　　價　第二輯 20 冊（精裝）新台幣 28,000 元

金元全真道士詞研究（上）

陳宏銘 著

作者簡介

陳宏銘，台中縣梧棲鎮人，1958 年 1 月生。現任高雄師範大學國文系副教授，財團法人古典詩文教基金會董事。著有：《張孝祥詞研究》、《金元全真道士詞研究》、《將軍的手扙》（短篇小說集）、其他單篇小說、散文、詩、論文……等百餘篇，曾獲耕莘文學獎小說組首獎、高雄師大中國文學獎小說、散文、現代詩等三十餘次獎項、國際性彩虹青年文藝獎散文佳作、全國大專青年詩人獎、行政院國科會乙種學術著作獎、國科會甲種學術著作獎。

提　　要

　　本論文研究對象為金元時期全真教道士的詞作，現存金元道士詞、作者可確認為全真道士者有 27 人，作品有 2723 首。

　　本論文研究動機，主要想了解金元全真道士詞在詞曲發展過程中，有無具體影響；並希望透過深入的分析，較清楚而全面地呈現金元全真道士詞作的特色與價值。

　　本論文共分七章。第一章說明研究動機、範圍、方法、內容大綱。第二章綜覈各專家學者之研究成果，對全真教興起的時代背景作一敘述，然後，就全真教在金元時期的開創與發展及全真的主要教義與儀規，作一概略介紹，藉以了解金元全真道士詞的寫作背景，以便正確掌握其內涵及風格形成的原因。第三章介紹王重陽的著作、探析王重陽詞作的內容及形式上的特色。第四章從生平事略、詞作內容分析、詞作形式分析三方面，分別介紹並剖析馬鈺、譚處端、劉處玄、丘處機、王處一、郝大通、孫不二等人的生平及其詞作。第五章分別分析王丹桂、長筌子、尹志平、姬翼、李道純、高道寬、宋德方、王志謹、苗善時、馮尊師、三于真人、劉鐵冠、牛真人、楊真人、范真人、紙舟先生、雲陽子、牧常晃、王玠等人詞作。第六章論述金元全真道士詞在內容與形式方面的特色，並指出其價值，主要有四：一、可作為考查全真教的輔助資料。二、可據以修補《詞律》與《詞譜》。三、可藉以研究宋詞與元曲的關係。四、提供了雜劇與小說的寫作材料。第七章綜合敘述本論文的研究心得及意猶未盡之處，一則自我檢視，一則作為未來研究的方針。

目

次

王　序

王忠林

　　陳宏銘博士，讀大學時即對文學興趣盎然，並常寫作，有文集刊行。進入研究所後，專研詞學，從余撰寫碩士論文，撰成《張孝祥詞研究》，鑑賞評析，甚為深入，而又能有其見地。進入博士班後，仍以詞學為研究主要方向，其詞學基礎既已穩固，對詞之發展流變、詞之體制、格律，以及表達技巧，均能了然。進而選擇論文題目，即思尋求前人較少涉入之範圍。蓋詞之初起，多出於伶工歌伎以及民間俗曲小調，其內容多為閨情怨思；及至蘇辛，詞情漸為擴大，家國社會無所不寫；後至金元之際，全真派道士各擅詞作，竟以詞作為宣揚教義啓迪人心之用，其對詞情之擴大，更進一程。而此境地，研究詞學之士，較少涉入。宏銘與余商議，欲於此中尋求論文題目，余亦以為頗有研究空間，於是決定題目為《金元全真道士詞研究》。宏銘搜尋資料，由古至今，遍及內外，除詞學著作外，更包括道藏經典以及道教史料論著，研讀分析，頗費時日，論評立說，更需功力，用四年之功，終於完成此作。

　　本書經由深入分析，將全真道士詞之內容與形式上之特色，作具體而詳明之勾勒，至於全真道士詞之成就與價值，亦歸結舉出。文中不但作者能抒其己見，更能救正前人之誤失。尤其能根據各家作品，歸納比對，修訂增補詞律及詞譜，對詞學有其一定之貢獻。全真道士

詞，於詞中雖屬別派，但深具特色，對此派作品作全面深入之研究，亦可補詞史以及文學史之缺漏。書中又以宋詞、元曲與道士詞作比較，由曲調、造語、用韻、俳體、襯字以及內容與表現手法等，指出其同異，探求其淵源與影響。同時又以道士詞與雜劇中之道士劇、小說中之仙道故事作比較，考查其題材之關聯，以及思想觀念之因襲變遷，均有其特色與創見。

綜觀此書，對詞學發展史、詞之體制、詞律、詞調等，均能提供一些貢獻。另外，對道教之歷史、道教教義、全真教派之興衰承傳，以及其修練方式等，亦可作為研究取資。宏銘既勤力用功，著成此書，當不致空無所獲，希有識之士，加以鑑衡。此書即將出版問世，贅言數語，以為之序。

王忠林寫於高雄寓所

應 序

應裕康

　　陳君宏銘，將其博士論文《金元全眞道士詞研究》，整理修訂，印行問世。在出版前夕，希望我在卷首寫幾句話。宏銘是同學友王忠林兄的及門弟子，他的碩士論文、博士論文，都是忠林兄所指導的，因此由忠林兄來寫序，是最名正言順的。但是宏銘也非要我寫幾句不可。假如爲了應付，我草草寫個幾百個字，大概也可以勉強報命了，但我卻寫了篇一萬多字的長序。主要的原因，是基於下列三點：

　　第一，現在的學術風氣，與以前有點不同，一些專家學者，年輕氣盛，將其學位論文，出版發表的，常不提這是他的學位論文，當然也不必提指導教授是誰？更不必說是請指導教授，寫幾句勉勵或批評的話了。宏銘則不然，因此我雖年老體弱，還願意跟宏銘絮絮叨叨，對談一番，可說是他一番尊師重道的古義，感動了我。

　　第二，宏銘在大學畢業後，曾在中學任教，後來又回系裡當助教，偏愛文學，當時系中的一切學生文藝活動，差不多都由宏銘企劃、實施。考研究所碩士班時，考了兩次才考取。第一次沒有錄取的原因，是「小學」這門課程的成績太差。語言文字之學，與宏銘研究的興趣不合，加上系中助教的事務太繁雜，也沒有充分準備的時間，考不好也是極自然的事。當時我擔任所務行政，對於一個好學生，不能錄取入學，還有些不能釋懷。但宏銘在落第之後，卻非常坦然，並且自己

檢討，「小學」既是治學的基礎，若學不好，勉強入學，也沒有意義。果然，經過了一年的苦學，準備，第二年就名列前茅，順利地考取了研究所。

很多在大學中成績很優異的學生，考研究所時偶受挫折，便往往不能振作，或自怨自艾，認為自己終究不是讀書的材料，再也不敢踏入考場；或者怨天尤人，責怪老師題目出得不好，分數打得不公，甚至覺得生不逢時，仿效一些遁世的古人，自我放逐，沒有再奮鬥的勇氣。宏銘這種勇於檢討自己，而又肯自立自強的勇氣，也令我對他刮目相看。

第三，我是宏銘博士論文口試的口試委員，在口試前，我詳細讀過他的論文。在口試時，也就好幾個有關的問題跟宏銘討論過。這些問題中，有些是宏銘談到的，而我卻有一點點另外的看法，有些是宏銘的論文所不能包含，而我卻覺得大有研究價值的。這次利用替他寫序的機會，一股腦兒都提了出來。加上這次寫序，我又細細地讀了一次他的論文，讀了也有些心得，也一起發表在序中。教學相長，即使是學生的論文，讀了照樣有長進我們做老師的學問的地方。

總之，這些村老野叟之言，不見得能登大雅之堂，就希望宏銘能包容見諒了。

※　　　※　　　※　　　※　　　※

道教是我國本土性的一個宗教，所以自成立以後，發展得非常迅速。尤其唐代，宗室李姓，正好又跟道教崇奉的教祖老子李耳，攀上了關係，因此道教的興盛，足可與佛教相抗衡。

唐代經太宗的貞觀之治，一直到盛唐，國力強盛，民生富庶。整個社會，在享受富強之餘，不免熱切希望長生不死，以圖永享幸福歡樂。在此背景下，道教的發展，為迎合時代的需求，便趨向齋醮、符咒、煉丹、服藥等方向，其目的只有一個，便是為人們消災祈福，長生不老，最好能夠立地成仙，永享逍遙幸福。此種虛妄迷信的發展，

至北宋末年而未止。尤其徽宗崇道，神化自己，迷信道法可以抵抗金兵，結果國亡被俘，爲天下笑。而此種慘痛的經歷，自然也引起知識分子與廣大的老百姓的反省，因而激發了傳統道教的改革的需求。

南宋時，道教除了傳統的正一道以外，另有三個教派，相繼成立：

太一教，由道士蕭抱珍創立，時在 1138 年（金熙宗天眷元年或南宋高宗紹興八年）。

眞大道教，由道士劉德仁創立，時在 1142 年（金熙宗皇統二年或南宋高宗紹興十二年）。

全眞教，由儒士王重陽創立，時在 1167 年（金世宗大定七年或南宋孝宗乾道三年）。

這三個教派有幾個相同點：

一、這三個教派，都創立於北方，也就是當時金人所統治的區域。至於時間，都在西元一一二七年汴京淪陷，徽、欽二帝被俘之後。華北地區的人民，在金人的鐵蹄之下，過著水深火熱的生活。這三個教派的創始人都是漢人。漢人在亡國的苦難之下，或則組織義軍，奮起抗金；或則遁入空門，藉宗教之力，解脫心中的鬱悶，尋求心靈之解脫，就變成極爲自然的事。

二、這三個教派都主張三教合一，特別重視儒家的思想，把儒家的書籍視爲經典。本來宗教的思想大多是出世的，與儒家的入世思想似乎不合。此三教派既主張三教合一，可見他們的眞正精神是入世的，他們的目的，在於兼善天下，只是在窮困之時，佯狂遁世，獨善其身而已。選擇宗教，可以說是當時一張很好的護身符。

三、這三個教派的道士，都以清修爲主，一如佛教的僧侶，一律出家，與當時傳統的道教，不用出家，父子相傳，有根本上的不同。因爲一旦在宗教上造成父子相傳，就不免有私心的存在。當時傳統道教的墮落，與此有密切的關系。所以虞集曾說：

昔者汴宋之將亡，而道士家之說，詭幻益甚。乃有豪傑之士，佯狂玩世。志之所存，則求返其眞而已，謂之全眞。（《道園

學古錄‧非非子幽室志》)

不過這三派也有一個基本的不同，即是太一、眞大道這兩派的始創者，本身都是道士，出身於當時的平民階級。而全眞道的創教始祖王重陽，卻是出身當時的富庶人家，自幼飽讀詩書，並繫籍於金代的京兆府學，曾應僞齊劉豫的文科考試，所以王重陽是當時一個標準的知識分子，也就是儒士。所以個人認爲太一、眞大道的三教合一，乃是以道親儒；而全眞道的主張三教合一，乃是以儒入道。因此我對全眞教的看法，也可認爲是儒家的宗教化。

　　　※　　　　　※　　　　　※　　　　　※　　　　　※

　　大陸學者研究全眞道，大約興起於九十年代。因爲馬克斯主義是無神論者，在意識形態的包袱下，對於道教，自然只認爲是一種消極的迷信信仰，沒有好感，也不加重視。然而在世界各國學者都開始重視中國這樣一個大國的本土性宗教的壓力下，大陸對於道教（包括全眞道）的研究就興盛起來。

　　我檢視大陸學者研究全眞道的著作，因受制於意識型態，而對全眞道有貶詞的，大約基於下列三點：

　　一、反宗教的意識，認爲宗教是消極的、虛無的、荒誕的、利己的、個人主義的。這些看法，都抹煞了全眞道利世濟民的慈悲思想。王重陽有一首〈轉調醜奴兒〉（見《重陽全眞集》卷七）：

　　　　苦苦勸愚人，被財色，投損精神。利韁名鎖休貪戀，韶華迅速如流箭，不可因循。

　　　　早早出迷津，樂清閒，養就天眞。性圓丹結，方知道，蓬萊異境。元來此處，別有長春。

宗教家以慈悲心腸，勸人爲善，勿爲名利所鎖，這一種思想實際上是積極的，也是入世的。全眞道主張眞功眞行，個人修行，必須功行兩全，方始圓滿。所謂「眞功」，指的就是探求自己本性的修爲，必須以「清靜無爲」爲主，這就是「獨善其身」。所謂「眞行」，指的是弘道濟世，舍己利人，這就是「兼善天下」。以此來看，全眞道實是積

極入世的。

二、全真道的創教始祖王重陽，與其主要的七大弟子馬鈺、譚處端、劉處玄、丘處機、王處一、郝大通、孫不二等，都是能文善詞，屬於當時知識分子的階層，而且如王、馬等，都是出身於富豪之家，財雄鄉里。在馬克斯主義以無產爲美的意識形態桎梏下，這些不免成爲王、馬等人的原罪。其實王重陽生於北宋徽宗政和二（1112）年的陝西咸陽，本是大宋人氏，但當他七歲之時，金兵破陝入關，便終生在金人統治之下渡過，戰亂加上亡國，其生活的痛苦可想而知。孫克寬氏〈金元全真教創教述略〉一文有云：

> 女真入主中原，殺戮淒慘，見於《建炎以來繫年要錄》之所記，此不贅述。野史如《靖康紀聞》備載金人入城劫掠搜括之慘，京城如此，大河南北地方所遭遇之慘酷也可想而知。世族士大夫都向南方逃難，留下來的遺民孤子，便只有向山林棲遁，逃向佛老方面來託庇身心了。全真、太一兩教興起時，都能使民庶趨之若狂，正是這種關係。

對於金人鐵蹄下宋人所過的水火一般的生活，有很清楚的描寫。所以要了解全真道創教教祖王重陽的生活背景，亡國遺民可能是最重要的一點。

錢穆先在在〈金元統治下之新道教〉一文中說：

> 全真初創，由於遺民忠憤，佯狂避世。及其全盛，則轉爲教主慈悲，圓宏救度。此自別有一段精誠貫徹，所爲與往日黃冠羽士神仙方伎者流異趣，而彼輩之所以仍必託於黃冠羽士間者厥因亦在此。

所謂「別有一段精誠貫徹」，正說明了全真道創教者的儒家精神。他們有這種精神，則與他們出身的家庭，造就了他們的知識分子階層，有密切的關系。若受「無產爲美」的意識型態所桔，就很難深刻地了解他們出身的背景了。

三、全真道創於金而盛於元，盛行的契機在於當時的掌教人丘處

機，應元太祖成吉思汗之召，萬里西行，親爲太祖講道，深得太祖之心，東還之時，賜號神仙，掌管天下道門大小事務。自此全眞道得元庭之助，如虎添翼，日益開展。全眞道在元盛行之背景如此，大陸的學者自不免以民族的大義來責備全眞道，以爲他們助元而不助宋，實是民族的罪人。

實際上丘處機應元太祖之請，主要是認爲南宋苟安，不知圖強，不但不能北定中原，而且遲早亡國。至於金乃異族，長期壓迫漢人，作威作福，且盛極而衰，不免滅亡。在權衡輕重之餘，以天下蒼生爲念，能夠說動元太祖，以全黎民，才是眞正值得做的事。且看丘氏應元太祖之聘西行時，年已七十四（元太祖十六年，西元一二二一年），風燭殘年，風塵僕僕，豈是爲自己的富貴榮華？所以當爲元太祖講長生之道時，丘氏都以「不嗜殺人」及「敬天愛民」爲說，可見其存心之如日月了。

元太祖十六年正月，丘氏曾寄詩燕京道友言志：

> 十年兵火萬民愁，千萬中無一二留。
> 去歲幸蒙慈詔下，今年須合冒寒遊。
> 不辭嶺北三千里，仍念山東二百州。
> 窮急漏誅殘喘在，早教身命得消憂。

對天下蒼生黎民之關懷，溢於言辭。而實際上丘氏得見成吉思汗後，全眞盛行，漢地庶民因受全眞道之庇護，而得以保全者，無慮萬千。《元史‧丘處機傳》有云：

> 時（元）國兵踐蹂中原，河南北尤甚。民罹俘戮，無所逃命。
> 處機還燕，使其徒持牒招求於戰伐之餘，由是爲人奴者得復
> 以爲良，與濱死而得更生者，毋慮二三萬人。中州人至今稱
> 道之。

這些都說明了全眞道之所以與元庭合作，實際是救民於水火，這些作爲，眞正是「我不入地獄，誰入地獄」實際的體現。

大陸在開放政策實行之前，因爲政策的錯誤，乃至民不聊生。民

生是老百姓最主要的問題，肚子吃不飽，便一切都無法說服老百姓。
因此當時的學術界，既在窮即是美的意識形態下，不能談民生問題，
便轉而以民族問題，作為民心團結的指標，以民族主義談歷史，自然
以簡單的「漢賊不兩立」的兩分法，作為評定歷史人物的標準，自然
而然的，一些不公平的觀點也由此產生。批評全真道的親元如此，在
近代史上，批評曾國藩的親清，也無非如此。

※ 　 ※ 　 ※ 　 ※ 　 ※

　　全真教教義中，跟其他道教傳統的派別，最大不同的一點，便是
主張「三教合一」。王重陽生前所創，凡五個教會：「三教七寶會」、「三
教金蓮會」、「三教三光會」、「三教玉華會」、「三教平等會」等，便特
別標榜「三教」──儒、釋、道，而且以儒為首。《重陽全真集》卷
一〈孫公問三教〉：

儒門釋戶道相通，三教從來一祖風。
悟徹便令知出入，曉明應許覺寬洪。
精神炁候誰能比，日月星辰自可同。
達理識文清淨得，晴空上面觀虛空。

中國的儒學，自先秦以後，就成為思想界的主流，其中派別之多，宛
如百千小河，全真道所取的儒學，到底是哪一派呢？現在也以元初全
真道士李道純的一首詞作，以見端倪。李道純生卒年不詳，約為元世
祖時人，李為道教南宗嫡系，元併江南後，南宗道士多併入全真教，
李道純為當時南北二宗合流之先導，著有《全真集玄祕要》，其《中
和集》中又有〈全真活法〉，是當時的全真大家。《中和集》卷五，有
〈贈鄧一蟾〉一首：

禪宗理學與全真，教立三門接後人。
釋氏蘊空須見性，儒流格物必存誠。
丹臺留得星星火，靈府銷鎔種種塵。
會得萬殊歸一致，熙臺內外總登春。

便直指「理學」，可見全真道所謂的儒學，便是宋代儒學家特別重視

「性命」「義理」的理學。

宋代的理學家眾多，擇其重要的來說，大約不出邵雍、周敦頤、張載、程顥、程頤、朱熹、陸九淵諸家，現在將他們的生平，與王重陽及全眞七子，排比成下列一個表，大致可以看出他們的年代：

姓　名	生　　年	姓　名	生　　年
邵　雍	宋眞宗大中祥符四年（1011）		
周敦頤	宋眞宗天禧元年（1017）		
張　載	宋眞宗天禧四年（1020）		
程　顥	宋仁宗明道元年（1032）		
程　頤	宋仁宗明道二年（1033）		
		王重陽	宋徽宗政和二年（1112）
		孫不二	金太祖天輔三年（1119）
		馬　鈺	金太宗天會元年（1123）
		譚處端	金太宗天會元年（1123）
朱　熹	宋高宗建炎四年（1130）		
陸九淵	宋高宗紹興九年（1139）		
		郝大通	金熙宗天眷三年（1140）
		王處一	金熙宗皇統二年（1142）
		劉處玄	金熙宗皇統七年（1147）
		丘處機	金熙宗皇統八年（1148）

從上表看來，生年在邵雍、周敦頤、張載、程顥、程頤之後的，有王重陽及其弟子孫不二、馬鈺、譚處端等共四人。而且以王重陽而言，距離上述出生較晚的二程子，相差有八十年之多，王氏出生時，二程均已去世。因此，王氏等受這些理學家的影響，在年代而論，是無容置疑的。其次，且看看這些理學家的思想：

邵雍所著《皇極經世》中之〈觀物內篇〉（〈觀物外篇〉則爲其學

生所記述）有「先天八卦方位圖」，其中所論跟道教的淵源極深。朱熹的語錄《朱子語類》曾說：

> 邵子發明先天圖，圖傳自希夷，希夷又自有所傳，蓋方士技
> 術用以修煉，《參同契》中所言是也。

所謂希夷，是陳摶的賜號，陳摶是五代北宋間一個有名的道士，屬鍾呂內丹一派，陳氏字圖南，法號扶搖子，宋太宗賜號希夷先生。王重陽極尊重這位祖輩，詞作中屢屢提到他的道法精微。如《重陽全眞集》卷四〈望蓬萊〉：

> 回首處，便要識希夷。

《重陽全眞集》卷十三〈浣溪沙〉：

> 希夷微妙在坤乾。

邵雍的哲學思想，既有道家的淵源，可說是一個標準以儒近道的範例，王重陽受這樣思想的啓發，終至以儒入道，可說是最自然不過的事。

　　其次再談周敦頤，周氏是二程子的老師，他著有《通書》、《太極圖說》等。《通書》也稱《易通》，是據《易傳》跟《中庸》來解《易》，起於論「誠」，終於「蒙」、「艮」二卦，全書共有四十章，其〈聖蘊第四〉有云：

> 寂然不動者，誠也。感而遂通者，神也。動而未形，有無之
> 間者，幾也。誠精故明，神應故妙，幾微故幽。誠、神、幾
> 曰聖人。

〈聖學第二十〉云：

> 聖可學乎？曰：可。曰：有要乎？曰：有。請問焉！曰：一
> 爲要。一者，無欲也。無欲則靜虛動直：靜虛則明，明則通；
> 動直則公，公則溥。明通公溥，庶矣乎！

周氏主張無欲虛靜，全眞道主要的教義，正在乎此，可見兩者關係之深。周氏又有《太極圖說》，主張無極而太極，明顯雜有道家的思想，宋·朱震《漢上易傳》中說：

陳搏以太極圖授种放，放授穆修，修授周子（指周敦頤）。

於此也可知周敦頤跟道士陳搏，也是關係很深的。以邵、周二人而論，早期的理學家，基本上便是溶合儒、道兩家的理論，因而全真道的教義，與此契合，兩者都主張無欲、清寂、存誠、返真。

最後提到張載、程顥、程頤等三位北宋的大理學家，張氏的《張子全書》中〈正蒙誠明篇〉有這些言論：

誠明所知，乃天德良知，非聞見小知而已。

性者，萬物之一源，非有我之得私也。

盡性，然後知生無所得，則死無所喪。

程顥、程頤昆仲，都是當時理學大家，後人將程顥的《語錄》、《明道文集》，和程頤的《語錄》、《經說》、《易傳》，合編為《河南程氏遺書》。此外二氏的事跡，也詳見於《宋史‧道學傳》及《宋元學案》中的〈明道學案〉（程顥）和〈伊川學案〉。

明道最主要的思想，乃是把天和人視為一本：

天人本無二，不必言合，若不一本，則安得先天而天弗違，後天而奉天時。（〈明道學案〉引〈語錄〉）。

又說：

嘗喻以心知天，猶若京師往長安，但知出西門，便可到長安。此猶是言作兩處，若要誠實，只在京師，便到長安，更不可別求長安。只心便是天，盡之便知性，知性便知天。當處便認取，更不可外求。（《遺書》卷二上）

以此而論，明道認為「道」即「理」，「道」是超越時空形而上的，「理」則落實在萬物中，也可說是必然不變的。因此，他體悟出來，所謂「天道」，即是「天理」。他說：

中庸始言一理，中散為萬事，末復合為一理。（《遺書》卷十四）

而對於天理，卻是他自己體悟出來：

吾學雖有所授受，天理二字卻是自家體貼出來。（《外書》卷十二）

他又主張「格物窮理」，而「窮理」又與盡性知命相連：

> 窮理盡性，以至於命，三事一時並了。……若窮得了理，即
> 性命亦可了。(《遺書》卷二上)

程顥這種作人的修為，直接影響全眞道的修行。全眞道強調內心清淨，養性守氣，很多學者認為乃是受了禪宗的影響，但個人卻認為全眞道的理論基礎，實在於理學，而非禪學。試看丘處機西行至大雪山行宮覲見成吉思汗時，成吉思汗問：「眞人遠來，有何長生之藥？」對曰：「有養生之道，而無長生之藥。」明示肉體是不能不死的。等到成吉思汗問起為治之方，丘處機即以敬天愛民為答。丘氏這樣的回答，也即是天人一本另外一種的表達。

至於程頤，這方面的主張，跟程顥是相同的。程頤認為「理」與「道」無非是一事：

> 天有是理，聖人循而行之，所謂道也。(《遺書》卷二十一下)

只是道是萬物的本源，是形而上，所以在討論萬物時，就必須以理作為範疇：

> 凡眼前皆是物，物物皆有理，如火之所以熱，水之所以寒，
> 至於君臣父子間皆是理。(《遺書》卷十九)

因為程頤把這一種學術思想的中心，歸之於「理」，也可知「理學」得名的由來。而全眞道修行的基礎，得之於二程氏者獨多，也就由此可見了。

全眞道自丘處機覲見成吉思汗開始（1222），在國內大盛，其聲勢壓倒其他任何宗教。元憲宗八年（1258），終於盛極而衰，其原因是當時產生了一次佛道的論爭，全眞道既標榜儒、釋、道三教合一，又何以會跟佛教論爭，我個人認為宗教的排他性固是一個原因，同一宗教的不同派別，尚有論爭，何況異教？但另一個原因應該是全眞道的基本思想，接近理學，遠勝於佛學所致。佛道論爭，應該是全眞道近儒最好的一個註腳。

　　※　　　　※　　　　※　　　　※　　　　※

　　王重陽在成道創教的過程中，有一個神奇的「傳說」，即是「甘河遇仙」，時在金海陵王正隆四年（1159），在陝西的甘河鎮遇到神仙呂純陽（洞賓），得授口訣而得道。這事的真假暫且不論，然王氏得此「啟示」，改名為嚞，號重陽子，創立了全真道，卻是事實。全真道也由此有了依託。王重陽的〈了了歌〉（見《重陽全真集》）就如此說：

　　　　漢正陽（鍾離權）分為的祖，唐純陽（呂洞賓）分做師父，

　　　　燕國海蟾（劉海蟾）分是叔主。

王氏「重陽」的號，基本上便是得之正陽與純陽。

　　呂洞賓的姓名，身世，說法不一。大約說來，呂氏為唐代內丹派的一個道士，受鍾離權之指引而成仙，所以通常都是鍾、呂並稱。到金、元時，被王重陽依託，尊為師父以後，聲名大著。元世祖忽必烈於咸淳四（1269）年，追封王玄甫、鍾離權、呂洞賓、劉海蟾、王重陽為「真君」，王氏七大弟子馬鈺、譚處端、劉處玄、丘處機、王處一、郝大通、孫不二為「真人」。是為全真道的「五祖」「七真」。元征宗至大三（1310）年，又追封呂仙為「純陽演正警化孚佑帝君」，自此以後，呂仙在民間顯靈的事蹟，就傳說不絕，成為道教中盛名最高，信徒最多的一位神仙。

　　個人以為，呂仙之得民「信」，至今不絕，道教中的其他神仙，可謂難與倫比，其原因，當然與全真道的全力尊崇，有密切的關係。但是與他那些流傳於民間的仙話塑造，也有密切的關係。我曾歸納有以下五點：

　　一、在民間的傳說中，呂仙是八仙之一，八仙故事，如〈八仙得道〉、〈八仙過海〉等，可謂家喻戶曉，因此八仙的名號，自也深入人心。然八仙之中，何仙姑是女性。而鐵拐李、曹國舅、張果老、漢鍾離等四人，或已年邁，或有殘疾而其貌不揚。韓湘子、藍采和則稍嫌不夠成熟。因而八仙之中，予人陽剛成熟之美，倜儻翩翩者，當推呂仙。所以八仙故事，差不多以呂仙為中心，是極其自然的。

　　二、傳說中呂仙的眞像，肩背雌雄劍，「一斷煩惱，二斷色欲，三斷貪嗔」，雲遊各處，扶弱濟貧，鋤暴安良，打盡人間之不平，因此具有劍仙的美號。他的生年、月、日、時，都是陽數，因號純陽。故而在民間中，成爲一個最完美的形象。

　　三、在道教中，呂仙屬於地仙一等，等級跟三清、四御的至高無上的天仙雖差得很多，但傳說並非他的法力不濟，而是呂仙自己發願要渡盡眾生，才願上升。這與佛教中的地藏王菩薩的慈悲：「地獄不空，誓不成佛」，極爲相似。在民間的信仰中，人民往往是跟親民的仙佛接近，呂仙的親民，是他成爲人民的偶像的主要原因。

　　四、呂仙又有「酒仙」的名號，民間流傳託他爲名的詩句中，提起他好酒的很多。如「無名無利任優游，遇酒逢歌且唱酬」。把拋棄名利與隱於酒鄉連結在一起。全眞道的教祖王重陽心儀呂仙，而尊之爲師，在性格上的相似點，居於極重要的地位。呂仙逍遙自在，以酒爲樂，於是流傳他的傳說中，都有很多跟酒有關的，如〈化水爲酒〉、〈三醉岳陽樓〉等，都替呂仙在民間起了極大的宣傳效用。這一點，跟佛教的傳奇人物濟僧，十分相似，在民間的親和力，也可說是勢均力敵。濟僧不避酒肉，而以一把破葵扇，掃盡世間不平事，乃成爲民間眞正的活佛。而呂仙同樣地以酒混跡市廛，而且也不避女色。像他三戲白牡丹的故事，流傳極廣。他的師父鍾離權，也說他是「飲酒戀花，二者並用」。鐵拐李則笑他是「仙家酒色之徒」。但民間對於呂仙，不但不採取排斥的態度，反而覺得他沒有那種冷冰冰不食人間煙火的仙佛氣，卻廣度世間有緣之人，因此比其他神仙，更具有人性，更了解人世間的疾苦與煩惱，而樂與之親近。呂仙之所以吸引王重陽的，這豈不也是很重要的一點嗎？

　　五、呂仙跟別的神仙不同的，還有呂仙好文學。《全唐詩》具名呂仙的詩，凡二百四十九首。當然，是不是眞的全爲呂仙所作，眞假難辨，但有一點可以肯定的是，呂仙在「得道成仙」之前，必善於詩。因此，在成仙之後，流傳他降箕作詩，至今不絕。神壇以扶乩的方式

使仙、人之間有所溝通，則降壇愈多的仙佛，自然擁有的信徒也愈多。從這一點看，全真道的興盛，呂仙在民間香火的鼎盛，兩者可以說是互為因果，其關係是非常密切的。

※　　　※　　　※　　　※　　　※

自從全真道融合儒、佛、道於一教，我國的民間宗教便呈現一種中國化的面貌。民眾大多數的信仰，就變成一種亦佛亦道的形態。有的學者把民間這一種信仰的宗教，稱為民俗道教，或民眾道教。有這一種信仰的教徒，時或自稱是佛教徒，然而信仰的內容，卻往往是仙佛不分。因為民間往往認為仙、佛都是降福除禍，助善袪惡，這樣的神祇，只愁其少，而不患其多。

個人曾有一篇專文〈神仙思想與通俗文學〉，刊於《高雄師大學報》第三期。曾討論神仙思想對於中國文學的影響，對於文學中影響最大的，當推通俗文學。

自宋代以後，我國在民間傳說與故事之中，有大量的神仙故事產生。學者把這一種故事傳說，與神話相區隔，稱為「仙話」，每個民族都有「神話」，但「仙話」卻是中華民族所特有的。日本、韓國、越南等地也都流行仙話，很明顯的是受我國的影響。大陸上海文藝出版社一九九〇年曾出版鄭土有、陳曉勤合編的《中國仙話》，其〈前言〉有云：

> 仙話是一種記敘仙人活動為主要內容，以追求長生不死、自由平等為中心主題的民間文學作品。它採用幻想的手段，表現了階級社會中人們那種超越人生、超越自然、超越社會的崇高理想，從而也體現了人們對幸福生活的嚮往。

可說對「仙話」抱著一種肯定的態度。這種態度是跟鄭、陳二氏以前的大陸學者有別的。我這裡不討論他們的是非。我要強調的是「仙話」的興盛，則跟全真道的興起，有密切的關係。

佛教的最高境界是涅槃，所謂涅槃的境界，就是超脫生死、非生非死的寂滅境界。這樣的境界層次很高，一般民眾當然很難了解。因

此對大多數的佛教徒來說，最高的佛教境界就是往生西方極樂世界，靈魂不滅，勿在地獄受苦。

但是神仙世界則大大不同。極大多數的神仙都是凡人昇化而成，這些神仙幾乎仍舊住在人間，而且是風景最優美的洞天福地。他們時時跟凡人接近相處，雲遊四海，遊戲人間，因時隨緣，度化凡人。袪除妖魔，賞善罰惡，主持正義。他們又能呼風喚雨，撒豆成兵，法力無邊。

在這樣的比較之下，似乎神仙世界較西方極樂世界更有強烈吸引人的地方，對凡人來說，現實世界才是最能把握、最有興味的地方。天堂雖美，何如人間。所以對一般凡人來說，地仙仍舊可以留連人間，的確比天仙更來得令人羨慕。神仙世界一旦提供一個靈魂、肉體同時可以獲得永生的思想，真是再好也沒有了。

三教合一的思想，為何在通俗文學中，有更大的影響？個人還可以提出幾點理由：

第一，仙佛的融合，擴大了通俗文學的內容。在很多故事中，佛陀往往扮演最終的仲裁者，由於祂至高無上的地位，很少會直接去干與世間一切瑣事，因此，大批的地仙就充當了天人之間溝通的角色。人世多少不平事，除了陽間一些清官來解決外，其他都得靠與民間最親近的神仙來擔待了。如土地公，祂是地位極低的地方小神，相當於人世的地保之流。但在《土地寶卷》中，卻為民請命，大鬧天宮，跟玉皇大帝抗爭，屢次打敗天兵天將。最後雖被玉帝請來的如來佛祖所敗，但祂的地位，也獲佛祖承認，終至遣使天下，遍地都建有專祠，家家戶戶，建立土地神位。

像這樣的情節，充塞在一切的通俗文學中，也解決了通俗文學中的情節問題，因為有了神仙，死亡便不成為故事的結局，人死可以再生，也可以轉生，也可以離魂復活，於是故事的情節，更為曲折。同時很多男女主角在山窮水盡之時，也不必擔心死亡，自有神仙前來搭救，柳暗花明，很多難題，就如此輕易解決了。戲班子常流行這樣的

行語：「戲不夠，神仙湊」。就是這個意思。在民間戲劇來說，幾乎所有戲劇的情節，神仙都可以軋上一腳。

第二，就仙儒的融合來說，似乎所有借託仙佛作為情節開展的通俗文學，主要內容，就是「勸善」。至於善的標準，則是體現以儒家思想為主的傳統美德。當然，純粹勸善，對於一般民眾，缺少一種說服的力量，因此借重仙、佛的仲裁，說明善有善報，惡有惡報，舉頭三尺有神明，則勸善懲惡的目的，便很容易達到了。

如通俗文學《董永變文》，敘述傳統的孝道跟人仙之間的戀愛。目的在說明純孝的人，連仙女都會心儀，甘願下嫁凡塵。

因此，通俗文學的內容，往往是娛樂，也是教育。不識字的民眾，往往透過各種類型的通俗文學，如仙話、變文、寶卷、善書、說唱、戲劇，汲取各種知識，以及三綱五常等等傳統倫理與道德。因此個人認為儒家的思想與精神，在民間實際上是大量透過這樣的管道，而保留下來的。

第三，由於全真道自始祖王重陽起，即喜歡填詞作曲，十分注重音樂教化的功能，影響所至，道教活動中的歌唱、演奏，都遠勝佛教。陳國符《道藏源流考》附錄三〈道樂考略稿〉，列舉歷代道樂曲調，可以檢閱，不贅。可以一說的，其中還包含了有很多當時的俗曲，如〈採茶歌〉、〈一定金〉等。劉守華氏〈道教與中國民間文化〉一文（見《口頭文學與民間文化》），也引述許多道教樂曲，如《鎖南技》、《銀紐絲》等，都是當時的民歌俗曲，都被道教吸收，可見其吸引力之強。

清初上海葉夢珠輯《閱世編》，其卷九記載：

> 余幼所見齋醮壇場，不無莊嚴色相。至於誦經宣號，雖疾徐抑揚，似有聲律。然而鼓吹法曲，更唱迭和，獨多率真。

可見自宋至清，道教音樂，已經是道教中很重要的吸引信徒的一個成分了。

　　　※　　　　※　　　　※　　　　※　　　　※

　　以上所論的各部分，大多在博士論文的口試，與宏銘同學討論過，宏銘也坦率承認，《宋元全眞道士詞研究》，雖是他的博士論文，但只是他研究全眞道的開始，而非他研究全眞道的結束。我覺得他的態度很眞，環顧當代學子，自大學而碩士，自碩士而博士，十多年的苦讀，好不容易博士到手，自認可以稍作憩息，略喘一口氣。殊不知一旦停頓，就再也難以啓動，博士論文，未免就成爲一生中最後一篇論文。不論對國家，對個人，都是最大的損失。我希望宏銘眞的以此爲起點，繼續不斷學術的研究，則也不負我寫此蕪文叮嚀勉勵的苦心矣。

　　是爲序。

第一章 緒 言

本章分四點敘述本論文的研究動機、研究範圍、研究方法、內容大綱。

一、研究動機

本論文的研究動機，主要緣起於想要了解金元全真道士詞在詞曲發展的過程中，有無具體的影響；並希望透過深入的分析，較清楚而全面地呈現出金元全真道士詞作的特色與價值。一方面為道教文學的研究工作略盡綿薄之力，一方面也許可以為散曲、雜劇、小說、地方戲曲的研究，提供某些研究的材料。

全真教興起於金末元初，為宋南渡後北方新興的三大道教團體中，勢力最龐大、影響最深遠的一支。〔註1〕全真教道士從創教祖師王嚞（字知明，號重陽）開始，便喜愛填作詩詞，把它當作是傳教的工具。唐圭璋先生所裒輯的《全金元詞》，金元道士的詞作共三千三百餘首，其中全真道士的作品有二千七百六十六首（詳第三章），佔

〔註1〕宋南渡後北方新興的三大道教團體為：太一教、真大道教、全真教。卿希泰《中國道教史·第三卷》頁31云：「金初興起的三大新道派中，全真教出現最晚，勢力最大，教團骨幹人物的文化程度最高，留下的著述、史料也最豐富，約佔三派道教史料的三分之二以上，足以提供相當清晰的全真教歷史面目。」

了八成以上。全真教興起的期間，正是女真、蒙古先後入主中原，我國詩歌文學產生重大變化的時候。此時詞的高峰已過，然餘焰尚熾；而曲正從民間走向文壇，逐漸繁盛。以全真教勢力之盛大，其詩詞流播之普遍，對當時正處萌芽茁長時期的元曲（包括散曲、雜劇），究竟有無具體的影響？應該是值得深入探討的一件事。

　　詩、詞、曲同為我國韻文史中的三大主流，在文學的學術研究領域中，佔有舉足輕重的地位。但若是仔細檢討，便可發現有關詞學的研究，遠較詩、曲冷清寥落，此一現象，翻檢每年國家圖書館發行的「全國聯合圖書目錄」及「期刊論文索引」，即可清楚得知。包根弟先生在〈金、元、明詞學研究現況及未來走向〉一文中曾提及：「金、元、明三代詞學歷來皆為人所忽視，尤以元、明兩代為最。」〔註2〕確屬事實。金元文人詞在學術研究領域中，尚且不受重視，則被視為道教文學的金元全真道士詞其被忽視的程度，更可想而知了。東北師大古籍整理研究所張倉禮教授曾在〈金代詞述略〉一文中呼籲：「以往的詞學研究，由於種種原因忽視和輕視了金代詞，今天，應該有更多的詞家，對有金一代的詞人和詞作進行些深入細緻的研究，為研究中國詞史、中國文學史以至整個中國文化史，做出切實的貢獻。」〔註3〕這實在是深具見識的說法，可惜張氏在另外一篇論文〈金代詞人群體的組成〉論及金代道士詞時，卻說：「這些道士詞人之作，數量多而質量差，實為金詞中之糟粕。」〔註4〕輕率地將金代道士詞的價值一語打落，未能宏觀客觀地檢視金代道士的詞作，充分體現了金元全真道士詞被冷落的具體事實。林帥月先生在〈道教文學一詞的界定及範疇〉一文中有一段話深得我心〔註5〕，茲迻錄於後：

〔註2〕文刊《中國文哲研究通訊》四卷二期（總號一四），頁23～30，民國83年6月出版。
〔註3〕文刊《吉林大學社會科學學報》1987年六期，頁33～36。
〔註4〕文刊《東北師大學報》1987年四期，頁79～83。
〔註5〕文刊《中國文哲研究通訊》第六卷第一期，頁157～166，1996年3月出版。

不僅在中國文學史的研究上，即使在道教的研究上，道教文學都是一片較不受人重視的領域。……宗教文學一向被文學史家視爲次要文學，而其本身在宗教研究的領域中，也屬於被忽視的學科。在文學的範疇內，有著那麼多文人所創作的優美作品，相對地宗教文學由於創作目的、情感、語彙的限制，很難使它們與一般的文學作品相較量；而就宗教的範疇而言，它似乎也一直被視爲一種工具而已，完全隱沒在宗教思想、情感的光輝之下。這不單單是道教文學所面臨的一個窘境！然而儘管如此，道教文學透過道教內部的宗教語言，以文學體式表達道教的宇宙觀、宗教生活的體驗、終極目標的追尋、終極關懷的投注……等內涵，事實上文學的極至即表現於對生命的悲憫，這一點是與宗教情懷相同的，宗教情操與文學緊密的結合後，宗教文學就不僅是宣教的工具，而在文學的欣賞中有獨特的旨趣，道教文學的價值與意義也在此。就實際上看，宗教的存在既是一個不能否認的事實，宗教文學因而產生也就無庸置疑了。海倫·加德納（Helen Gardner）認爲「無論宗教的概念，或是詩歌的概念，都不是一成不變的。」（《宗教與文學》頁 132）所以「考察各個時代的宗教概念和詩歌概念的演變，以及這二者之間的相互作用，正是把「宗教詩歌」作爲文學的一個種類來進行研究的興趣和價值之所在。」（同上）把詩歌或宗教詩歌置換爲道教文學，這句話仍是一個事實。尤其道教本身即以「駁雜多端」及強大的融攝力而著稱，道教文學仍舊深具著與母體相同的特質。探究道教文學與各個時代道教發展及文學現況，以及它們之間的相互關係，的確是研究道教文學的意義所在。……道教文學是一門被忽視的學科，無須諱言它的整體成就，與一般中國文學作品相較是有其局限的，然而有局限並不意味著低價值，而且它作爲一個存在的事實，我們就必須給予它應有的評價，何況對於道教文學我們的接觸及認識仍屬有限。

道教文學確實長期以來未受重視，近年來探討道教文學的著作有明顯增加的趨勢，這是一個可喜的現象。詞學本是筆者個人潛心之所在，選擇金元全眞道士的詞作來研究，實在是一個可以兼顧筆者個人的興趣，又能對道教文學的研究略盡一己綿薄之力的主題。

二、研究範圍

本論文研究對象爲金元時期全眞教道士的詞作。現存金元道士詞，作者可確認爲全眞道士者金有十人、元有十七人，共二十七人，作品有二千七百二十三首。分別是：王重陽六百三十三首、馬鈺八百八十首、譚處端一百五十七首、劉處玄六十五首、丘處機一百五十二首、王處一九十五首、郝大通二首、孫不二二首、王丹桂一百四十六首、長筌子七十六首、尹志平一百六十九首、高道寬二十六首、宋德方一首、王志謹一首、姬翼一百六十三首、李道純五十九首、苗善時二首、馮尊師二十四首、三于眞人四首、劉鐵冠一首、牛眞人（道淳）三首、楊眞人（明眞）五首、范眞人（圓曦）一首、紙舟先生二首、雲陽子一首、牧常晁二十二首、王玠三十一首。〔註6〕

《全金元詞》所輯錄金道士詞人，共有王重陽、馬鈺、譚處端、劉處玄、丘處機、王處一、郝大通、孫不二、王丹桂、侯善淵、王吉昌、劉志淵、長筌子等十三人。除王重陽及全眞七子（馬譚劉丘王郝孫）外，王丹桂爲馬鈺弟子，可確認爲全眞道士。長筌子《洞淵集》卷四〈唐州長春觀金蓮會〉有：「惟我重陽祖師普化眞人，大開方便之門，廣演玄元之理，接引凡流……」語，同卷又有〈全眞賦〉一篇，可知長筌子亦爲全眞道士。至於侯善淵、王吉昌、劉志淵三人是否爲全眞道士，則待斟酌，暫時不納入研究範圍。卿希泰主編之《中國道教史‧第三卷》頁 52，將侯善淵所著《上清太玄鑑誡論》及《上清太玄集》列入全眞道士重要著述之林；又於頁 54 引《上清太玄集》

〔註 6〕以上全眞道士詞作數量與《全金元詞》所收不同。此處所舉數量已參照其它各書校訂，詳見各章諸人詞作之分析。

卷八詩句「假名三教云何異？總返蒼蒼一太空。」以論全眞合一三教
之旨，明顯將侯善淵視作全眞道士。筆者認爲似乎值得商榷。詳閱侯
善淵《上清太玄集》所錄詩詞文內容，雖亦以三教合一爲基本思想型
態，且多述清靜無爲、內丹修鍊的義理，但是千餘首作品中，無一述
及全眞門人（其贈詩極多，所交往對象卻無一是全眞道士），遍考全
眞教各碑傳史料也都未有侯善淵之資料。從侯善淵的作品中屢言「靈
寶符文」、「元始家風」、「元始天尊」……來看，筆者認爲應將他歸爲
茅山道士較爲恰當。蓋「茅山派」源出於東晉中葉楊羲等人所創之「上
清派」，因奉《上清經》系，故名；至南朝劉宋時之陶弘景居江蘇茅
山大闡上清派教門，世人始改稱「上清派」爲「茅山宗」。陶弘景所
創茅山宗的特點是以《上清經》爲主，兼收並蓄各派道法及儒釋思想；
其修持方法以存思誦經爲主，崇奉元始天尊爲最高神，同時又兼習靈
寶、三皇等經誡法籙，主修經典爲《上清大洞眞經》。（註7）侯善淵著
作皆以「上清」命名（他另有《上清太玄九陽圖》），似乎也透露出他
是茅山宗的道士。卿希泰主編之《中國道教史·第三卷》頁 52，羅
列全眞道士重要著述，不含王吉昌《會眞集》、劉志淵《啓眞集》。筆
者認爲極是。蓋王吉昌號超然子，生平不詳，由《啓眞集》序文及卷
三〈劉志淵行狀〉知王吉昌爲劉志淵之師。陳銘珪《長春道教源流》
有丘處機弟子劉志淵之傳記資料，此與《啓眞集》作者並非同一人，
不可混淆。《啓眞集》之作者劉志淵，署名「金峰山通玄子」，金峰山
在江蘇溧陽縣西南，屬南宋江南東路建康府轄區；其師王吉昌《會眞
集》書前有雲溪閑老楊志朴所撰序文，雲溪在湖南臨湘縣西南，源出
嚴嶺，宋金時屬南宋荊湖南路邵州府轄區。《啓眞集》卷下開頭〈眞
心章第一〉云：「紫陽眞人謂：眞心者……」紫陽眞人即張伯端（984
～1082），爲北宋道士，浙江天臺人，著《悟眞篇》一書，倡「先修
命，後修性」之內丹學，爲後世尊爲全眞南宗祖師，由此似可推知，

〔註 7〕以上對茅山宗之介紹，資料取自李剛·黃海德合著《中華道教寶典》。
　　　臺北：中華道統出版社，民 84 年 5 月初版。

王吉昌、劉志淵應屬張伯端一系。惟《啓眞集》卷中〈大江東去〉詞有：「天元教顯，正金蓮朵朵。」卷下〈天中天章第二〉曾引馬丹陽（鈺）語，〈眞土章第三〉曾引長春眞人（丘處機）語，其思想已有南北合流的現象。金末全眞教尚無南北二宗之分，其時全眞教皆指北宗王重陽一系，本論文於金代道士亦僅取論王重陽所創一系，故暫時不將王吉昌、劉志淵納入研究範圍。

《全金元詞》所輯錄元代道士詞，作者有二十五人（滕賓及張雨的作品，《全金元詞》未將之歸入道士詞，故不計入）。其中：朱思本、吳眞人（全節）爲玄教道士；王惟一爲神霄教道士；皇甫眞人可能即是南宋西蜀峨嵋山道士皇甫坦（？）；林轅有《谷神篇》，其〈自敘〉云：「余閩鄉林氏子也……余傳之有師也，派出韓逍遙……」可知非全眞道士；《全金元詞》於李眞人詞後按云：「宋元間道士姓李者頗多，以上詞未著名字，不知李眞人確爲誰，姑作道謙。」筆者細讀所錄二十首作品，未發現有足以證明爲李道謙或全眞道士所作的線索，故暫時存疑待考；潛眞子、陳益之二人，資料不足，無法確定是否爲全眞道士，亦暫且存疑待考；其餘十七人則皆爲全眞道士，其詞作皆爲本論文研究之範圍。

三、研究方法

高仲華（明）先生曾在〈中國文學的研究法〉中提出十二點研究方法，分別是：一、治經子以明其淵源，二、研究史地以索其背景，三、按目錄以定其去取，四、由校勘以正其訛誤，五、用考證以別其眞僞，六、藉搜輯以存其亡佚，七、明小學以探其精微，八、識名物以求其比興，九、習修辭以著其藻采，十、窺作法以窮其技巧，十一、辨體製以覘其應用，十二、觀流變以測其發展。任二北（訥）先生在〈研究詞集之方法〉中，也曾指出研究「專集」的方法，依序有八：一、搜集材料，二、校勘字句，三、編纂與整理，四、考訂與箋釋，五、精讀與選錄，六、集評與定評，七、詳別流派，八、擬作與和作。

〔註8〕以上二文對筆者從事學術研究工作，頗有啓示作用。本論文的研究方法，主要依照王師忠林的提示，並參酌前輩學者的研究方法，在確定研究主題後，即依下列步驟進行：

一、搜集材料：舉凡與全眞教、全眞道士有關的文集、史傳、方志、選集、前人著述，以及近人相關的專著與期刊論文等，都在搜集之列。黃文吉主編的《詞學研究書目》收集了 1992 年以前國內外詞學的著述目錄，可據以蒐集所需的詞學資料。黃沛榮、林玫儀賢伉儷向國科會申請專案研究，建立了「詞學論著總目」資料庫，可供電腦檢索與研究主題相關的詞學論著目錄，且其建檔工作持續進行，堪稱國內有關詞學論著資料最新、檢索最爲方便的目錄。國家圖書館之「光碟版期刊論文索引」可檢索國內發行之期刊論文篇目，十分便捷。欲檢索大陸期刊論文，則大陸每月發行的《全國報刊索引》，匯整當月於中國大陸發行的各種報紙期刊的篇目，並加以分類登載，頗爲詳瞻。吾人生當科技及出版業發達之今日，運用電腦及各種書目索引來檢索搜集資料，實在是比以往有效率多了。

二、編目與精讀：將搜得的資料加以分類編號，並作成目錄。詳細閱讀後，汰蕪存菁，有用的資料與閱讀心得皆分類作成筆記與索引，隨時輸入電腦之中備用。

三、校點文句：史料及文集部份以《正統道藏》所收碑傳爲主，參校「道家金石錄」、「金石萃編」等有關資料，詳細圈點批閱。詞作部份以唐圭璋先生裒輯之《全金元詞》爲主，參校《正統道藏》、明清匯刻本（如朱祖謀《彊村叢書》、吳昌綬、陶湘《景刊宋元明清本詞》……等）以定其文字。並參考潘愼《詞律辭典》、萬樹《詞律》、《御製詞譜》，校正《全金元詞》之標點（《全金元詞》對詞作之分片及標點誤謬頗爲不少，故於援引時，當再仔細核對譜書。）

四、建立電腦資料庫：凡是與研究主題相關的材料，包括《道藏》

〔註8〕以上二文俱收錄於黃章明、王志成合編之《國學方法論叢・分類篇》，台北：學人文教出版社，1979 年 10 月再版。

中的全眞史料、文集、詞集，近人的著述……等，皆以掃描機輸入電腦，加以分類建檔，並詳細校訂原文。以掃描機輸入文字，每分鐘約可掃描五百字，一小時即可輸入三萬字，處理大量資料頗稱便捷。資料輸入後，再詳細校對並作筆記，一方面資料可隨時取用，一方面可用電腦統計某些有用的數據，一方面校對完畢時，筆記心得亦同時完成，對研究工作言，頗具效率。

五、集評與箋注：細讀唐圭璋主編之《詞話叢編》及各種詞學論著，從中收集前人對全眞道士詞人的評論及具啓發性的論述，將收集所得融化在箋注之中。箋注力求詳盡確實，箋注內容包括：寫作時間、寫作背景、擇調用韻、典故成句出處、題材內容、主要特色、前人近人評語，以及筆者的賞析評鑑、讀後心得……等。

六、撰寫各章內容：首先完成第二章，先對全眞教作大略的介紹後，接著依序完成：第三章、第四章、第五章、第六章、第七章，最後撰寫第一章。引用及參考書目則已於撰寫期間隨時輸入電腦檔案中。

第三、四、五章爲本論文最用力之處，寫作重點放在深入分析金元全眞道士的詞作，力求其詞作特點能清楚呈現。整理資料與撰寫論文時，純就客觀事實之需要，靈活運用各種方法而不拘泥於成套。如：演繹與歸納相互並用，分析與比較交叉錯用，欣賞與評鑑間雜運用……等。欣賞評鑑作品時，多採用知人論世的傳統批評方式，以歷史來論作者，以作者行實來探究作品內涵，力求作品整體面貌的呈現；論述的過程中，間亦採用現代的美學、心理學、修辭學、文學批評等原理來作爲闡述作品之輔助，唯以事實需要爲度，以避免落入窠臼或支離破碎。

四、內容大綱

本論文共分七章，並附錄引用及參考書目。內容簡述如下：

第一章〈緒言〉：分四點敘述本論文的研究動機、研究範圍、研究方法、內容大綱。

　　第二章〈全真教述略〉：關於全真教的發展歷史及其思想之研究，前賢已有相當豐碩詳實的研究成果，本章即綜覈各專家學者之研究成果，先對全真教興起的時代背景（第一節）作一敘述，然後，就全真教在金元時期的開創與發展（第二節）及全真教的主要教義與儀規（第三節），作一概略介紹，藉以了解金元全真道士詞的寫作背景，以便正確掌握其內涵及風格形成的原因。

　　第三章〈全真教主王重陽詞析論〉：本章共分三節，第一節簡介王重陽的著作；第二節從內容上，將王重陽詞依題材性質分為標舉全真宗旨、倡言三教合一、闡述性命雙修、強調清靜無為、主張真功真行、勸人出家禁慾、自述生平事蹟、勸人及早修行、詠物酬唱寄贈等九類，然後加以分析，以明其內涵；第三節從詞調、造語、體式、音樂性、表現技巧等五方面，分析並介紹王重陽詞在形式上的特色。

　　第四章〈全真七子詞析論〉：本章共分七節，從生平事略、詞作內容分析、詞作形式分析三方面，分別介紹並剖析全真七子：馬鈺、譚處端、劉處玄、丘處機、王處一、郝大通、孫不二等人的生平及其詞作。

　　第五章〈全真門人詞析論〉：本章分六節，前五節從內容及形式兩方面分別分析王丹桂、長筌子、尹志平、姬翼、李道純等人詞作，第六節分別剖析高道寬、宋德方、王志謹、苗善時、馮尊師、三于真人、劉鐵冠、牛真人（道淳）、楊真人（明真）、范真人（圓曦）、紙舟先生、雲陽子、牧常晁、王玠等十四人的詞作。

　　第六章〈金元全真道士詞的特色與價值〉：本章分二節，第一節論述金元全真道士詞的特色，第二節評析金元全真道士詞的價值。金元全真道士詞在內容方面的特色，最主要的有下列五點：一、以傳道說教為主要內容，二、以三教合一為基本立場，三、多有述內丹修煉方法之作，四、多有唱和贈寄索答示授之作，五、多有雲遊乞化與隱居生活的寫實之作；在形式方面的特色，最主要的也有下列五點：一、造語極淺白俚俗，二、注重詞的音樂性，三、喜以道家語更改調名，

四、有藏頭拆字體與福唐獨木橋體，五、多用白描及鋪敘手法。金元全真道士詞的價值，較重要的有四點，分別是：一、可作爲考查全真教的輔助資料，二、可據以修補《詞律》與《詞譜》，三、可藉以研究宋詞與元曲的關係，四、提供了雜劇與小說的寫作材料。

第七章〈結語〉：綜合敘述本論文的研究心得及意猶未盡之處，一則自我檢視，一則作爲未來研究的方針。

第二章　全真教述略

　　《元史·釋老傳》分道家爲四派，曰全真、正一、真大道、太一。其中正一天師乃宋代以前道教舊統，全真等三派，則爲宋南渡後北方所新創，而全真特盛。現存《正統道藏》中，全真道士的著作頗多〔註1〕，記錄全真教發展歷史的文獻，較重要的則有：《金蓮正宗記》、《七真年譜》、《終南山祖庭先真內傳》、《甘水仙源錄》、《金蓮正宗仙源像傳》、《長春真人西遊記》、《玄風慶會錄》、《歷世真仙體道通鑑》等書。近人研究全真教之著述，首推清末東莞陳銘珪（字友珊，晚學道派名教友，自稱羅浮酥醪洞主）所著《長春道教源流》，鉤稽碑傳史料，綱張目舉，極有系統。其次爲近人新會陳垣（援庵先生）之《南宋初河北新道教考》，全書以全真教爲中心，旁及太一、真大道兩教。再次爲姚從吾教授於抗戰末期，據《長春道教源流》纂寫之〈金元全真教的民族思想與救世思想〉，後又撰成〈丘處機年譜〉，二文均收入其所著《東北史論叢》。姚氏弟子孫克寬先生繼承師業，著有〈全真教考略〉及〈金元全真教創教述略〉，此爲六○年代以前，國內研究全真教之著作。此後由於日本人及大陸地區學者之重視，有關全真教研

〔註1〕卿希泰《中國道教史·第三卷》頁31云：「金初興起的三大新道派中，全真教出現最晚，勢力最大，教團骨幹人物的文化程度最高，留下的著述、史料也最豐富，約佔三派道教史料的三分之二以上，足以提供相當清晰的全真教歷史面目。」

究之著述，頗爲興盛，益趨齊備，如：周紹賢《道教全真大師丘長春》、鄭素春《全真教與大蒙古國帝室》、酈國強《全真北宗思想史》、張廣保《金元全真道內丹心性論研究》、劉煥玲《全真教體玄大師王玉陽之研究》等皆爲研究全真教之專書。關於全真教之發展史，日人窪德忠所著《道教史》、任繼愈主編之《中國道教史》及卿希泰主編之《中國道教史·第三卷》所述亦頗爲詳細。至於單篇論文，如：窪德忠〈金代的新道教與佛教〉、〈長春眞人及其西遊〉、〈從純陽眞人的壁畫看王重陽〉、〈全真教的成立〉、蔣義斌〈全真教祖王重陽思想初探〉、閔智亭〈全真派的創立和對傳統道教的發展〉……（文繁不勝枚舉，參見附錄「參考書目」）。本章擬綜覈各專家學者之研究成果，先對全真教興起的時代背景（第一節）作一敘述，然後，就全真教在金元時期的開創與發展（第二節）及全真教的主要教義與儀規（第三節），作一概略介紹，以作爲論述金元全真道士詞的背景之參考。

第一節　全真教興起的時代背景

　　全真教爲崛起於北方金元統治之下的新道教。〔註2〕抽繹全真教

〔註2〕陳垣（援庵先生）於《南宋初河北新道教考》卷一嘗謂：「全真之初興、不過苟全性命於亂世，不求聞達於諸侯之一隱修會而已。世以其非儒非釋，漫以道教目之，其實彼固名全真也，若必以爲道教，亦道教中之改革派耳。」蔣義斌於〈全真教祖王重陽思想初探〉一文則指出：「援庵先生認爲全真教既以『全真』爲名，即不當列入道教，若勉強列入道教，當屬道教之改革派。全真教在金、元以新姿態出現，確與以往其他道派有所不同，但若因以『全真』爲名，而懷疑全真教是否當列入道教，則屬多餘，蓋『道教』一辭是個總稱，幾乎所有的道派，如『五斗米教』、『天師道』、『正一教』、『眞大道教』、『太一教』等道派，均不以『道教』定名，因此全真教是否屬於『道教』，不當因彼以『全真』爲名，而遽予否定。」蔣氏又於該文附註云：「日本研究道教學者，曾花了相當長的時間，來討論『何謂道教？』之類問題。參酒井忠夫、福井文雅撰，〈道教とは何か〉，收於福井康順等監修《道教（一）》（日本東京，平河出版社，1984年再版），頁5。『道教』一辭的範圍非常不易予以確定，主要是因爲『道教』的混合色彩濃，而道派間的性質差距又甚大之故。」銘按：

史料，不難發現，它在宋金元鼎革過程中，勢如風火般地發展到極盛，
又在元統一全國之際，經過長達二十餘年的佛道論爭而走向沒落，其
間的演變，政治的變革與社會的變遷，始終是它產生、興盛和中衰的
直接槓桿（參陳俊民〈略論全眞道的思想源流〉）。全眞教可說是當時
特殊政治社會背景下的產物，考察它的發展，若離開這一基點，就無
法看清它的眞相。除了政治社會背景的主要因素外，全眞教的興起，
另有促其成熟的內在與外緣條件，其緣由本非一端，撮其要約有下列
四項：一、三教融合的思想趨勢，二、徽宗崇道的流風餘韻，三、傳
統道教的改革要求，四、逃世慕道的避難浪潮。以下即分別敘述之：

一、三教融合的思想趨勢

　　佛教傳入中國後，儒、釋、道三教〔註3〕成爲中國思想界的主要

　　　蔣氏附註所云甚是，惟細懌援庵先生之言，不過是欲凸顯王重陽創
　　教之時，純以濟世救人爲念，全眞教初創，道教的宗教色彩並不濃
　　厚的事實，並未懷疑或否定全眞教屬道教。蔣氏以「五斗米教」等
　　相互比擬說明，使全眞教原屬道教一派之事實，更加明確，實屬高
　　見。又：錢穆先生於〈金元統治下之新道教〉一文亦曾述及此一問
　　題，其結論云：「故全眞教雖爲創教，而仍非創教，雖與以往舊道教
　　不同，而仍無以與舊道教割席分坐。無以名之，則名之曰新道教。」
　　是爲中肯之論。

〔註3〕關於儒、道、釋三教的名稱，道教、釋教向無異議，惟儒教是否存在？
　　則有不同看法。大陸學者所編輯的《宗教詞典》有對「儒教」一詞
　　的解釋，其內容雖充滿反儒家反傳統封建社會的情緒，有待商榷；
　　但亦可藉以了解大陸某些學者，對於「儒教」的看法。現迻錄原文
　　如下：「儒教：中國封建社會長期形成的特殊形式的宗教。中國是否
　　存在儒教，學術界有不同的觀點。有的認爲不存在儒教，只有儒家
　　的學說，它不是宗教。有的認爲存在儒教，孔子是教主。後者認爲
　　漢武帝利用政治權力把孔子學說宗教化，定儒教於一尊。隋唐時期
　　儒、釋、道並稱爲『三教』，此後，三教出現合一的趨勢。在封建政
　　權支持下，儒教體系完成於宋代。它以中國封建倫理『三綱』、『五
　　常』爲中心，吸收佛教、道教的宗教思想和修養方法，提倡『存天
　　理，去人欲』，使宗教社會化，把俗人變成僧侶，使宗教生活、僧侶
　　主義、禁欲主義、蒙昧主義、偶像崇拜滲透到每一個家庭。認爲儒
　　教信奉『天地君親師』，君親是中國封建宗法制度的核心；天地是君
　　權神授的神學依據；師相當於解釋經典、代天地君親之言的神職人

思惟因素，三教間的對抗、融合，形成思想界的波濤洶湧。由於儒家提倡三綱五常，特重人倫教化，有助於維繫政權的統一與人際關係的和諧，特別適合於我國古代傳統的社會，因此自西漢時代取得獨尊的地位後，便一直受到歷代執政者的重視，而居於主導地位；佛教初入中國，爲求生存發展，必須從儒家吸取菁華，並依附於道教傳播；道教爲我國土生土長的宗教，一開始便充份顯現出博取混合，捨棄枝葉，而尋求各不同思想要素之會合點的民族思想特色。〔註4〕另一方面，佛、道二教有一套追求彼岸世界的宗教理論和修養方法，爲儒教所不及，儒教也必須從佛、道二教的教義中吸取營養來彌補自己的不足。因此三教相互融合，是自佛教傳入中國、道教成立後即已開始的，而在佛、道蓬勃發展後，便逐漸形成爲一種趨勢。任繼愈在〈唐宋以後的三教合一思潮〉中指出：「三教關係是中國思想史、中國宗教史上的頭等大事。三教合一，則是中國思想史、中國宗教史的發展過程和最終歸宿。」大致上是沒錯的。

　　漢魏兩晉之時，是三教關係史的開始。就道教言：道教的第一部經書《太平經》，內容肯定儒家的三綱六紀，提倡人倫思想，如經文中說：「三綱六紀所以能長吉者，以其守道也，不失其治故常吉。」、「凡民守讀之，共強行之，……令人父慈、母愛、子孝、妻順、兄良、弟恭、鄰里悉思樂爲善，無復陰賊好相災害。」《老子想爾注》將道

員。《四書》、《五經》，是儒教的經典，祭天、祭孔、祭祖是規定的宗教儀式。童蒙入塾讀書，開始接受儒教的教育時，要對孔子的牌位行跪拜禮。從中央到地方各州府縣建立孔廟，爲教徒（儒生）定期聚會朝拜的場所。認爲儒教統治中國達千年之久，它起了穩定封建秩序、延長封建社會壽命的重要作用。五四運動後，它的統治地位發生動搖，但帝國主義侵華勢力及封建殘餘勢力繼續提倡尊孔讀經，維護儒教，用來抵制新興的革命潮流。持這種觀點者還認爲，由於儒教在形式上不同於一般宗教，也由於它口頭上反對佛教和道教，並反對其他宗教，不承認自己是宗教，因而有些人不把儒教算作宗教。」

〔註4〕見蔣義斌〈全眞教祖王重陽思想初探〉，該文刊於《中國歷史學會史學集刊》十七期，民74年5月，頁47～63。

家的道依附於儒家的忠孝仁義等道德規範，認為實行了道，也就實現了忠孝仁義。〔註5〕《魏書‧釋老志》謂佛教：「其始修心則依佛法僧，謂之三歸，若君子之三畏也。又有五戒，去殺、盜、淫、妄言、飲酒，大意與仁、義、禮、智、信同，名異耳。」而道教「其為教也，咸蠲去邪累，澡雪心神，積行樹功，累德增善。」實與儒、釋有類似之處。東晉道士葛洪大量援儒入道，用儒家的倫理綱常補充並改造道教，《抱朴子》書中，一再強調儒、道一致，主張道士應以道為本、儒為末，儒道兼修，如《內篇》卷十〈明本〉云：「道者，儒之本也；儒者，道之末也。」又云：「今苟知推崇儒術，而不知成之者由道。道也者，所以陶冶百氏，範鑄二儀，胞胎萬類，醞釀彝倫者也。」這是說儒不能離道；另一方面，他又認為修道離不開儒，實行儒家的倫常道德是成仙的根本，如《內篇》卷三〈對俗〉云：「欲求仙者，要當以忠孝和順仁信為本。若德行不修，而但務方術，皆不得長生也」。兩晉以前，佛經翻譯甚少，影響不大；東晉中業，道書中已出現佛教因果輪迴的思想，東晉中期後所出的上清、靈寶經書，更是大量抄襲了佛經中的因果報應、輪迴地獄的思想。就儒家言：儒家也在此時吸取道家、道教和佛教；魏晉玄學家將《老子》、《莊子》與《周易》相融合，創造出風格獨異的玄學，就是儒家融合道學的主要表現。〔註6〕就佛教言：早期《四十二章經》翻譯時，大段引進《淮南子》；東晉高僧僧肇融攝《老子》、《莊子》於他的《涅槃無名論》，深化「空」義（同註6）。蔣義彬說：「由魏晉至隋唐思想界的重要趨勢，便是調和儒、釋、道。」（同註4）確實是如此。

「三教一家」之說，大約始於南北朝〔註7〕，而形成三家同唱，

〔註5〕見《老子想爾注》十八章注。參見卿希泰主編《道教與中國傳統文化‧第五章道教與儒、釋》頁159（福州：福建人民出版社，1992年6月第二次印刷）

〔註6〕參見卿希泰主編《道教與中國傳統文化》第五章〈道教與儒、釋〉，頁160～161。

〔註7〕陶弘景《茅山長沙館碑》云：「百法紛湊，無越三教之境」；梁武帝作

蔚然成爲一代社會風氣，則始於北宋。南北朝時的道教經典，已頗多摻雜儒家思想，《太上洞玄靈智慧罪根上品大戒經》說：「與人君言，則惠於國；與人父言，則慈於子；與人師言，則愛於眾；與人兄言，則悌於行；與人臣言，則忠於君；與人子言，則孝於親。」即是宣揚孝慈的儒家思想。隋朝李士謙云：「佛，日也；道，月也；儒，五星也。」（《佛祖歷代通載》卷十）已將三教並論。

唐朝興起，以老子爲王室先祖，道教成了國教；其時佛法也大盛，帝王將相頂禮膜拜奉事不暇；禪宗興起，不立文字，惟求明心見性，更易於和儒家心學、道家玄學相契合；於是有三教並尊之議。據白居易《白氏長慶集》所收〈三教衡論〉一文，記述在文宗朝御前問難之語，可見「三教一致」的綜合哲學思想，已瀰漫於朝野人士。唐朝後期，主張三教會同，在理論上互相包融的思想家已不乏其人，唐代僧人宗密《原人論》中說：「孔、老、釋迦皆是至聖，隨時應物，設教殊途。內外相資，共利群庶。」即是一例。隋唐以後，中國出現了大批佛教「僞經」，所謂「僞」，是指它不是來自西方，是中國人自己編造的。僞經名目繁多，各有特點，各有偏重，但它們都強調三綱五常、忠孝友悌等儒教思想。五代時僧延壽於《萬善同歸集》卷六云：「儒道仙家，皆是菩薩，示助揚化，同贊佛乘。」也是主張三教一致。

北宋儒家中，雖不乏堅決排斥佛道者，如孫奭、孫復、歐陽修、李覯等人，但大多數理學家則明反佛道而暗融佛道，甚且出現了以蘇軾爲代表的公開主張融合佛道的蜀學派。在此時，絕大多數的儒者都受過佛教和道教的影響。周敦頤的《太極圖說》，本來是道教先天圖的翻版；稍後的張載、二程以及南宋的朱熹、陸九淵也都深受佛道兩教的影響。至於佛道二教中，倡言「三教一家」、「萬善歸一」者，可謂比比皆是。正是在這種「三教一家」的大合唱中，相繼在儒家中出現了融合釋道的新儒學，在道教中出現了融合儒釋的新宗派；而且隨

〈會三教詩〉、釋智藏作〈奉和武帝三教詩〉；周武帝召三教和文武百官二千餘人「量述三教」，皆見「三教」之詞。

著此思潮的繼續發展，使這種融合在各家中不斷深化。（同註 6）北宋元祐年間，四川大足縣石篆山石窟造像，即將儒佛道鑴刻於一處，具體地表現了三教融合的思想。

　　宋室南遷後，北方知識份子表現出對政權的疏離感，並對佛、道的興趣轉濃〔註 8〕，紛紛投入宗教行列。太一教、眞大道教〔註 9〕、全眞教即爲宋南渡後北方新興的三個道教團體。此時，儒釋道三教融和的氣氛已瀰漫於北方，太一、眞大道二教，雖未明白標舉「三教合一」的宗旨，但從其祖師行誼及教人的戒規來看，實爲三教融合的具體表現。據王惲《秋澗集》卷四十七〈太一二代度師贈嗣教重明眞人蕭公行狀〉載：

> 門人鉅鹿李悟眞者，造請何爲仙道？師曰：「做仙佛不難，只依一弱字便是」，爾曰：「弱者，道之用也」。悟眞既受旨，辭還。

仙佛同稱，是宋元時期道書中的常例，這反映出三教一致的思想是當時社會思潮的總趨勢。蕭道熙將仙佛同稱，是順應時勢的說法。王惲《秋澗集》卷六十一〈太一三代度師先考王君墓表〉載：

> 六代度師全祐嗣教之七年，自燕命提點張居祐等以禮幣來謁，且致其意曰：道家者流，雖崇尚玄默，而太一教法，專以篤人倫翊世教爲本。至於聚廬託處，似疏而親，師弟子之兩間，傳度授受，實有父子之義焉。

這正好說出了太一教的教義和教制的特點，太一教凡掌教者一律改從始祖之蕭姓，以示師徒之間盡父子之禮。〈太一二代度師贈嗣教重明眞人蕭公行狀〉記載始祖蕭抱珍（？～1166，於 1136 年創立太一教）羽化時，二祖蕭道熙：

> 綿絰哀感，如喪考妣，於是相宅兆，具葬儀，及殯，整整

〔註 8〕詳參陶金生〈金代的知識份子〉，收於《中央研究院國際漢學會議論文集——歷史考古組》中冊，頁 994，民 70 年出版。

〔註 9〕據陳垣（援庵先生）《南宋初河北新道教考》卷三考定：該教原名大道教，至元憲宗時，始改稱眞大道教。

有法，綱而不紊。

王若虛《滹南遺老集》卷四十二〈太一三代度師蕭公墓表〉載三祖蕭志沖：

> 始事尊宿霍子華。子華故有淹疾，師（三祖蕭志沖）侍奉唯謹，前後十年，無懈倦之色，或衣不解帶者數月，人以爲難。

從這些記載可看出太一教受儒家影響之深刻。

眞大道教，始自金源道士劉德仁（1122～1180，於 1142 年創立大道教），虞集《道園學古錄》卷五十〈眞大道教第八代崇玄廣化眞人岳公碑〉論之云：

> 眞大道以苦節危行爲要，不妄求於人，不苟侈於己。庶幾以徇世夸俗爲不敢者。金有中原，豪傑奇偉之士，往往不肯嬰世故，蹈亂離，輒草衣木食，或佯狂獨往，各立名號，以自放於山澤之間。當是時，師友道喪，聖賢之學，泯滅漸盡，惟是爲道家者，多能自異於流俗，而又以去惡復善之說勸諸人，一時州里田野，各以其所近而從之。受其教戒者，風靡水流，散於郡縣，皆能力耕作，治廬舍，聯絡表樹，以相保守，久而未之變也。

北宋以後，儒教吸收了佛、道兩教的宗教修養方法，及不計較世俗利害、不貪圖物質要求的禁欲主義。安貧樂道，口不言利，溫馴和平，與人無爭，成了儒教爲人處世的基本教義〔註10〕，劉德仁的行誼正是此教義的具體實踐。又宋濂《宋學士文集》卷五十五〈書劉眞人事〉，記劉德仁創教大義，云：

> 從之游者眾，眞人乃取所授書，敷繹其義以示人。一曰視物猶己，勿萌戕害兇嗔之心。二曰忠於君，孝於親，誠於人，辭無綺語，口無惡聲。三曰除邪淫，守清靜。四曰遠勢力，安賤貧，力耕而食，量入爲用。五曰毋事博奕，毋習盜竊。六曰毋飲酒茹葷，衣食取足，毋爲驕盈。七曰虛

〔註10〕參閱任繼愈〈唐宋以後的三教合一思潮〉，該文刊載於《世界宗教研究》1984 年第一期，頁 1～6。

心而弱志，和光而同塵。八曰毋恃強梁，謙尊和光。九曰
知足不辱，知止不殆。學者宜世守之。……傳其道者幾遍
國中，……蓋其清修寡欲，謙卑自守，力作而食，無求於
人，實與天理合也。天理人心所同，固足以感召歟！

由此可知劉德仁教人的戒條，都是一些倫理規範、立身處事之道，而
其本身又能「苦節危行為要，不妄求於人，不苟侈於己」，虔誠地奉
行「少思寡欲」、「清靜沖抑」「慈儉不爭」的教旨，充份表現出其援
儒入道的特點。錢賓四（穆）先生曾在〈金元統治下之新道教〉中論
之曰：「蓋其時之新道教，大抵皆陽道而陰儒，非儒術不足救世，而
儒術非掌握政治教育之權勢位望則其道扞格，故改修老子之道以自
晦。儒術期於上達，今則一意下行，此當時新道教之共同精神。」實
為卓見。

　　全真教起於關中，為張載講學之地，橫渠的〈西銘〉，實在是「天
人合一」之學。「程門立雪」、「靜坐求心」的理學家風的漬染，不能
說曾讀過儒書的王重陽無所聞知。這些都足以影響全真教「三教合一」
思想的形成。〔註11〕

　　由於時代思潮的趨勢，王嚞創立全真教時，即首先標舉「三教合
一」的旗幟，正可謂是順應時勢，獲取人心的聰明作法。

二、徽宗崇道的流風餘韻

　　宋徽宗崇寧、宣和年間，是北宋末季崇信道教最熾烈的時代。徽
宗本身極端崇信道教，其崇道事蹟詳載於《宋史・徽宗本紀》、《續資
治通鑑》及宋人筆記小說中。〔註12〕

　　徽宗在位二十餘年（1101～1125）一貫崇奉道教。其崇道活動大

〔註11〕參閱孫克寬〈金元全真教創教述略〉，該文刊載於《景風》第十九期，
　　　　1968 年 12 月，頁 42～52。
〔註12〕孫克寬《宋元道教之發展》、任繼愈《中國道教史》、卿希泰《中國道
　　　　教史・第二卷》等書論述徽宗崇道誤國之事頗為詳備，可資參考。
　　　　本小節即據上述三書及參考正史、稗官、宋人筆記小說輯拾而成。

致可分爲前後兩個時期。崇寧、大觀年間（1102～1110）爲前期，政和、宣和年間（1111～1125）爲後期。據卿希泰《中國道教史‧第二卷‧道教大事紀》紀載，徽宗前期的崇道活動，較顯著的有下列數條：

△ 建中靖國元年（1101）即位之初，即下蘇湖二州采太湖石四千六百枚修奉景靈西宮，以景靈西宮爲官家道宮，其制參用道儀。

△ 崇寧二年（1103）召泰州天慶觀道士徐守信至京，賜號「虛靜沖和先生」，並爲建仙源萬壽宮。

△ 崇寧三年（1104），魏漢津請鑄九鼎，鼎成後，賜號「沖顯處士」，累加至「虛和沖顯寶應先生」。魏死後，即於鑄鼎地建寶成殿祀黃帝等，以李良、魏漢津配食，諡漢津「嘉晟侯」。

△ 崇寧四年（1105），召龍虎山三十代天師張繼先至京，命弭解州鹽池怪，又建醮內廷，賜號「虛靖先生」，視秩中散大夫，賜崑玉所刻「陽平治都功印」，封其祖先張陵爲「正一靜應顯佑眞君」，詔有司就國之東建下院以居之，賜額曰「崇道」，又賜緡錢修龍虎山上清宮，改賜「上清正一宮」額，追封其祖及父「先生」號，度其祖母陳氏、馮氏、妹葆眞皆爲道士，官其兄紹先假仕郎，恩賚甚厚。

△ 崇寧五年（1106），敕：「僧居多設三教像，非所以奉天眞與儒教之意，可迎其像歸道觀、學舍」。詔茅山第二十五代宗師劉混康，加號至「葆眞觀妙沖和先生」；並下詔訪求道教遺書，就書藝局令道士校定。

△ 大觀元年（1107），命張繼先醮於龍虎山中，且召赴闕，命祛宮中妖，因問道要，答以神仙可學，不死可致，乃作〈大道歌〉。

△ 大觀二年（1108），劉混康應召同徐守信、張繼先、虞仙姑等會上清儲祥宮，館於新修元符別觀，徽宗親至其所，劉混康因進所誦《大洞眞經》。

從這些紀錄可知，徽宗即位之初已用心於道教，惟此時之崇道，純爲

信仰，尚無其他政治目的。即以徽宗最為寵信的劉混康〔註13〕而言，徽宗賜以印、劍及田產財物，並先後給他敕書及贈詩七十餘次，也不過是多次向他索取「炭丹」、「仙餌」、「傷風符」、「鎮心壓驚符」或命其預卜吉凶等。從他當時的崇道情況來看只是一般的道教信仰者所為，並無政治上的需求。

徽宗大規模崇道開始於政和年間，這和當時政局的不穩與外患頻至有關。崇寧、大觀年間，屢遭災荒，盜賊四起，到了政和年間，內擾不斷，社會日益動亂不安；外患上，除了與遼、夏二國對峙外，金國又於此時崛起，更加一重威脅。環顧當時情勢，可謂內外交迫，險象叢生。為了穩定社會，鞏固政權，徽宗及蔡京集團便想出了利用道教來神化宋皇朝，以達攝服外敵和鎮服群眾的目的，於是在權臣、宦官和道士的共同策劃下，出現了一系列宣揚道教和神化徽宗的神話（詳參任繼愈《中國道教史》）。《續資治通鑑》卷九十一載：

> 政和三年（1113）十一月癸未，祀圜丘大赦天下。帝有事於南郊，蔡攸（蔡京長子）為執綏官，玉輅出南薰門，帝忽曰：「玉津園東若有樓臺重複，是何處也？」攸即奏：「見雲間樓殿臺閣，隱隱數重，既而審視，皆去地數十丈。」頃之，帝又問曰：「見人物否？」攸即奏：「有道流童子，持幡節蓋，相繼而出雲間，衣服眉目，歷歷可識。」乙酉，遂以天神降詔告在位，作〈天真降臨示見記〉。帝常夢被召，如在藩邸時，見老君坐殿上，儀衛如王者，諭帝曰：「汝以宿命，當興吾教。」帝受命而出，夢覺記其事……道教之盛自此始。

由這段記載可知，徽宗編造夢見老子，老子對他說：「汝以宿命，當興吾教」。於是大肆宣揚所謂天神降臨之事，親作〈天真降臨示見記〉頒示全國，命於京師建迎真館，以迎天神之降臨。由於徽宗的重視，道教很快地在全國各地興盛了起來。

〔註13〕劉混康曾受哲宗召見，賜號「洞元通妙先生」。徽宗即位初，無子，劉混康教以「廣嗣之法」，始生子，故徽宗對劉混康頗為崇信。

　　政和六年（1116），道士林靈素得到徽宗的寵信，利用徽宗自稱曾夢遊神霄府之事，編造徽宗是神霄玉清王，號長生大帝君，乃上帝之長子，爲解救人間苦難始下降爲人君的神話。政和七年（1117）又在林靈素的策劃下，徽宗自稱青華帝君夜降宣和殿，授他「帝誥、天書、雲籙」等事，命道士二千餘人集合於上清寶籙宮，由林靈素宣諭其事，並命京師吏民皆受「神霄秘籙」。四月，徽宗諷示道錄院云：

> 朕乃昊天上帝元子，爲大霄帝君，睹中華被金狄之教，焚指煉臂，舍身以求正覺，朕甚閔焉，遂哀懇上帝，願爲人主，令天下歸于正道。帝允所請，令弟青華帝君權朕大霄之府。朕夙昔驚懼，尚慮我教所訂未周，卿等可上表章，冊朕爲教主道君皇帝。（《續資治通鑑》卷九十二）

於是群臣及道錄院上表冊封他爲「教主道君皇帝」，徽宗遂成了人君、天神、教主三位一體的皇帝。

　　徽宗君臣在編造道教神話的同時，也在全國大力推行道教，把我國道教推向到一個新的高峰。他曾多次下詔，令天下郡縣搜訪知道法、有道術的道士，當時著名道士徐神翁、王老志，王仔昔、林靈素、張虛白、王文卿等，即由各方推荐而來。徽宗也重視對道士的培訓，政和四年（1114）三月，「詔諸路監司，每路通選宮觀道士十人，遣發上京，赴左右街道錄院講習科道聲讚規儀，候習熟，遣還本處。」（《續資治通鑑》卷九十一）。徽宗又命各地州縣仿照儒學的形式設立道學。重和元年（1118）八月，徽宗下詔：

> 自今學道之士，許入州縣學教養，所習經以《黃帝內經》、《道德經》爲大經，《莊子》、《列子》爲小經，外兼通儒書，俾合爲一道。大經《周易》，小經《孟子》。（《續資治通鑑》卷九十三）

凡初入道學者稱道徒，以後每年進行考試，根據考試成績，分別授以元士、高士、大士、上士、良士、方士、居士、隱士、逸士、志士名號，這些名號相當於官品的五品到九品。

　　徽宗還仿照政府官吏的品秩，爲道士設立道官道職，據《宋史·

徽宗本紀》載：重和元年（1118）「置道官二十六等，道職八等」，道官道職限在道門中使用，但有時也授以眞官，如重和元年九月，徽宗「詔視中大夫林靈素，視中大夫張虛白，特授本品眞官」（《宋史・徽宗本紀》）。道官中地位最高的稱「金門羽客」，身帶金牌，可出入禁宮。據《清波雜志》載：

> 宣和間，黃冠出入禁聞，號「金門羽客」，氣焰赫然，而林靈素爲之宗主。

徽宗對道士的禮遇十分優厚，除給道士封賜外，還給予頗高的政治地位。重和元年（1118），徽宗「詔天下知官觀道士與監司、郡縣官以客禮相見。」徽宗本人在接見道士時，也往往以客禮相見，致使當時一些道教首領權勢顯赫，在一般大臣之上。據《宋史・方技列傳・林靈素傳》載：

> 帝設幄其側，而靈素升高正坐，問者皆再拜以請。所言無殊異，時時雜捷給嘲詼以資媒笑。其徒美衣玉食，幾二萬人……靈素益尊重，升溫州（靈素故鄉）爲應道軍節度，加號元妙先生，金門羽客冲和殿侍晨，出入呵引，至與諸王爭道。都人稱曰「道家兩府」。本與道士王允誠共爲怪神，後忌其相軋，毒之死……靈素在京四年，恣橫愈不悛，道遇皇太子弗斂避。

其他如王允城、張虛白等亦均有相當高的政治地位。

徽宗對道籍的整理和編纂也十分重視。徽宗即位不久，即在全國搜訪道書。數次下詔蒐訪道教逸書、仙經、奇異之文，並先後設立書藝局和經局，招各地道士來整理和校勘道籍。政和中，編成《政和萬壽道藏》一部，計五四○函，五四八一卷，爲我國第一部全部付梓之《道藏》。

徽宗還動用大量人力物力，在全國各地增建和擴建道教宮觀。在京師先後修建玉清和陽宮（後改名爲玉清神霄宮）、迎眞館、葆眞宮、寶成宮、九成宮、上清寶籙宮。崇寧、大觀年間，在茅山修建元符萬寧宮，龍虎山遷建上清觀，增建靖通庵、靈寶觀等。政和六

年（1116）四月，又命全國「洞天福地修宮建觀，塑造聖像。」（《宋史‧徽宗本紀》）。政和七年（1117），徽宗聽信林靈素等關於徽宗是天上神霄玉清王，號長生大帝君等說法，詔命在全國州府皆建神霄玉清萬壽宮（簡稱神霄宮），以供奉長生大帝君、青華帝君等神位。由於神霄宮是供奉徽宗神位之所，也是神化徽宗之所，徽宗甚爲重視，命各路漕臣提舉當地神霄宮；對修建神霄宮不力的官員還給予懲處，如：「重和元年（1118）三月……知建昌陳并等改建神霄宮不虔及科決道士，詔並勒停。」、「宣和元年（1119）三月……知登州宗澤坐建神霄宮不虔，除名編管。」（《宋史‧徽宗本紀》）致使各地官吏皆把修建神霄宮當作第一等大事。由於徽宗的倡導，繼唐以後，道教宮觀又進入極盛時期。

　　由於帝王的大力提倡，道士有極優渥的待遇，當時道士做官的例子很多。〔註14〕而道觀又遍布天下，加之《道藏》的刊行，道書充斥坊間，取得極易，民間社會的信仰，遂盡歸於道教，道教蔚然大興，更與政治發生密切關係。雖然靖康之亂，徽宗崇道誤國的撻伐之聲訇然四起，徽宗自己也成了金人的階下囚，在金人桎梏下度其殘生，道教一時之間被貶抑了下來，一些道教人物也都消聲匿跡，不知所終。但是信仰既深，影響既廣，社會上崇道的風氣，並未完全淨盡。尤其是宋都汴梁，道觀林立，師徒眾多，兵火流散之處，道教法籙依舊傳揚不已。孫克寬先生〈金元全眞教創教述略〉云：「我曾讀僞齊錄，劉豫紀事，曾載有道錄附名勸進的記錄，可見道流在

〔註14〕徽宗爲道士設立道官道職，限於道門中使用，但有時也授以眞官，如林靈素、張虛白等。陸游《老學庵筆記》亦有道士爲官的記載：「政和後，道士有賜玉方符者，背鑄御書曰賜某人，奉以行教，有違天律，罪不汝貸，結於當心。每齋醮則服之。」又：「宣和中，會稽天寧觀道士張若水，官爲蕊珠殿校籍，贈其父爲朝奉大夫，母封宜人，嘗見母賜誥曰嘉其教子之勤，寵以宜家之號，詩人林子來，亦有贈道官萬大夫焚黃詩。然二人者品秩猶未高。若林靈素，以侍晨恩數視執政，則贈官必及三代矣。大抵當時道流濫恩，不可勝載。」

當時依然有相當的社會地位。流風餘韻之所及，新道教便應運而生了。」確實是如此。道教本自中國傳統文化孕育而出，信仰既已普及成爲中國文化的一部分，則已不可能滅絕，舊的道教「弊極而變」之後，必有新的道教產生。徽宗崇道，一方面使道教風行全國，一方面又使道教弊端叢出，都在在提供了新道教應運而生的契機。

三、傳統道教的改革要求

　　由於符籙派道教自唐、五代以來造成的種種弊端，以及北宋徽宗的崇道誤國，引起人們對傳統道教的反感；加上道教本身吸收佛教禪宗和北宋儒家理學的心學理論，使道教內丹之學趨於成熟，從而促成了傳統道教的覺醒，並使道教的發展起了革命性的變化。〔註15〕全眞教興起於金源中葉，正處於傳統道教迫切需要改革，且改革時機也已成熟的時候，因此能成爲道教變革時的重要關鍵。現即就目前專家學者們的研究成果，綜述如下：〔註16〕

（一）傳統道教的弊端

　　初、盛唐時期，由於國力鼎盛，民生富庶，整個社會瀰漫著一團歡樂、熱情、浪漫的氣氛，在這種令人暈眩的氣氛中，人們一方面盡情享受現世的樂趣，盡情追求欲望的滿足，一方面卻又擔心歡樂的時光不再，對人生的短暫、生命的無常感到莫名的恐懼，企求能永保歡樂幸福、長生不死，便成了人們熱烈的渴望。就是在這樣的氣氛中，道教的發展爲迎合當時人們的需求，一些較粗鄙凡俗的齋醮迷信、符咒、煉丹、服藥的修行方法，頓時順應世勢蓬勃興盛

〔註15〕北宋以前的道教發展，以符籙、丹鼎（外丹）派爲主；南宋金元以後，則由內丹派取代。

〔註16〕本小節主要參考下列專書及論文摭拾而成：任繼愈《中國道教史》、卿希泰《道教與中國傳統文化》、葛兆光《道教與中國文化》、鄺國強《全眞北宗思想史》、張廣保《金元全眞道內丹心性論研究》；胡孚琛〈道教史上的內丹學〉、陳俊民〈略論全眞道的思想源流〉、陳兵〈略論全眞道的三教合一說〉。

起來，由帝王到一般士民，無不熱衷於這些方術之中。如：素以英明著稱的開國君主唐太宗李世民，儘管心中明白「神仙事本虛妄，空有其名」（《舊唐書·本紀》），但後來卻篤信長生之術，「發使天下，采諸奇藥異石」，最後更因吃了一位名叫那羅邇娑婆的天竺方士所製的延年丹藥，結果中毒身亡。在這個時代裡，道教最興盛的是那些來自巫術與迷信的鬼神崇拜、齋醮祈禳之類。據葛兆光《道教與中國文化》所云，這些巫術與迷信約有四類：一、是齋醮，即祈雨、捉鬼、消災、解厄、超度亡靈的儀式。齋醮祈禳之儀由簡單到複雜，由南北朝的幾種發展為上百種，而且「道士一醮，酒脯百盤」（《廣弘明集》卷十二唐釋明概〈決對傅奕廢佛僧事〉）場面也越來越大。二、是煉丹術。初盛唐煉丹事業之盛，是後世無法相比的，在唐高宗時，僅皇宮中煉丹的道士就有百餘人（參《歷世真仙體道通鑑》卷三十九）。三、是一些幻術。道士要哄人，就要顯示一點自己的本事，除了作鬼弄神、步罡踏斗、念咒畫符之外，還要玩上一兩套把戲，這在漢魏時期叫作「禁」。據說吳越巫師特別會這一套，能刀槍不入，使水倒流，使釘自出等等，而南朝時的道士也很懂這種幻術，有玩隱身術的，有入水不沉、踩刃不傷的，有呼喚禽獸的，有變形易貌使人不識的。據葛洪《抱朴子》內篇卷三〈對俗〉說，他看到的這類幻術有九百多種，可見當時這類幻術流行的程度，而隋唐則更是變本加厲、奇術百出。四、是道教把民間一些預言禍福的骨相之術、讖緯之術、占星之術也收羅了進來。如薛頤「解天文律曆，尤曉雜占」，曾預言「德星守秦分，王（李世民）當有天下」；袁天綱善看骨相，曾預言過不少大臣的祿命和武則天「當為天下之主」的消息；與袁天綱齊名的張憬藏則預言蔣儼的祿命，分毫不差。幻術當然只是嘩眾取寵的手段，但齋醮、煉丹、占卜預言則迎合了人們深層心理中的生存與享樂本能。齋醮能為人消災解厄，保人太平無事，給人祈求福祉；煉丹則能帶給人長生不死飛昇成仙開闢通途的希望；占卜預言則讓人早些知道自己的命運與前途，滿足人的好

奇心與解除人的恐懼感。總之，初、盛唐道教中這些粗鄙的儀式、方法，在社會普遍心理的迎合下，熱火朝天，迅速膨脹，使道教本身所蘊含的哲理幾乎全被迷信淹沒了。〔註17〕

對道教方術的熱烈迷戀，自初唐一直沿續到五代，迷信的程度愈演愈烈，也造成了一些不良的後果。如：唐憲宗因服藥，「暴成狂燥之疾」而一命嗚呼！唐敬宗、武宗、後唐莊宗、閩主王昶、前蜀王建、南唐李知誥，或是求仙訪藥，身死非命；或是任用道士，迷信巫術；或是營造道觀，鑄塑神像；甚至「鼓勵縱欲，主張男女愛欲及房中御女諸術；縱容道士胡作妄為，宣揚迷信，或保舉其充當朝廷要職，使本來清淨恬淡、修心養性之道觀、靜室，頓時變成淫穢、粗鄙、貪婪、迷信的集中營。」（鄺國強《全真北宗思想史》頁17）。

到了宋初，道教形式上的信仰，仍見盛唐五代之流風，神宗以後更盛行用金銀購買度牒，作為出家人修行的證明書。本來買賣度牒時必須考查並填上合格購買者的姓名，以證明真實無訛，但後來卻因買賣增加，監察無人，竟有空名發售，任意由官吏及商賈自定價格買賣。由此度牒不但可售給真正出家人，也可售給盜賊，流氓，無賴，使寺院道觀變成了污穢不堪的人慾道場。

（二）徽宗崇道誤國的影響

北宋末年，徽宗企圖利用崇信道教來鞏固政權和神化自己，但事與願違，徽宗崇道恰恰加速了北宋的滅亡。據任繼愈《中國道教史》稱，北宋滅亡的原因是多方面的，《宋史·徽宗本紀》贊文把「溺信虛無」作為徽宗失國的原因之一，是頗有道理的，因為當時崇道對政治、經濟、軍事都有直接或間接的影響。政治方面：由於徽宗崇道，

〔註17〕不過，還是有不少出身於文人士大夫的道士在探索哲理。這裡特別值得一提的是王玄覽、司馬承禎、吳筠，在他們的理論中，透露出了道教與佛教（特別是禪宗）合流，歸復到老莊去，成為精緻的士大夫道教，從而與巫術化的民間道教開始分道揚鑣的動向。（參見葛兆光《道教與中國文化》頁189）。

蔡京、童貫之輩利用道教在神化徽宗的同時也神化了自己，從而鞏固了政治地位，他們排斥異己，盡情享樂，使政治更趨腐化。道士也利用其特殊地位，干預政治，如「林靈素妄議遷都，妖惑聖聽」（《歷世真仙體道通鑑·林靈素傳》）。徽宗崇道，貶毀佛教，禁止巫教、明教等活動，引起一些宗教職業者及其信徒的不滿。當時有僧侶因公開責罵徽宗而被殺；信奉明教的方臘發起農民起義，其起義的因素之一，也和徽宗禁止明教活動有關。故徽宗崇道，在一定程度上促使當時政治腐化和社會動亂。經濟方面：徽宗在全國大建宮觀，耗費了大量財力物力。道教宮觀擁有眾多田產，不向國家納稅，減少了國家財政的收入；當時很多道士授有道官道職，均有俸祿，徽宗還給道士大量賞賜；徽宗每齋施，常費緡錢數萬或數十萬，因而造成了財政困難，國用不足。軍事方面：更帶來了嚴重後果。當金兵南侵時，徽宗猶迷信道法能抗禦金兵。宣和七年（1125）金兵已渡黃河，徽宗猶遣使把方士劉知常所煉的所謂「神霄寶輪」押送到全國的神霄宮供奉，謂可鎮四方之兵災。當金兵圍困京師時，兵部尚書孫傅仍迷信道法，相信方士郭京「能六甲法，可以生擒金二帥」（《續資治通鑑》卷九十六）。當時還有劉孝竭等亦效郭京所為，「或稱力士，或稱北斗神兵，或稱金闕大將」，皆受當局的信任。結果郭京等開城引進金兵後不戰而逃，加速了京師的陷落。徽宗崇道失敗和北宋的滅亡，引起士大夫與老百姓的不滿，直接激發了改革傳統道教的要求，尤其是淪陷在金人管轄區域的北方漢人，更是感受深刻，對傳統道教深惡痛絕。王嚞所創的全真教，正符合了人們改革傳統道教的心理與願望，所以能很快獲得認同，而傳播廣遠。

（三）內丹學趨於成熟

道教之說雖雜而多端，然概而言之，不外符籙、丹鼎兩大系。符籙派以符籙科教傳承，首重祈禳劾召，自漢魏以來一直是道教主流。但是符籙派之道術發展至唐宋，卻演變成強調人吞服符水或佩戴符籙

即可治病，可驅蝗去災，除去附體之妖魔鬼怪，也認定念咒可求雨得雨、止雨去雨之神怪思想，使道教本來清淨之境變成充滿虛幻神怪的迷信。丹鼎派以丹訣傳承，首重個人修煉成仙，這一派雖亦源遠流長，但從東漢到唐末，一直未形成教團。南北朝隋唐時的丹鼎派以燒煉外丹、煉形服餌以期成仙為主要特徵。據卿希泰《道教與中國傳統文化》說：隋文帝開皇年間，羅浮山道士青霞子蘇元朗撰《龍虎金液還丹通元論》和《旨道篇》，倡導內丹，從此道教內丹道興起。內丹道在唐代已有相當程度的影響，由於外丹成仙的多次失敗，到唐末五代，研究內丹學在道教界蔚為風氣，出現了一批內丹學者及道書。像鍾離權、呂洞賓、崔希範、施肩吾、譚峭、陳摶等都是其中著名者，為宋元道教內丹派的形成奠定了理論上的基礎。鍾離權的《靈寶畢法》，呂洞賓的〈沁園春〉、〈霜天曉角〉等歌，崔希範的《入藥鏡》，施肩吾的《鍾呂傳道集》、《西山群仙合真記》，均闡發內丹之道。其中鍾離權和呂洞賓，民間關於他們的傳說特別多，有許多道書偽託其名；南北宋之交的曾慥所輯的《道樞》，選錄了數十篇內丹說，亦大多以鍾、呂為宗。從《鍾呂傳道集》看，二人確是改外丹燒煉之術為內丹修養之學的關鍵人物，是他們建立了內丹道的系統理論與方法。另外，崔希範《入藥鏡》對內丹理論與功法也作了充分闡述，是唐末五代道教內丹學說演繹最全面的論述之一，對宋明道教內煉家發生了廣泛而深刻的影響。入宋以後，內丹道取代外丹流行於世，特別是北宋張伯端《悟真篇》闡明其道後，內丹道更為盛行，成為宋明道教修仙之法的核心。

　　卿希泰《道教與中國傳統文化》對外丹為何轉向內丹，內丹為何在隋唐五代時興起，提出極深刻的見解，他說：這固然和外丹的失敗、誤傷人命及內丹術的日趨成熟有關，但從更深的層面上看，恐與中國哲學推進到心性論有關。南北朝的學術界比較佛道二教，認為佛教煉神，主無生；道教煉形，主有生。隨著佛教哲學成為隋唐哲學的主流，道教深受其影響，佛教尤其是禪宗心性學為道教內

丹的興起提供了新的理論原料。內丹道在保持道教傳統的煉形基礎
上，吸取佛教的煉神，將佛道二教的生命觀融會，提煉出性命雙修
的內丹學，所以內丹於此時興起不是偶然的，有其哲學思潮的背景。
而內丹道的興起則直接促成了道教哲學由外向內的轉化，轉向從人
的自身去尋求成仙的根據。〔註18〕

　　鍾呂之說以修煉內丹而期成仙爲主旨，其出世旨趣與修煉方法，
與佛教禪學頗多相通之處。在禪宗風靡整個社會、名流儒士莫不趨之
於禪的北宋，禪與內丹雙修融合，成爲鍾呂內丹派的必然趨勢（參見
陳兵〈略論全眞道的三教合一說〉）。葛兆光在《道教與中國文化》中
指出：北宋時僞託鍾、呂名義的，大體是一種對當時道教不滿的思潮，
他們僞託鍾、呂，強調內心清淨，養性守氣，他們與禪宗合流，主要
是以禪宗的「頓了心性即爲佛」說來充實道教原有的「養氣守神即內
丹」說。這種不僅修「性」（心理）而且修「命」（生理）的學說與實
踐，從唐代以來醞釀已久，並逐漸成熟定型，它以它既有清淨的生活
方式，又有高雅的修養情操，還有長生健康的功效這些特點爲人們，
尤其是文人士大夫歡迎。而王嚞及「七眞」都是熟文識字的士大夫流，
他們的全眞教，在理論上就是沿著道教中這種逐漸士大夫化的趨向向
前發展的。陳兵〈略論全眞道的三教合一說〉說：「全眞教義師承有
自，淵源可尋，是北宋以來道教中三教合一的趨勢繼續發展的產物，
是鍾呂內丹派之學與佛儒之說進一步融合的結果。」是極正確的見
解。元代徐琰在〈郝宗師行道碑〉說，過去的道教違背了老莊本旨，
變成了符籙、燒煉、章醮之類的方術，而直到金代王嚞

　　　　創立一家之教曰全眞，其修持大略以識心見性、除情去欲、
　　　　忍恥含垢、苦己利人爲之宗，……老莊之道於是乎始合。（《甘
　　　　水仙源錄》卷二）

元代王惲《秋澗集》卷五十八所錄〈大元奉聖州新建永昌觀碑銘並序〉

<hr>

〔註18〕見卿希泰主編《道教與中國傳統文化》第四章〈道教與中國哲學〉，
　　　　頁137。

中也說：

> 自漢以降，處士素隱，方士誕誇，飛昇煉化之術，祭醮禳
> 禁之科，皆屬之道家，稽之於古，事亦多矣，徇末以遺其
> 本，凌遲至於宣和極矣！弊極則變，於是全眞之教興焉！
> 淵靜以修己，和易而道行，翕然從之，實繁有徒。其特達
> 者，各相啓牖，自名其家。若寂然師弟，弘衍博濟，教行
> 北山是也。耕田鑿井，自食其力，垂慈接物，以期善俗。
> 不知誕幻之說爲何事，敦純樸素，有古逸民之遺風焉！

明代王世貞（弇州山人）在〈跋王重陽碑〉中論王重陽，說：

> 全眞之名始自王重陽……其說頗類禪而稍粗，獨可以破服
> 金石、事鉛汞之誤人與符籙之怪誕……。（《少室山房筆叢》
> 卷四十二〈玉壺遐覽〉引）

金元以後文人、道士肯定全眞教者，連篇累牘，十分可觀，略引數端，已可認知全眞教對舊道教的改革，實在是它能贏得人心的一個重要原因。

四、逃世慕道的避難浪潮

　　披閱宗教發展史，可以清楚看到新宗教團體的產生或興盛，多在於災禍瀕仍的大亂時代。孫克寬先生說：「宗教多是亂世的產物，當現實生活，不能引起生的快樂時，人們祇有向另外的世界──精神世界，去找安慰。全眞教的發生，同樣也是遵守著這個原則。」（《全眞教考略》）是符合事實的。十二世紀是北方漢民族苦難重重的時代，宋遼金相互爭奪替代，漢族政權羸弱不振，空前尖銳的民族矛盾與階級爭鬥交織在一起。一方面由統治者製造的戰亂連綿不絕，破壞了農業生產和人民正常的生活；另一方面，天災、饑荒、瘟疫時有發生，使人們的苦難達到了極點。當時北地的漢族，不論是一般民眾、富室地主或知識份子，紛紛逃向宗教，尋求身心的庇護與慰藉，於是形成一股逃世慕道的避難浪潮，進而促進了太一、眞大道、全眞三教的產生。

　　關於宋金爭戰，卿希泰《中國道教史‧第三卷》曾有極精簡的

描述：西元 1127 年 4 月，北宋都城汴京淪陷，徽、欽二帝做了金人的階下囚，華北地區陷入了金兵的鐵蹄踐躪之下。不甘屈辱的漢族人民，在黃河南北各地紛紛組織武裝力量，奮起抗金。離衛州不遠的太行山一帶，以「八字軍」爲主的抗金義軍，多次狙擊金兵，攻佔州縣。金人立足未穩，一方面殘酷鎮壓各地人民的抗金鬥爭，一方面攻伐南宋，一直追擊宋高宗至溫州，然後大肆擄掠而北還。金太宗天會五年（1130），金廷爲緩解黃河流域的民族矛盾，封宋降臣劉豫爲兒皇帝，國號齊，統轄中原、陝西地區，形成一個與南宋之間的緩衝地帶。南宋一方，也一度振作，對內鎮壓了長江流域李成、孔彥周、張用、劉忠、楊么等農民起義，起用主戰派大臣，修整武備，攻擊金人控制下的齊。金熙宗上台之初，正值南宋聲勢大張之時。天會十五年（1137），因劉豫已被南宋攻擊得站不住腳，金廷下詔廢齊，次年還河南、陝西之地於南宋，雙方達成協議，宋向金納幣稱臣。

金人統治下的北方人民，苦難十分深重。民族歧視、階級壓迫，加上戰亂後的饑荒、瘟疫，使人們陷入重重苦海之中。他們盼望南宋王朝振興，恢復故國，陸游的詩「遺民淚盡胡塵裡，北望王師又一年」，正是當時北方漢族人民心情的寫照。人們急切需要解除刀兵、疾病等災難，醫治戰亂中妻離子散、家破人亡所造成的心靈創傷，在申訴無路、求助無門的現實環境下，只能把希望寄託於冥冥中的神靈，因而信仰道教成爲人們精神上的寄託。這表現在兩個方面：一方面是一般群眾，掙扎在苦海之中和死亡線上，極希望神靈現世，幫助他們消災卻禍、呼風喚雨、治病除瘟、度亡濟死。以祈禳祓襘爲宗旨的符籙道教，其傳統的神靈崇拜和符水治病等方術，正好適應了人們心理上的這種需要，本是傳播的良機，但卻因北宋末年由徽宗政令推行的神霄道教，因林靈素等道士的誕妄和徽宗的失國而喪失了吸引力；且上層符籙道士大多南渡，北方道教遭戰爭的破壞，形成空缺，於是承北宋符籙道教而又有所翻新的太一教，便於此時應運而生，廣泛地受到了

一般民眾的信仰。另一方面，當時社會的最大變動是漢人與女真間民族矛盾的尖銳化。女真貴族的征服，不僅使廣大貧民流離失所，而且直接損害了漢人富室的經濟利益，逼使他們投入反金行列，「尋蹤捕影，不遺餘力」（《遺山集》卷二十八〈完顏公神道碑〉），本來的階級矛盾，乃發展而爲民族仇視。金朝又奉行民族歧視政策，對漢族士大夫既利用又防範，在科舉取第時，漢族士人倍受壓抑，更由此形成了知識分子以「高尚不仕」、不做金主之官相尚的民族意識。加之，抗金戰爭對武臣的特別需要，宋南渡後，漢人統治階層中，早就一反北宋習俗，形成了武臣卑視文士的社會風氣，韓世忠「輕薄儒士，嘗目之爲子曰」「呼爲萌兒」，就是明證（《雞肋篇》卷下）。就在這種金人敵視漢人，武將輕薄儒士的雙重社會重壓下，知識份子欲修儒業而不能，金朝賜官而不就，面對風雲變幻的政治鬥爭，已感到極端厭倦，而迫切希望尋找一個精神上的避風港。內丹派道教主張清靜無爲，提倡修煉內丹以求長生久視，正好適應了他們心理上的需要，因此全真教也在此時應運而起。關於太一、全真的興起，孫克寬先生〈金元全真教創教述略〉亦曾指出：「女真入主中原，殺戮凄慘，見於《建炎以來繫年要錄》之所記，此不贅述。野史如《靖康紀聞》備載金人入城劫掠搜括之慘，京城如此，大河南北地方所遭遇之慘酷也可想而知。世族士大夫都向南方逃難，留下來的遺民孤子，便只有向山林棲遁，逃向佛老方面來託庇身心了。全真、太一兩教興起時，都能使民庶趨之若狂，正是這種關係。」

　　葛兆光《道教與中國文化》也曾指出：這個似道非道、似禪非禪的新道教——全真教，能很快贏得了士大夫與老百姓信賴的原因有二：除了它改變了舊道教粗鄙淺陋的俗態之外（前一小節已論及），另一個原因就是人們對於北宋亡於女真人，自己淪爲亡國之臣這一點耿耿於懷，正面抵抗已陷入絕望，折節屈膝又心有不甘，所以心中無限苦悶。元好問說過，少年氣盛的人，對道教不感興趣，嫌他「惰窳不振」，但當他們一經創傷，飽餐風霜後，卻一定會「自視缺然，願

棄人間事」(《遺山文集》卷三十五〈朝元觀記〉),這正好說明了當時
道教興盛的社會心理基礎,人們感到了失望、煩惱、苦悶時,歸依道
門的人就多起來了,人們總想在這裡找到一片寧靜的綠地,躺下去,
閉上眼,求得心靈的安慰,虞集所謂「佯狂玩世,志之所在,則求返
其眞而已」的那些人,大抵都有這種心情,所以「士有識變亂之機者,
往往從之」。

　　全眞教於金源中葉創教,開始時只受到少數富室地主及知識份子
的留意 (註19),其後逐漸發展,於元初達於極盛,全面受到擁戴信仰,
其主因固然是由於受到元朝政府的重視,加以大力扶持所致,然而深
究其根柢,實則亦是由於亂世中人們逃世慕道的避難心理,形成一股
不可遏抑的浪潮,才推使全眞教的發展達於巔峰。全眞道極盛的金末
元初,中國人民遭受了歷史上罕見的浩劫,民族壓迫的苦難空前深
重,漢人處境之艱難,境遇之嚴酷,更甚於宋金對峙之時。丘處機有
詩描述金、蒙交戰期間北疆的情況說,「幾多茅屋化劫灰」,人民「千
萬中無一二留」(《長春眞人西遊記》)。姬志眞描述蒙古兵南下屠戮的
慘況說:「比屋被誅,十門九絕,……漏誅殘喘者孤苦伶仃,覆宗絕
嗣者窮年冥索」(《雲山集》卷四〈長春眞人成道碑〉)。蒙古人蹂躪中
原殺戮之慘重見於正史或文人敘述者,不可勝數,略舉三則如下,以
見一斑:

　　△　孟琪《蒙韃備錄》載:「凡攻大城先擊小都,掠其人民
　　　　以供驅使。乃下令曰:每一騎兵必掠十人。人足備,
　　　　則每名需草或柴薪,或土石若干,晝夜迫逐,緩者殺
　　　　之。迫逐填塞,壕塹立平。或供鵝洞砲座等用,不惜
　　　　數萬人。以此攻城壁,無不破者。城破不問老幼妍醜,
　　　　貧富逆順皆誅之,略不少恕。」

〔註19〕卿希泰主編《中國道教史・第三卷》頁 31 云:「與太一教、大道教
　　　　的教祖皆出身於中下層社會不同,全眞教創建者王喆,文化素養較
　　　　高,屬庶族地主出身的中級知識份子,全眞教中的骨幹,亦多屬此
　　　　類人物。這使全眞教的教義教制帶有地主階級文化的明顯烙印。」

△　蘇天爵《元文類》卷五十七〈宋子貞中書令耶律公神
　　道碑〉載：「時天下新定（元太祖太宗窩闊台時，約自
　　西元 1215 年到 1239 年），未有號令，所在長吏皆得自
　　專生殺。少有忤意，則刀鋸隨之。至有全室被戮，襁
　　褓不遺者。而彼州此郡，動輒興兵相攻。公（耶律楚
　　材）首爲言，皆禁絕之。」

△　《元史》卷一四六及《元名臣事略‧耶律楚材傳》載：
　　「國制：凡敵人拒命，矢口一發，則殺無赦。……河
　　南初破，被俘虜者不可勝計。及聞大軍北還，逃去者
　　十八九。有詔留停逃民及資給飲食者皆死。……雖父
　　子兄弟，一經俘虜，不敢正視。逃民無所得食，踣死
　　道路者，踵相接也。時諸王大臣及諸將校所得驅口，
　　往往寄留諸郡，幾居天下之半。……」

由此可以想見當時中原戰禍的慘烈。《元文類‧耶律楚材神道碑》中，
甚至有蒙古人別迭等「因漢人無用，不若盡去之，使草木暢茂以爲牧
地」的主張。這時候不僅一般民眾慘遭殺戮，貴族地主也飽經厄難，
如當時人元好問所說：「乃至王伯而降至於爲兵爲火爲血爲肉」（《元
遺山集》卷三十五〈懷州清眞觀志〉）。終元之世，被列爲最下等民族
的漢人、南人，下降到與娼妓同流的文人儒士，其精神的苦悶是可以
想見的。陳兵〈略論全眞道的三教合一說〉提及：「姬志眞有詩說：『中
原狼虎怒垂涎，幸有桃源隱洞天。流水落花依舊在，請君乘取斷頭船』
（《雲山集》卷四）。一些亂世幸存者，一些不肯屈節仕於金元朝廷的
高潔之士，及飽經折磨的勞苦大眾，從全眞道所構畫的『桃源洞天』
中去尋求安慰，也是一種有其必然性的歷史現象。」眞是說得一點也
不錯！

　　綜上所論，可知大亂之時人們逃世慕道的避難心理，實是全眞教
興起的重要原因之一。隨著這種心理的逐漸拓展，全眞教也愈來愈受
重視和歡迎。至逃世慕道的避難心理成爲一股浪潮時，便將全眞教的
發展推到了最高峰。全眞教自興起而達於全盛，實在是和這種心理因

素，密不可分。

第二節　全眞教在金元時期的開創與發展

　　十二世紀中葉，金人統治下的華北地區興起了太一、眞大道、全
眞等三大新道教，其中全眞教興起最晚〔註20〕，而勢力最大，影響也
最爲深遠。其發展歷史，概言之：創始於王嚞，拓展於七子分路揚教，
全盛於元初丘處機掌教，中衰於元末佛道論爭後，沉寂於明代，中興
於清初王月常，綿遠流長，至今與正一天師並稱爲我國道教兩大派
別。孫克寬先生〈全眞教考略〉與任繼愈《中國道教史·第十四章金
元全眞道》俱將金元時期的全眞教演進分爲四個時期。〔註21〕本節亦
擬分四小節簡介全眞教於金元時期的發展概況，分別是：一、王嚞生
平與創教經過，二、七眞傳教與教團初盛，三、長春弘教與全眞大盛，
四、佛道論爭與盛極而衰。

一、王嚞生平與創教經過

　　自宋偏安東南之後，關中先後淪於金元貴族統治之下，「干戈不
息」、「十門九絕」的嚴酷形勢，迫使北方士人「苟全性命於亂世，
不求聞達於諸侯」，普遍走上了「廢儒業」、「應武舉」，文武無成而
「慨然入道」的道路。尤其是「以氣節著」的關中學者，在兩宋亡
國的特殊社會矛盾的推動下，除了一部分如楊奐和楊天德子孫三代

〔註20〕太一教由蕭抱珍（？～1166）創立於金熙宗天眷元年（1138），元末
　　　　絕傳；眞大道教由劉德仁（1122～1180）創立於金熙宗皇統二年
　　　　（1142），亦於元末絕傳；全眞教由王嚞（1112～1170）創立於金世
　　　　宗大定七年（1167），流傳至今爲當代兩大（全眞、正一）道教派別
　　　　之一，現在的北京白雲觀爲其道務發展中心。
〔註21〕孫克寬先生的分法爲：自金大定七年（1167）至大定十年（1170）爲
　　　　創教時期，金大定明昌間（1170～1195）爲中期，元初爲全盛時期，
　　　　李志常、尹清和掌教後爲退縮時期。任繼愈的分法爲：西元 1159～
　　　　1187 年爲第一階段，西元 1187～1219 爲第二階段，西元 1219～元
　　　　代中期爲第三階段，元代中期至元末爲第四階段。

艱難地維持著關學學統之外，另一部分人便墮入這一門徑，王嘉就是典型（陳俊民〈略論全眞道的思想源流〉）。《正統道藏》中收錄著有關於王重陽的大批史料，其中比較重要的有：金密國公完顏璹作於金正大二年（1225）的〈終南山神仙重陽眞人全眞教主碑〉、金劉祖謙撰於金天興二年（1233）的〈終南山重陽祖師仙跡記〉（以上二文收錄於李道謙編《甘水仙源錄》卷一）、金末麻九疇的〈鄧州重陽觀記〉（收錄於《甘水仙源錄》卷九）、元秦志安編纂於太宗十三年（1241）的《金蓮正宗記》、元姬志眞成書於蒙古海迷失后二年（1250）的《雲山集》卷七〈重陽祖師開道碑〉、元李道謙編纂於至元八年（1271）的《七眞年譜》、元劉天素・謝西蟾合編於泰定三年（1326）的《金蓮正宗仙源像傳》、元趙道一的《歷代眞仙體道通鑑續編》，近人考察王重陽事跡大多據此。另外，今人香港青松道觀宣道部主任體上覺編錄《重陽全眞集》，中有〈重陽史略〉，綜覈各篇史料，去蕪存菁，頗稱簡要。現據今人研究成果略述王重陽之生平及其創教經過如下：〔註22〕

　　全眞教開山祖師王嘉，本名中孚，字允卿，號重陽子；生於北宋徽宗政和二年（1112）十二月，陝西省咸陽縣大魏村「以財雄鄉里」的大富豪之家，排行老三。該年爲女眞民族在遼叛亂，金國建立的前三年。自西元1112年至1142年「皇統和議」爲止，三十年間華北地區成了宋、遼、金交戰的舞台，社會混亂，人民流離失所，過著水深火熱的生活。當時的悲慘情景，以及人們生活的艱苦與辛酸，可從《金文最》、《建炎以來繫年要錄》、《靖康野史》及當時人的詩文集中，詳實而充份地得到了解。

　　王重陽七歲之時（1118），金人婁室破陝府長驅入關，敗宋將張浚於富平，金兵入鳳翔，重陽家鄉咸陽淪陷爲金兵占領，自此即在金

〔註22〕本小節之撰寫，主要鎔裁日人窪德忠〈全眞教與金元社會〉及閔智亭〈全眞派創立的時代背景和對道教的更新發展〉二文，並參考《道藏》有關全眞教之文獻而完成。

人的統治下渡過一生。重陽家係咸陽富室，由於傳統教育思想觀念，他曾企圖仕達，系籍於京兆府學，但考文不成，遂改習武，到了金熙宗天眷年間（1138～1140）應武舉得中甲科〔註23〕，因此而改名爲世雄，字德威，對自己的未來有者非常大的期望。然而，天不從人願，當時中原多事，秦隴紛擾，據完顏璹所撰〈全眞教祖碑〉，此時正是「廢齊（劉豫）攝事，秦民未附，歲又飢饉」之時。加之金兵橫蠻暴戾，焚燒擄掠，殺戮慘重，重陽雖然甲科及第，但因金人實施種族歧視政策，漢人倍受壓抑，只被任命在咸陽附近一個貧寒的村莊——甘河鎮擔任酒稅監的小吏，雖身有功名，卻無力救民於水火，亦阻止不了金人的暴行，於是，任職不久（？），即辭去官職〔註24〕，到距離咸陽五十公里的終南縣劉蔣村建屋隱居，過著日夜飲酒自暴自棄的生活。其生活情形在《重陽全眞集》卷九的〈悟眞歌〉中有過描述：

> ……三十六上寐中寐，便要分他兄活計。豪氣衝天恣意情，朝朝日日長波醉。壓幼欺人度歲時，誣兄罵嫂慢天地。不修家業不修身，只恁望他空富貴。浮雲之財隨手過，妻男怨恨天來大。產業賣得三分錢，二分吃著一酒課。他每衣

〔註23〕 關於王重陽舉武舉一事，陳教友（銘珪）在其所著《長春道教源流》卷一中把他看成是宋之義士，將其所受之科舉，推測爲宋之科舉。姚從吾先生在〈金元全眞教的民族思想與救世思想〉一文中，亦持相同見解。唯據最近的研究結果顯示，王重陽所受科舉應是金之武舉。關於這點，郭旃〈全眞道的興起及其與金王朝的關係〉一文，及鄭素春《全眞教與大蒙古國帝室》頁七〈王重陽的身世與入道〉一節辯之甚詳。其結論：「王重陽於弱冠應劉豫僞齊的文科考試，並於廢齊後，金天眷二年或三年（1139或1140）應武舉，中甲科。」筆者以爲頗合事實，可採信。

〔註24〕 關於王重陽辭官之時機，各碑傳說法頗爲紛歧，近人著述說法亦不一，卻又乏深入探究之作。郭旃〈全眞道的興起及其與金王朝的關係〉一文雖據《金蓮正宗記》斷定「（王重陽）四十七歲辭官入道。」但未能提出令人折服的新證據，而且《全眞紀實》中曾言及王重陽於貞元元年（1153）四十二歲時倡全眞教，顯然有矛盾或錯誤之處，郭氏亦未有辯解。故本文暫採日人窪德忠〈全眞教與金元社會〉及北京白雲觀住持閔智亭道長〈全眞派創立的時代背景和對道教的更新發展〉二文之說法。

　　　　飲全不知，餘還酒錢說災禍……。

此時重陽年方壯年，卻放棄仕進而逃於酒，其憤世心情可想而知。

　　闇跡塵囂、借酒澆愁的日子，一直到金海陵王正隆四年（1159）才有了轉變。這年夏天，在甘河鎮與精通鍾離權、呂洞賓一派金丹道的隱者相遇，得授口訣；第二年在醴泉縣又再相遇，隱者再度授予口訣，相傳直到成道爲止。這件事在全眞教中稱爲「甘河遇仙」，是頗被重視的一件事。〔註25〕甘河遇仙之後，王重陽改名爲喆，字知明，號重陽子，成了道士，停止了自暴自棄的生活，開始嚴格的修行。

　　王重陽於金世宗大定元年（1161）在終南縣的南時村，挖了一個四尺深的洞穴，題名爲「活死人墓」，在洞穴上置有「王害風之靈位」的紙牌，並在墓穴四隅各植海棠一株，說：「吾將來使四海教風爲一家耳。」顯示了他入道救世的決心。如此持續了兩年半，在金世宗大定元年（1163）的秋天，王重陽突然把「活死人墓」塡滿，而移住到在劉蔣村所建的草庵中，與道友和玉蟾、李靈陽結茅共修。這數年間，他的活動範圍不出陝西一帶，或遊於長安灄村呂道人庵，或遊於終南山上清太平宮。肆口所發皆塵外語，但鄉人多不理睬。此時傳教成績並不理想，持續三年多的傳教活動中，只收了史處厚、劉通微、嚴處常三個徒弟，無法吸引廣大的信眾。

　　全眞教的眞正創立，應自金世宗大定七年（1167）起算。這年四月，王重陽突然將劉蔣村的草庵燒毀而遠赴山東。東行經咸陽，自畫三髻道者像付史處厚收藏，並改名爲嘉，仍字知明，號重陽子。

────────────

〔註25〕諸多關於全眞教的碑傳資料皆載有「甘河遇仙」的事，且指明所遇仙人爲鍾離權與呂洞賓。事實上鍾呂二人爲唐末人，距王重陽已將近三百年，不可能有在甘河相遇之事，但王重陽在甘河遇隱者接受教誨，因此而改變生活態度，全心投入宗教活動則應是事實。興起於唐末的金丹道一派，至十二世紀中葉已普遍流傳於華北各地，王重陽所遇隱者，應即是精通內丹修煉的隱者。至於附會上鍾離二人，則與「全眞五祖」之說的興起有關（可參閱卿希泰主編《中國道教史·第三卷》頁378。）

在寧海州（山東省牟平縣）見到當時的大富豪馬從義，於馬氏庭園內，借建一間命名爲「全眞」的寺庵，此即教名的起源。大定七年至九年（1167～1169）是全眞教成立的關鍵期。王重陽花了一年的苦心，終於度化馬從義，將他改名爲鈺，初賜道號爲雲中子，後改丹陽子，並先後收丘處機、譚處端、王處一、郝大通、孫不二、劉處玄爲弟子。

大定八年（1168），王重陽帶著馬、譚、丘、王四人入寧海州東南的崑崙山，經五個月的嚴格調教後，便令四人在文登縣開始傳教活動。接著成功地組織了一個名叫「三教七寶會」的宗教團體，王重陽最初的傳教活動開始受到重視，也獲得了初步的成果。接著又在寧海州組織了「三教金蓮會」，在登州福山縣組織了「三教三光會」，在蓬萊縣組織了「三教玉華會」，在萊州掖縣組織了「三教平等會」。「三教七寶會」組成後，僅十四個月之中，就又有四個會相續成立，反映出王重陽的主張受到當時山東地區百姓的認同與歡迎。

金世宗大定十年（1170），王重陽攜馬鈺、譚處端、丘處機及大定九年（1169）在掖縣度化的劉處玄回故鄉陝西，途經開封府時，寓居於磁器商人王氏旅邸，囑咐馬鈺繼掌教團後升霞，享年五十八歲〔註26〕。此時，王重陽的傳教活動，已爲全眞教的發展奠定下了初步的基礎。

二、七眞傳教與教團初盛

自大定十年（1170）王重陽卒後，到金大定明昌之間（1190）是全眞教發展的第二階段，也是全眞教團進一步發展而漸臻壯盛的時期。

〔註26〕王重陽生於北宋徽宗政和二年（1112），卒於金世宗大定十年（1170），據此，享年應爲五十九歲，陳垣（援庵）先生《南宋初河北新道教考》對此有所解釋，謂：「王重陽生宋政和二年壬辰，卒於金大定十年庚寅正月四日，壽應五九。因其庵壁留題，有『害風害風舊病發，壽命不過五十八』之句，解者謂是年閏五月，正月十一日始立春，故止五十八也。」

馬鈺、譚處端、劉處玄、丘處機四人，扶王重陽靈柩回關中〔註27〕，安葬於終南山劉蔣村重陽隱居之地，馬鈺並手書「祖庭心死」以示志向之堅定，四人結廬守墓，三年期滿，始雲遊四方。大定十四年（1174）秋，四人同遊於鄠縣秦渡鎮，夜宿眞武廟，月夜共坐，各言其志，達成了分途傳道，發展教門的協議〔註28〕。次日各奔一方，譚處端東歸河朔、劉處玄隱居洛陽、丘處機赴磻溪苦修。

全眞教第二代的傳道活動，開始於馬鈺。馬鈺所撰《洞玄金玉集》卷一有一段話，記載王重陽將羽化前，與馬鈺的對話：

> 師父（王嚞）要歸逝，鈺求辭世頌，師父言：「我在關中呂道人庵壁上，預前寫下。」鈺覆知師父，鈺有三願，一欲將師父全眞集印行，師父曰：「長安決了」；二願欲與師父守服三年，師父曰：「劉蔣村有我舊庵墓址可住」；三願勸十方父母，捨俗修仙。師父言罷昇霞。

馬鈺嗣教〔註29〕後，果然遵照重陽遺命，回劉蔣村以「祖庭」爲傳教

〔註27〕七眞中的王處一、郝大通、孫不二三人未參加王重陽喪禮。據張廣保《金元全眞道內丹心性論研究》云：「原因是因爲三人於王嚞雖有點化之恩，但卻並非他的嫡傳弟子。」王處一因在王嚞生前，已先赴查山修煉，於王重陽逝後第二年（大定十一年，1171）始與同在查山修煉的郝大通趕來祖庭，與馬譚劉丘會合，不久王處一又回查山雲光洞潛修。郝太古本想與丘劉譚馬一道爲王嚞守喪，但終因名分不同，遭到譚處端的奚落，於是赴趙、魏間雲遊布道。孫不二於大定十二年（1172）自寧海州金蓮堂趕來，於全眞信士趙蓬萊宅中會見馬鈺，後在長安築環堵苦煉心性；出環後赴洛陽傳道，於大定二十二年（1182）昇霞。

〔註28〕此事可說是七眞分道揚教，教門得以興起的開始。《甘水仙源傳》、《七眞年譜》、《金蓮正宗仙源像傳‧丹陽子》俱載此事，今據《金蓮正宗仙源像傳‧丹陽子》迻錄如下：「十四年（大定）甲午中秋，師與譚劉丘三師宿秦渡鎮眞武廟，月夜各言其志，師（馬）曰『鬥貧』，譚曰『鬥是』，劉曰『鬥志』，丘曰『鬥閒』，翌旦乃別，長眞（譚）長生（劉）遊洛陽，長春隱磻，師返祖庭鎮環而居。」

〔註29〕陳垣（援庵先生）《南宋初河北新道教考》頁七，有〈全眞教歷任掌教表〉，考訂頗爲精確，可以確信。據該表全眞掌教依序爲：王嚞、馬鈺、譚處端、劉處玄、丘處機、尹志平、李志常、張志敬、王志坦、祁志誠、張志僊、苗道一、孫德彧、藍道元、孫履道、苗道一、

中心，化人入道，並用心編印王重陽文集。全眞教所以能如此綿遠流長的傳播下來，一個重要的原因是全眞教中的許多重要人物均有文集傳世。張應超〈馬丹陽與全眞道〉一文指出：「馬丹陽立誓要爲全眞道創立者王重陽編印文集，是十分重要而有遠見的舉動。」此言筆者深表同感。據《重陽分梨十化集‧馬大辨序》所述，馬鈺在陝西傳道期間（葬師祖庭後至大定二十二年歸祖籍山東止，前後十二年），把王重陽的著述編成《全眞前後集》，點化馬鈺的詩文則編爲《下手遲》、《分梨十化》、《好離鄉》三集。馬鈺逝世後，劉處玄與馬鈺門人朱抱一等，又在山東再次印行，使王重陽的著述得以廣泛流傳。

馬鈺在劉蔣村住庵期間，克守重陽遺訓，以清修苦行化人。《重陽教化集‧劉孝友序》說他：「遵師踵武，養道闡教。居人及鄰州不以長幼，歆慕而宗師者，無慮千餘輩。」金大定十八年（1178）他出環離開祖庭行化於隴山、華亭、鄠縣等地，「遠邇之人，咸欽風服化，其芘髮緇袍願受教爲門弟子者，日差肩而前，不可數計。」這些記述生動地描述出馬鈺在全眞教初創時期，對全眞教開拓發展的貢獻。

馬鈺之行道，前一階段在關中，後一階段在山東，王利用〈馬宗師道行碑〉載：

> 二十一年冬，師謂門人來靈玉曰：「世所稱衣服舊弊重修潔者何名？」曰：「拆洗。」師曰：「東方教法，年深弊壞，吾當往拆洗之！」未決旬官中有牒發事，遂以關中教事付丘長春爲主張焉。

這裡的牒發，是指大定二十一年（1181），金廷延續其嚴格管制宗教活動的政策，敕令道人各還本鄉。馬鈺將關中教事託付丘處機後，回山東在登萊、芝陽一帶行化，頗爲順利，〈全眞第二代丹陽抱一無爲眞人馬宗師道行碑〉記載了許多他的神異事蹟，連他逝世時也顯靈異，文士張子翼有〈登眞記〉之作，可見當時確使道俗歆動，也使全眞教進一步風行於山東半島。馬鈺可說是繼王重陽之後，又一傑出的

完顏德明。

宗教家，孫克寬先生說：「全眞教的創立，沒有馬丹陽，是不會光大的」（〈金元全眞教創教述略〉），雖嫌過譽，卻可反映出馬鈺在全眞教發展中的重要地位。

在馬鈺拓展教門的同時，其餘六眞亦各有進展。如：譚處端行化於磁州、洛州、同州，渡人不擇賢鄙，俱以道化；劉處玄於洛陽，門徒日集；丘處機乞食於磻溪六年、龍門山七年，道名日盛，與遊者頗多當時顯貴；郝大通於鎮陽升堂講道，名聞天下；王處一於山東海寧、登州，大施其術，深受民間愛戴，並受金廷青萊，世宗、章宗二帝曾五度召見〔註30〕，並賜號體玄大師；孫不二在洛陽行化，勸化接引，度人甚多。

孫克寬先生認爲這時期是：「道俗混合時期，也可以說是全眞教與異族妥協時期。」（〈全眞教考略〉）確實不錯。由於事前的商議，諸眞分赴各地傳教，傳教據點沿著陝西、河南、河北、山東展開。各人行化的地區互不重疊，使得全眞教得以迅速在華北各地發展。更由於其苦修實行的誠心，及其三教合一的教義，與眞功眞行的修道方式，容易理解與實踐，很快迎得了群眾的信任，而發展爲一大教團。其傳教活動，終於引起了金廷的注意；據〈長春眞人道行碑〉載大定二十六年（1186）：「京兆統軍夾谷公奉疏請還祖師之舊隱，師（處機）既至，構祖堂輪奐，餘悉稱是，諸方謂之祖庵，玄風愈振」。大定二十七年（1187）金廷首次召見王處一，這在全眞教的發展史上，是相當值得留意的一件大事。早在皇統八年（1148），金熙宗就已召見太一教祖蕭抱珍，禮敬有加，並敕立太一萬壽宮；大定七年（1167），金世宗也召見了大道教主劉德仁，並賜號「東岳眞人」。王處一於此

〔註30〕王處一於金世宗大定二十七年（1187）首次應召赴中都，大定二十八年（1188）中秋得旨還山，不久又應召請，於大定二十九年（1189）到達中都。承安二年（1197），金章宗召請王處一，賜號「體玄大師」，敕修眞、崇福二道院任便居之，並月給齋錢二百鏹。又分別於泰和元年（1201）、泰和三年（1203），召請王處一於亳州太清宮作「普天大醮」，爲章宗祈嗣。

時受召，且居天長觀（當時金廷最高道觀），備受禮遇，正顯示全真教的發展已受金廷的重視。王處一是全真道士中，第一位受召入宮的，關於他的行跡，劉煥玲《全真教體玄大師王玉陽之研究》一書，述之甚詳，可以參閱。接著，丘處機亦於大定二十八年（1188）被「征赴京師」並受命「主萬春節醮事，職高功懋」（〈長春真人成道碑〉）與金廷建立了密切的關係。全真教的發展，自此便從原來具有反金民族意識的教團，走向了以救人為第一要務而與政治妥協的道路。丘長春的道行蹤跡，諸傳所述多詳於雪山講道之後，對在金朝的行道始末，有意略過，孫克寬先生在〈金元全真教的初期活動〉一文已指出：「其實他在金世宗章宗兩朝聲名已經顯赫，不然何以有神仙之號？被女真亡臣傳播到蒙古大汗左右呢？」的確是事實。

這時期的全真教在七真的努力下，已發展成為可以與太一教、真大道教分庭抗禮，並稱三大道教的大教團了。

三、長春弘教與全真大盛

丘處機在全真教的發展過程中，可以說是僅次於王重陽和馬鈺的重要人物。由於他的卓越領導，全真教才得以真正貫徹實施其宗旨與教規，創建叢林、傳戒制度，使全真教具有嚴密的宗教組織，並將全真教發展推到極盛，使全真教能綿延至今，與正一派互相對峙，成為我國道教的兩大宗派之一。

記述丘處機的傳記資料極多，後人對他的研究也遠超過其他諸真，現就元陳時可〈長春真人本行碑〉、元姬志真〈長春真人成道碑〉、元李志常《長春真人西遊記》等所載，擇要敘述他在金章宗以後的主要宗教活動：

金章宗明昌元年（1190），金廷以「惑眾亂民，禁罷全真及五行毗盧」（《金史‧章宗本紀》）金廷此舉的原因，元好問在〈紫微觀記〉曾指出：「上之人亦常懼其有張角斗米之變，著令以止絕之。」但由於丘處機於磻溪、龍門苦修期間已與朝廷權貴多有交往，且在七子行

化期間，金廷要員亦逐漸了解全眞教義，有助於收籠人心、穩定社會，因此金廷的禁令並未認眞執行，更未持久，正如元好問〈紫微觀記〉所說：「當時將相大臣有爲主張者，故已絕而復存，稍微而更熾。」〈長春眞人本行碑〉載：

> 明昌二年（1191），東歸棲霞（今山東棲霞），乃大建琳宮，
> 敕賜其額曰「太虛」，雄偉壯麗，時稱東方道林之冠。

丘處機之「東歸棲霞」是因金廷禁令所迫，但卻能隨即大建琳宮，並獲賜額「太虛」，可知金廷禁令施行不久，即與全眞教盡釋前嫌。〈長春眞人本行碑〉又載：

> 泰和間，元妃重道，遙禮師禁中，遣《道經》一藏。

元妃分送聖水玉虛觀（王處一之居）和棲霞太虛觀（丘處機之居）道經各一藏，是在泰和七年（1207），事亦載於《七眞年譜》與《甘水仙源錄・玉陽體玄廣度眞人王宗師道行碑銘》。郭旃〈全眞道的興起及其與金王朝的關係〉說：「元妃是章宗與衛紹王之交，政權鬥爭中的風雲人物，她拉攏全眞教，說明全眞教的勢力已很可觀，亦說明全眞教和金朝宮廷已有了一定的聯係。」〈長春眞人本行碑〉續載：

> 師父既居海上，達官貴人，敬奉者日益多。定海軍節度使
> 劉公師魯、鄒公應中二老，當代名臣，皆相與友。

這段文字簡要地說明了此時丘處機受朝中大臣的敬信。〈長春眞人本行碑〉又有丘處機爲金廷平亂的記載：

> 貞祐甲戌之秋，山東亂，駙馬都尉僕散公將兵討之，時登
> 及寧海未服，公請撫諭，所至皆投戈拜命，二州遂定。

貞祐是金宣宗的年號，貞祐二年（1214），蒙古兵包圍金中都（今北京市），金廷倉皇遷都南京（今開封）。秋，楊安儿、耿格起義，山東大亂，駙馬都尉僕散安貞將兵討伐，未能將登州、寧海平服，長春請命前往撫諭，「所至皆投戈拜命，二州遂定」。其聲望益發轟動朝野，遂成爲宋、金、蒙古三帝，爭相結納的對象。先是金宣宗貞祐四年（1216）遣使召請（丘時居登州），接著宋寧宗於嘉定十二年（1219）

遣使召請（時南宋已收復齊、魯，丘居掖縣），丘處機皆未應召。同
年五月成吉思汗又自乃蠻派使臣劉仲祿召請，劉於當年十二月到達丘
之住地萊州，丘處機在衡量時局後，乃答應成吉思汗的召請，這一重
要決定，成爲全眞教獲得重大發展的關鍵。

　　元太祖十五年（1220）正月，丘處機一方面爲了發展全眞教，一
方面爲了阻止蒙古人濫殺生民 (註31)，不惜以七十三歲高齡，率領隨
行弟子十八人，自萊州啓程，備嘗艱辛，才得會見成吉思汗，此段過
程李志常《長春眞人西遊記》記載頗詳。郭旃〈全眞道的興起及其與
金王朝的關係〉曾綜合諸傳敘述，頗爲簡要，今迻錄如下：

　　興定三年己卯（成吉思汗十四年，1219 年），兵鏑烽火，
　　遍於河朔。金宣宗、宋寧宗先後相召，長春皆辭不赴。冬，
　　成吉思汗自奈蠻國遣近臣劉仲祿、札八兒持詔召請，長春
　　慨然應命。第二年，率尹志平等十八弟子啓程北行，歷時
　　二年，行經數十國，歷地萬餘里，「不辭暴露於風霜，自
　　願跋涉於沙跡」，直達大雪山。元光元年壬午（1222），成
　　吉思汗於大雪山之陽，接見長春，設盧賜食，禮遇至隆。
　　問以「爲治之方」、「長生久視之道」，長春大略「答以敬
　　天愛民爲本」，「告以清心寡欲爲要」，成吉思汗大悅，賜

〔註31〕丘處機回絕金、宋之召請，而赴蒙古之邀，是經過深思熟慮而後所作
　　　　的決定。西北大學麻天祥教授在〈丘處機二入關中與全眞道的發展〉
　　　　一文中說：「丘長春從政治、軍事上分析了各方力量，權衡利弊，認
　　　　爲宋、金均已朝不慮夕，蒙古人必將入主中原，並由多年弘教事業
　　　　的經驗中，深知不依國主，教事難興，充分認識到全眞教要想繼續
　　　　順利發展，必須與元結盟。另一方面，他確也看到元兵殺戮太盛，
　　　　實欲拯億兆生民於滄海橫流之下，有臨危負命的自我使命感，因此
　　　　決定北上，以阻止對中國人的殘酷殺伐。他說的『循天理而行』實
　　　　在包含了這兩個方面的意思。」這段話深獲我心。丘處機爲拯救億
　　　　兆生民的苦心與熱誠，在他的詩文中昭然若揭，是不容置疑的事；
　　　　他在亂世中保存了中原文化、拯救了億萬生靈免於塗炭，也是無法
　　　　否認的事實。但是近年來許多大陸的學者，卻多從階級鬥爭、結交
　　　　權貴的角度，欲將他的功績一筆抹殺，甚至多有責難之語，實在令
　　　　人難以苟同。

以「仙翁」，並命左右錄其所言，是謂《玄風慶會錄》。第
二年三月，車駕至賽蘭，詔許東歸，長春欣然稱臣，所賜
不受，成吉思汗遂即下詔盡免全眞賦役，又派甲士千人護
送，車騎所過「迎者動數千人」，所居傳舍，「戶外之屨滿
矣」，每每起行，甚至「有擁馬首以泣者」。入關之後，「四
方道流不遠千裡而來」，所歷城廓，競相挽留。正大元年
甲申（1224），長春應行省之請，住燕京大天長觀，即太
極宮，旋改稱爲長春宮。又賜予萬壽山太液池，改名爲萬
壽宮。自爾，凡「使者赴行宮，皇帝必問神仙安否，還即
有宣諭，語嘗曰：「朕所有地，其欲居者居之。」住持三
年，建立八會（「平等」、「長春」、「靈寶」、「長生」、「明
眞」、「平安」、「消災」、「萬蓮」），在都名儒、遠近僚庶，
或嘗以詩賀之，或爭獻錢幣，葺修兩宮。成吉思汗還賜以
金虎符，讓其掌管天下道事，許以自由行事之特權。於是
「諸方道侶雲集，邪說日寢，京人翕然歸慕，若戶曉家喻，
教門四闢，百倍往昔。」長春宮成了北方道教的活動中心、
全眞道的第一叢林，全眞教達到了極盛。正如姬志眞所
云：「至於國朝（元）隆興，長春眞人起而應召之後，玄
風大振，化洽諸方，學徒所在，隨立宮觀，往古來今，未
有如是之盛也。」(《雲山集》卷七〈終南山樓雲觀碑〉)

從以上所引可知，由於丘處機的正確選擇，直接促使全眞教大盛，此
時全眞教的勢力，已遠遠超越太一、眞大道二教，而成爲華北地區的
第一大教了。

四、佛道論爭與盛極而衰

丘處機西覲成吉思汗，備受尊崇，除了爲全眞教取得蠲免「大
小差發稅賦」的優遇之外，自己還獲賜蒙古最高牌符，象徵第一等
貴臣之位的金虎牌，凡蒙古所有地「愛願處即住」(〈長春眞人西遊
記〉)，凡佛道事皆屬之管領。於是朝廷權貴競相前來交結，藉以提
高聲譽；人民蜂擁歸依，冀能逃災避禍，使全眞教團的勢力，得以

迅速發展擴充。丘處機開創的鼎盛局面，由尹志平、李志常繼掌教門，繼續推進，直到元憲宗六年（1256）李志常逝世，三十餘年間，全真教達到了發展史上的頂峰，不但在民間贏得廣泛的敬仰，一如元好問《元遺山集》卷三十五〈武修清真觀記〉所云：「邱公往赴龍廷之召……從是而後，黃冠之人，十分天下之二。聲焰隆盛，鼓動海岳。雖兇暴蟄悍，甚無聞知之徒，皆與之俱化。」加上朝廷的重用，全真道士擔任道官，主管蒙古的國子學，為朝廷代祀嶽瀆，掌握了國家的教育和祭典等大事，權力甚大。此時的全真道士「冠之以寶冠，薦之以玉珪，被之以錦服」（姚燧《牧庵集》卷十一〈長春宮碑銘〉），可謂貴盛空前，「教門弘闡，古所未聞」（《雲山集》卷七〈長春真人成道碑〉）。龔鵬程〈從元人文集看元代全真教之發展〉說：「在元人文集中，文人為道教宮觀題記賦詩者便有一六六見，此類碑銘記疏概言道教在元代發展之盛況。」而元文人碑記關於全真教者幾達三分之二，其盛況可以想見。

由於全真教之傳教以其宗教家慈悲心懷，救人免於苦難為宗旨，凡欲入道者一律收受之，未加嚴格篩選；又加上擴張過速，難免龍蛇混雜，良莠不齊，王惲《秋澗集》卷五十三〈衛州胙城縣靈虛觀碑〉即曾指出：「時全真教大行，所在翕然從風，雖虎苛狼戾，性於嗜殺之徒，率授法號。」這些素質低落的教徒，往往恃寵而驕，仗勢欺人，引起各方對全真教的不滿與批評。尤其是自貞祐南遷（1214）之後，佛教僧徒大牟逃逸，佛教「精舍，寺場率為摧毀」（耶律楚材《西遊錄》），佛教處於衰落的境況，而全真門徒或趁機將無人寺院改建為宮觀，或趁勢搶佔尚存僧尼的寺院為己有，正如王世貞《弇州續稿》卷一五八〈玄風慶會錄後〉所言：「丘長春以片言悟蒙古太祖，俾總領其教，而其徒不能盡賢，往往侵佔寺刹以為宮觀，或改塑三教像，以老子居中，孔子居左，釋迦居右，或皆侍立。」因此，佛教僧徒對全真教的忌恨，更甚於常人。這種佛道之間的衝突，在佛教勢弱，無力抗爭的情形下，並未爆發爭端。但就

在全眞教迅速發展的同時，佛教勢力也在蒙古朝廷的支持下快速地恢復並向前發展。由於蒙古固有的薩滿教信仰多神，無明確的教義、規範和組織，成吉思汗本著蒙古原有宗教平等的態度，沒有選擇和皈依任何宗教，僅將尊重各個宗教視爲奉天的行爲。他提倡信仰自由、宗教平等，並普遍優遇各教，如：伊斯蘭教、漢地佛教、吐蕃佛教及全眞教等即反映出這種情形。另外，以宗教作爲招諭人民降附的工具，是蒙古一貫的態度（鄭素春《全眞教與大蒙古國帝室》）。成吉思汗之禮遇丘處機，實際上是有其積極的政治目地的，而此一政治手腕也爲後繼的蒙古帝王所延用。因此全眞教受朝廷重視的程度，隨著他能爲朝廷詔諭人民的功用日減，而逐漸低落；另一方面，其他宗教卻隨著他們能安撫民心的作用日增，而逐漸受朝廷重視。就在這一增一減的發展趨勢下，至憲宗元年下詔：「以僧海雲掌釋教事，以道士李眞常掌道教事」（《元史》卷三〈憲宗本紀〉），佛道兩造的力量，已逐漸達於平衡。而繼憲宗之後的元世祖忽必烈，又是一位重視儒學﹝註32﹞，崇信西僧喇嘛教的帝王，在他執政期間，儒家與佛教都有極明顯的進展，而全眞教卻在其他道派，如太一、正一天師等又大有發展的情況下，減損了朝庭對他的重視。於是，在佛教勢力抬頭之時的憲宗、世祖時代，終於暴發了一場導致全眞教由極盛而中衰的佛道論爭。

　　佛道論爭共兩次，一次在元憲宗八年（1258），一次在元世祖至元十八年（1281）。據祥邁《至元辯僞錄》和唐力、王磐等奉敕撰的《焚毀諸路僞道藏經碑》所載，憲宗八年戊午（1258），全眞道眾麇集叢林，每以長春感化時主爲應「老子化胡」之讖，遂造出《老子八

﹝註32﹞李則芬《宋遼金元歷史論文集・元世祖忽必烈》說：「世祖在信三十四年，無論爲蒙爲漢，都做了許多值得稱道的事，而重要關鍵，則在於用漢人，行漢法。有此一著，才能一改蒙古粗野之風，使其順利統一中國。有此一著，才能使漢人爲蒙古所用，以穩定元朝政權達百年之久。」其所謂「用漢人，行漢法。」主要指的便是重用儒者，推行儒家思想，以儒教治國。

十一化圖》，聊以自慰，並與《老君化胡成佛經》一起鏤板傳布，「意在輕蔑釋門而自重其教」，觸犯了佛教的尊嚴。於是，總領嵩山少林寺的長老福裕（雪庭）「以其事奏聞」憲宗，憲宗詔令佛道二家各十七人入朝辯論，佛以福裕為首，道以張志敬為首，雙方約定，「道勝則僧冠首而為道，僧勝則道削髮而為僧」。福裕主動進攻，首先質問「汝書為論化胡成佛」，那「佛是何義？」張志敬回答：「佛者覺也，覺天、覺地、覺陰、覺陽、覺仁、覺義之謂也。」佛以為不然，以「自覺覺他，覺行圓滿，三覺圓明」來反駁道「特覺天地陰陽仁義而已」。是時，憲宗語左右，認為「仁義是孔子之語」，道說非也；道又以《史記》諸書為據，欲辯解取勝，遭到了帝師西僧八思巴的反駁。八思巴以《史記》中無「化胡之說」，老子所傳惟《道德經》，而《道德經》裡也無「化胡之說」為理由，斷定《道藏》除《道德經》外，皆是「僞妄」，使得「道者辭屈」，無理以對。尚書姚樞只好宣告「道者負矣」，結束了這場辯論。憲宗「命如約行罰」，勒令十七道士削髮為僧，焚道經四十五部，歸還所佔佛寺二百七十三區。經此之役，全真道的氣焰受到了很大的打擊。

自元世祖中統建元（1260 年，忽必烈即位），僧眾依仗帝師八思巴之功，大興佛教（《道園學古錄》卷四十八〈佛國普安大禪師塔銘〉），到至元十七年庚辰（1280），南宋新亡，南北統一，佛教的至尊地位已定。西僧藉口「長春宮道流謀害僧錄廣淵」、「往年所焚道家僞經」、「多隱匿未毀」，於十七年、十八年兩次上奏，要求世祖為其「辯誣」，繼續懲罰道教。世祖「詔諭天下」，再次焚毀所謂「《道藏》僞妄經文及板」（《元史》卷十一〈世祖本紀八〉）。從此，全真道的正宗地位，被徹底動搖。〔註33〕

第一次佛道論爭後，全真教的發展了步入艱困期，不獨齋醮被禁止舉行，教徒的發展受到限制，佛教僧侶反過來侵佔全真教的宮觀土

〔註33〕以上佛道二次論爭之經過，轉錄自陳俊民〈略論全真道的思想源流〉。

地（參袁桷《延祐四明志》卷一八，及陶宗儀《輟耕錄》卷十三），
這種情形直到元成宗即位（1295）才有所改善。成宗即位後，全真教
歷任掌教再次獲得信任，全真教也恢復了正常的發展。但此時最受元
室寵信的是玄教，玄教的發展正如日中天。成宗之信任全真教，不斷
地加封追封全真教歷代祖師及其重要弟子，不過是奉行蒙古諸教平等
的一貫信念而已。因此全真教的盛況已無法與元太祖、太宗時期，一
教獨大的情形相比。不過入元（世祖至元十六年，1279 年，南宋滅
亡）後，全國統一，全真教與內丹派南宗逐漸合流。元代中後期以後，
內丹理論有了明顯進展，終能與由新舊符籙諸派會歸而成的正一道相
對峙抗衡，成為後世道教的兩大宗派。

第三節　全真教的主要教義與儀規

　　任何宗教的確立，都必須賴於能喚起人們信仰的教義和供人遵循
的教規。全真道能蔚成大教，傳承不絕，主要在於它成功地實現了禪
宗、內丹二說的融合，並參合禪宗的戒律清規，撮集三教的宗教倫理
說，建立了一套有理論的完整教義，從而使丹鼎道教改變了一貫以方
士秘術相傳的性質，發展成為有群眾性教團的成熟宗教，這是道教史
上的一大變革。全真家的宗教著述，《道藏》內外有將近二百種。這
些著作，除了祖師王重陽及參與創教的全真七子的著作，直接大量地
敘述了全真教創教的基本教義和思想之外，還有更多的著作，是對於
這些基本教義的發揮和闡述，以及對於全真教在大量興建宮觀，形成
叢林制度後，關於儀規制度方面的論述或說明，使全真教的教義與儀
規能深遠而廣泛地影響後代，綿延至今，成為值得宗教界、醫學界探
索的全真學。本節旨在對全真教的主要教義與儀規，擇要作一簡略介
紹。取材方向，偏重於初創時期王重陽及七真的思想，並分下列六小
節，加以敘述：一、全真宗旨，二、三教合一，三、性命雙修，四、
清靜無為，五、真功真行，六、出家禁欲。

一、全真宗旨

「全真」一詞可說是全真教創教的根本宗旨，三教合一、性命雙修、清靜無為、真功真行等教義思想，乃至於禁欲主義、出家制度，都是為「全真」而演化出的。所謂「全」就是「保全」，「真」就是「人的本來真性」，能「保全人的本來真性」就能證真成仙，而成仙就是澈底脫離苦海的方法，這是王重陽創教的目的，也是全真教一貫的宗教目標。儘管對「真性」的認識以及保全「真性」的方法，隨個人修行體驗的不同，可以有種種不同的解釋，但從人的內在修煉「真性」，期能證真成仙，則是所有全真家共同遵循的方向。

姬志真《雲山集》卷七〈終南山棲雲觀碑〉說：「全真之旨，醞釀有年」，早在大定元年至三年（1161～1163），重陽穴墓而居之時，參透儒釋道三教經典，於傳統道教的基礎上，融會儒家理學與禪宗心學的修行方法，在尋繹如何解脫世人於苦海的終極目標上，便有了「全真」的概念。他在〈活死人墓贈甯伯功〉詩中說：「有個逍遙自在人，昏昏默默獨知因，存神養浩全真性，骨體凡軀且渾塵。」（《重陽全真集》卷二），在〈述懷〉詩中說：「靜中勘破五行因，由此能損四假身，返見本初真面目，白雲穩駕一仙神。」（同上）可知，王重陽提出「全真」一詞，最早的涵義就是要透過存神養氣的修煉功夫，而達到保全人的本來真性。據《金蓮正宗仙源像傳》記載，王重陽於金世宗大定七年（1167），抵甯海州會見馬鈺時，因問答契合，乃於馬氏南園築室一方作為講學論道的場所，題其室名曰「全真」，並作長歌一首，其中有句云：「堂名名號號全真，寂正逍遙子細陳；豈用草茅遮雨露，亦非瓦屋度秋春」（《重陽全真集》卷一〈全真堂〉），「全真」之名，即由此而開始。

金元兩代的全真家們對這個名稱曾做過種種解釋，現摭錄如下：

△　重陽子王先生也，其教名之曰全真。屏去妄幻，獨全
　　其真者，神仙也。（金源璹〈全真教祖碑〉）

△　夫全真者，合天心之道也。神不走、炁不散、精不漏，

三者俱備，五行都聚，四象安和，爲之全眞。(《晉眞人
語錄·玄門雜寶十八問答：全眞》)

△　全眞者，恬澹無爲，全其本眞。(元許有壬《圭塘小稿》
卷七〈龍德宮記〉)

△　全本無虧，眞元不妄。(姬志眞《雲山集》卷三〈全眞〉)

△　其教以重玄向上爲宗，以無爲清靜爲常，以法相應感
爲末，摭實去華，還淳返樸。(姬志眞《雲山集》卷七〈終
南山棲雲觀碑〉)

△　昔者汴宋之將亡，而道士家之說，詭幻益甚。乃有豪
傑之士，佯狂玩世，志之所存，則求返其眞而已，謂
之全眞。(虞集《道園學古錄》卷五十〈非非子幽室志〉)

△　謂眞者，至純不雜，浩劫常存，一元之始祖，萬殊之
大宗也。(《重陽全眞集·范懌序》)

△　養其無體，體故全眞。是教則猶以坐圜守靜爲要。(張
宇初《道門十規》)

△　祖師重陽以全眞名教者，即『無極之眞，二五之精，
妙合而凝』，所以爲萬善之原也。(《甘水仙源錄》卷九·
俞應卯〈鄠縣秦渡鎮重修志道觀碑〉)

△　金季重陽眞君……創立一家之教曰全眞，其修持大略
以識心見性，除情去欲，忍恥含垢，苦己利人爲之宗。
(《甘水仙源錄》卷二·徐琰〈廣寧通玄太古眞人郝宗師道行碑〉)

△　全眞道人，當行全眞之道。所謂全眞者，全其本眞也。
全精、全氣、全神，方謂之全眞。才有欠缺，便不全
也；才有點污，便不眞也。全精可以保身，欲全眞精，
先要身安定，安定則無欲，故精全也；全氣可以養心，
欲全其氣，先要心清靜，清靜則無念，故氣全也；全
神可以返虛，欲全眞神，先要意誠，意誠則身心合而
返虛也。是故精氣神爲三元藥物，身心意爲三元至要，
學神仙法，不必多爲，但鍊精氣神三寶爲丹頭，三寶
會於中宮，金丹成矣。豈不易知，豈爲難行，難行難
知者爲邪妄眩惑爾。」(李道純《中和集》卷三〈全眞活法〉)

這些解釋或釋爲保全眞性義，或釋爲個人內修的「眞功」與傳道濟世的「眞行」雙全義，或釋爲精氣神三全義，都能在某些方面揭示出全眞教的宗旨，尤其是李道純所說的，「安定」能使心境留於無欲無求而存其眞精；「清淨」可使人心無念而存其眞氣；「誠意」可使身心重返虛寂，回歸本源而全其眞神，由此，則能篤守清靜、完成心性圓滿、道德周遍之眞歡眞樂之境。李道純的這段話，頗能道出全眞的要訣。酈國強〈全眞北宗思想史〉說：「這就是儒、釋、道三教圓融之最高境界。這種返回『道』之『眞本』便是全眞依於儒家理學心性修養，從傳統道教取得的重大突破。」確實不錯。

魏晉隋唐以來，道教宣揚肉體長生、飛昇成仙，這種說教極易被邏輯和事實所否定，因此道教學者不得不把長生成仙說精緻化，以加強信徒們的宗教信仰。全眞道所講的「仙」有五等，最上等者爲「天仙」。這種「天仙」，不追求肉體長生，而追求「陽神」（即精、氣、神在丹田中凝成的神秘之物）從頂門上自由出入，飛昇天界，從而自主生死、超脫生死。此說原出自鍾、呂，到了全眞時，有了發揮。任繼愈《中國道教史・第十四章金元全眞道・成仙證眞的信仰》曾指出：全眞家把成仙證眞的根據建立在人心所具有的「眞性」上。「眞性」一詞，源於佛學，佛家又稱「眞如」，即「常如本性」是也，蓋指心的本性或本體永恆不變。全眞家將佛家的說教，吸進自己的學說之中，認爲世間唯有「眞性」才不生不滅、不變不動，乃是長生不死的可靠基石，故修煉必以修得「眞性」爲目標，拋棄了肉體長生說。王重陽說：「唯一靈是眞，肉身四大是假」（《金關玉鎖訣》）；劉處玄說：「萬形至其百年則身死，其性不死也」（《至眞語錄》）；丘處機說：「吾宗所以不言長生者，非不長生，超之也。」這種超生死說，比傳統的肉體成仙說更爲精緻，且更有誘惑力。

陳俊民〈略論全眞道的思想源流〉說：「王喆之所以以『全眞』名教，就是想表明他在力闢道教種種弊端，恢復老子本旨的前提下，要創立一種『三教圓融』的『道德性命之學』，以達到『全精、全氣、

全神』的最高『神仙』境界。顯然，這是對傳統道教的變革，是王喆的創新。」是相當有見地的看法。

二、三教合一

「三教合一」是全真教的教義中最爲顯著的特徵。倡三教歸一、三教一家，雖是晚唐北宋以來三教中的普遍現象，但都比不上全真道的表現來得突出。所謂三教合一，一是指高唱三教歸一，強調三教一致、三教平等、三教一家；二是指其在道教傳統學說的基礎上，大幅度地融攝佛儒二教之說，組成了一套既多相似於儒佛、又不盡同於儒佛的教義，具有合一儒佛道三家思想因素的特色。陳兵〈略論全真道的三教合一說〉曾指出：「全真道的學說，未嘗不隨歷史發展而有所演變，但三教合一這一特質，卻始終未變。」確是事實。王重陽創教之時，最重要的兩個特點，就是「三教合一」與「性命雙修」，這也是他一生的主要思想。他在生前所創立的五個教會，都以「三教」爲名（三教七寶會、三教金蓮會、三教三光會、三教玉華會、三教平等會），他全力勸人誦讀《道德經》、《清靜經》、《般若心經》、《孝經》，都明確表現出他「不獨居一教」的主張。〔註34〕在他的著作裡，提倡「三教合一」的言論更是隨處可見，如：

△ 三教者如鼎三足，身同歸一，無二無三，三教者不離真道也，喻曰：似一根樹生三枝也。（《重陽真人金關玉鎖訣》）

△ 釋道從來是一家，兩般形貌理無差，識心見性全真覺，

〔註34〕《甘水仙源錄》卷一，完顏璹撰〈全真教主碑〉載王重陽：「凡立會必以三教名之者，厥有旨哉！先生者蓋子思、達磨之徒歟？足見其沖虛明妙，寂靜圓融，不獨居一教也。……先生勸人誦《道德》、《清淨經》、《般若心經》及《孝經》，云：可以修證。」又：劉祖謙撰〈終南山重陽祖師仙跡記〉云：「凡接人初機，必先使讀《孝經》、《道德經》，又教之以孝謹純一，及其立說，多引六經爲證據，其在文登、寧海，萊州，嘗率其徒演法建會者凡五，皆所以明正心誠意，少思寡欲之理，不主一相，不居一教也。」

　　　知汞通鉛結善芽。(《重陽全真集》卷一〈答戰公問先釋後道〉)

△　儒門釋户道相通，三教從來一祖風。悟徹便令知出入，
　　曉明應許覺寬洪。精神炁候誰能比，日月星辰自可同。
　　達理識文清淨得，晴空上面觀虛空。(同上〈孫公問三教〉)

△　禪中見道總無能，道裡通禪絕愛憎。禪道兩全爲上士，
　　道禪一得自眞僧；道情濃處澄還淨，禪味何時淨復澄。
　　咄了禪禪並道道，自然到彼便超昇。(同上〈問禪道者何〉)

△　心中端正莫生邪，三教搜來做一家；義理顯時何有異，
　　妙玄通後更無加。(《同上〈永學道人〉》)

△　盡知長與道爲鄰，搜得玄玄便結親；悟理莫忘三教語，
　　全眞修取四時春。(《重陽全真集》卷十〈贈道眾〉)

除了王重陽之外，其他全眞家們的著作中，也幾乎沒有不提到「三教
合一」的，略舉數例以窺一斑：

△　一陰一陽謂之道，太過不及俱失中；道貫三乘玄莫測，
　　中包萬有體無窮。高人未悟猶占僻，下士能明便發蒙；
　　儒釋道源三教祖，由來千聖古今同。(丘處機《磻溪集》
　　卷一〈師魯先生有宴息之所牓曰中室又從而索詩〉)

△　「古今達士，因通三教」、「三教無分，全眞門户」、「三
　　教歸一，弗論道禪」。(劉處玄《仙樂集》卷三〈述懷〉)

△　三教由來總一家，道禪清靜不相差，仲尼百行通幽理，
　　悟者人人跨彩霞。(譚處端《水雲集》卷上〈三教〉)

△　道釋儒三教，名殊理不殊。(李道純《中和集》卷六〈水調
　　歌頭·示眾無分彼此)

△　禪宗理學與全眞，教立三門接後人，釋氏蘊空須見性，
　　儒流格物必存誠；丹臺留得星星火，靈府銷鎔種種塵，
　　會得萬殊歸一致，熙臺內外總登春。(同前卷五〈贈鄧一
　　蟾〉)

除了上引，陳兵〈略論全眞道的三教合一說〉亦曾指出：「他們（全
眞家）在論述性命丹道等重要理論問題時，常和會三家，引證儒釋。
如《金關玉鎖訣》述內丹，而引證佛教《心經》；《重陽授丹陽二十四

訣》引證孔子仁義禮智信及佛教《金剛經》無諍三昧；李道純《三天
易髓》引丹書釋《心經》，《心經》釋道教《陰符經》，並明言：『引儒
釋之理證道，使學者知三教本一。』」由此可知，「三教合一」實是全
真教一貫的教義。至於如何使三教平等而合一，其內在義理的融合，
已屬哲學探討的範圍，囿於篇幅，本文不擬深究。〔註35〕全真教以「三
教合一」為其主要教義，有其時代背景與創教的目的，此於前文（本
章第一節）已述及，現再援引數家論述，以資參究：蔣義斌〈全真教
祖王重陽思想初探〉說：「全真教之以三教典籍傳教，除了有歷史上
的淵源，順應三教調和趨勢外，全真教未始沒有改變世人對道教的觀
感之意。王重陽確如虞集所說的，是豪傑之士，扭轉了世人對道教的
印象，他以三教典籍傳教，其實是援儒、佛為輔，佐使其教不孤立。」
陳俊民〈略論全真道的思想源流〉說：「王嚞以『全真』名教，固然
是要承《道德經》本旨，但絕不是復老子之舊，而更重要的卻是要創
『三教圓融』之新。即在《道德經》的基礎上，融會三教『理性命之
學』，走『三教合一』的道路。」閔智亭〈全真派創立的時代背景和
對道教的更新發展〉說：「道教全真派創立，一是宋、金、元民族矛
盾戰亂的時代背景，二是傳統道教隨世應變。時代背景使全真從理論
上大開方便之門，迎合儒、釋、道三教門人心理，吸收了廣大知識分
子以及罹於戰亂苦難的志節之士。傳統道教之弊為人們所不滿，但作
為民族傳統宗教，尤其是漢民族，久為人心所向。經過全真大師們對
舊道教的『拆洗』使道教面貌為之一新，大量知識分子湧入道教，對
傳統道教的革新，是全真派興起推動道教發展的主要原因。」這些都
是值得參考的見解。

　　自唐宋以後，融合儒佛道三教，成為思想界和宗教界主要的思惟

〔註35〕張廣保《金元全真道內丹心性論研究》（臺北：文津出版社，民82年
　　　7月初版），陳俊民〈略論全真道的思想源流〉（《世界宗教研究》1983
　　　第三期，頁83～98）及陳兵〈略論全真道的三教合一說〉（《世界宗
　　　教研究》1984第一期，頁7～21）論之甚詳，可供參考。

形式，任繼愈〈唐宋以後的三教合一思潮〉說：「三教合一思潮，構
成了近千年來中國宗教史、中國思想史的總畫面。」三教合一思想之
所以成爲明清以來的思想主流，固由於文化融合發展的必然結果，但
全眞教推波助瀾所起的功用，卻是不可忽略的。《四庫全書總目提要》
卷一四七云：「元興以後，其（全眞）教益盛……厥後三教歸一之說，
浸淫及於儒者，明代講學之家，矜爲秘密，實則嚚之緒餘耳。」雖然
所論未必允洽，但其肯定全眞教「三教合一」教義的影響，則是值得
認同的。

三、性命雙修

「性命雙修」是全眞教內丹修練思想的總綱領。王重陽以全神
煉氣、出家修眞、自我修煉、得道成仙爲宗旨而創全眞教，他揉合
了儒道釋三家思想，主張三教平等，三教合一，在《重陽眞人金關
玉鎖訣》說：「三教者如鼎三足，身同歸一，無二無三。三教者，不
離眞道也。喻曰：似一根樹生三枝也。」正因爲他認爲三教同體同
源，所以把三教合一的理論作爲其立教修行的指導思想。他又說：「道
者，了達性命也」，他所說的三教「不離眞道」的同體同源，實際上
就是指三教都以明性命爲「眞道」。明正一嗣教領教事的張宇初曾
說：「近世（明初）以禪爲性宗，道爲命宗，全眞爲性命雙修，正一
則惟習科教」（《道門十規》），事實上在王重陽創教的時代（金熙宗
大定七年，1167 年），正是佛教禪宗與鍾呂內丹道同時風行的時代。
全眞道從王重陽起，就以鍾呂內丹派的繼承者自居，自稱得呂洞賓
眞傳。〔註36〕他在《重陽全眞集》卷九〈了了歌〉中即曾明白以道

〔註36〕陳兵〈略論全眞道的三教合一說〉曾指出：王世貞《弇州山人稿》
　　　　及陳銘珪《長春道教源流》謂王重陽之說未嘗引鍾呂，未免有失詳
　　　　考。《重陽眞人金關玉鎖訣》即引證鍾呂；《重陽全眞集》卷九〈了
　　　　了歌〉云：「漢正陽（鍾離權）兮爲的祖，唐純陽（呂洞賓）兮做師
　　　　父，燕國海蟾（劉海蟾）兮是叔主。」譚處端《水雲集》、王處一《雲
　　　　光集》，皆謂其教以鍾、呂、劉爲祖。《水雲集》卷一〈全眞〉詩曰：
　　　　「我師弘道立全眞，始遇純陽得秘文。」假託得有名的神仙呂洞賓

教「弟子」自居，以鍾離權爲「祖」、呂純陽爲「師」、劉海蟾爲「叔」。
鍾呂之說以修煉內丹而期成仙爲主旨，主張必須「性命雙修」。所謂
性，指心性，或曰「神」；所謂命，指人身生命活動的原動力「氣」。
修性即修心，這與禪宗所修明心見性大略相當；修命即養氣修身，
這是道教獨擅之術。據傳呂洞賓所作的〈敲爻歌〉說：「只修性，不
修命，此是修行第一病」即明言佛教只修性不修命的弊病；〈敲爻歌〉
又說：「達命宗，迷祖性，恰似鑒容無寶鏡」指的是道教中內丹以外
的養氣、導引等長生術；這兩者在鍾呂內丹派看來皆失於偏頗，唯
有「性命雙修」才是正道。

　　全眞道一開始就大講「性命雙修」的內丹術。如王重陽的《金關
玉鎖訣》、《授丹陽二十四訣》、《重陽全眞集》卷一〈修行〉詩十二首、
馬鈺《丹陽眞人直言》、丘處機的《大丹直指》、郝大通《太古集》卷
四有〈金丹詩〉三十首等，都是專述內丹修煉的著作。前文曾述及，
「全精、全氣、全神」是王重陽立教的根本宗旨，是全眞道追求「三
教圓融」所要達到的最高「神仙」境界，那麼，如何使「精神氣」統
一，就成了全眞家們必須解決的重要問題，構成了全眞道修持眞功，
涉世制行的主要內容。由於全眞道認爲精血聚而成人形，精血只是肉
身的根本，而「眞氣」才是性命的根本（《重陽眞人金關玉鎖訣》），
因此對於「全精」很少論及，著重講的是「氣神」、「性命」的統一。
王重陽的著作中，經常「性」、「命」並舉，他在《立教十五論・混性
命》中謂：「性者神也。命者氣也。性若見命，如禽得風，飄飄輕舉，
省力易成。《陰符經》云：『禽之制在氣』是也。修眞之士，不可不參。……
性命是修行之根本。」王重陽認爲「性」（神）、「命」（氣）間有密切
關係，要神氣相合，才算神仙，欲修性命，必須先正意淨心，而後龍
（性）、虎（命）才能交合（《重陽眞人授丹陽二十四訣》）。他的大弟
子馬鈺在《丹陽眞人直言》也說：「夫大道無形，氣之祖也，神之母

之親傳，正是王重陽這樣一個聰明的創教者必用的手段。

也。神氣是性命，性命是龍虎，龍虎是鉛汞，鉛汞是水火，水火是嬰妊，嬰妊是陰陽，眞陰眞陽，即是神氣。種種異名，皆不用著，只是神氣二字。」這就是說，道教所說的「龍虎」、「鉛汞」、「水火」、「嬰妊」、「陰陽」，實質「只是神氣二字」，而「氣神」即「性命」，神氣、性命互不相離，統一於道，故性命必須雙修。因此，「性命雙修」是全眞道承繼鍾呂內丹說的一貫教義。

全眞家雖以性命雙修爲內丹綱領，但從修煉步驟來看，在性命二者的主次先後關係上，與鍾呂內丹說不同，有重性輕命、先性後命的傾向。《重陽授丹陽二十四訣》說：「性者是元神，命者是元氣。……根者是性，命者是蒂。……賓者是命，主者是性也。」丘處機《長春祖師語錄》也說：「吾宗惟貴見性，水火配合其次也。大要以息心凝神爲初基，以性明見空爲實地，以忘識化障爲作用，回視龍虎鉛汞，皆法相而已，不可拘執。不如此便爲外道，非吾徒也。」李道純《中和集》卷一更進一步說，性命乃神氣之本；「道」或「太極」與神氣的關係爲「道者神之主，神者氣之主，氣者形之主」。王月常《碧月壇經》卷中說：「命在性中……只以見性爲主。」都是在強調修性爲先，修命其次的修煉步驟。因此，全眞家在下手行功的具體步驟上，可以說是與鍾呂內丹的修煉次第恰好相反。鍾呂內丹的修煉次第，是從修命開始，先煉精化炁，次煉炁化神，次煉神合道；全眞家的內丹卻多從修性開始，先教人收心降念，做對境不染的明心見性功夫，使心定念寂，然後再靜坐調息，按傳統煉丹法的程序依次煉精化氣，煉氣化神，煉神還虛。所以，昔人有「北宗先性後命，南宗先命後性」之說。

全眞道繼承了鍾呂內丹之學，同時又融入禪宗的明心見性，使之與內丹之術相結合，使道教發生了一次歷史性變革，傳統的修煉方式被引向了內在心性修養的軌道。《重陽授丹陽二十四訣》謂修仙者應「先求明心、心是本，道即是心」。《重陽全眞集》說：「識心見性通眞正，知汞明鉛類密多」。「明心」即明自己本心，「見性」即見自己

「真性」。由此在修煉實踐中尤強調「先性後命」、「性命雙修」的原則，以明心見性爲修煉之首務，養氣修身方法則爲其次，從而突出了心性原則和精神修煉。這種融攝三教義理、突出心性修養所表徵的思想歸向，使其具有亦道亦禪，「非儒非釋」（陳垣語）的特徵，陳垣亦將全真教視爲「道教中之改革派。」卿希泰《道教與中國傳統文化·宋明的道教哲學》說：「王重陽所創的全真道北宗的修煉思想，屬於以修心性爲入手，先性後命的性命雙修說，這是與張伯端南宗的先命後性的不同處。南北二宗雖然在修煉性命的程序上有所不同，但其實質是一樣的，都是把宇宙實體內化爲主觀精神，把認識世界的本質這一哲學問題集中於認識人的生命本質上，以精神的解脫爲生命問題的最終解決。這基本上是一種主觀唯心主義的生命哲學。」雖然主觀唯心主義的生命哲學是佛教哲學的特點，用來指攝全真道並不完全恰當，但正可以說明其融合禪宗修行方法的特質與事實。

總之，全真教鑑於外丹誤人的歷史經驗，將道教修煉方法帶領出來，不再專從外部世界去尋找靈丹妙藥以救長生，而是從生命本身去尋求先天所存的靈氣，恢復先天的精氣。在強調命功的同時，加重了性功的分量，把心性的煉養提高到具有決定性的重要地步，把精神生命放到了肉體生命之上，從明心見性入手，以全神養氣爲本，三分命功，七分性學，使修養煉丹成爲心性的磨煉，擺脫人世間過分浮泛的物欲、色欲與權力欲的追求，並從而糾正了傳統丹鼎道的錯誤觀念，這實在是道教哲學修煉思想的一大變革與進步。

四、清靜無爲

全真道既以保全真性、證真成仙爲宗旨，以先性後命的性命雙修論爲其修煉綱領，則體證「真性」自然成爲修煉的首要事務。《重陽授丹陽二十四訣》說：「諸賢先求明心，心本是道，道即是心，心外無道，道外無心也。」可見，明心見性是修煉的第一步。明心即修心，修心即修道，修心修道也就是修性。《長春祖師語錄》說：「吾

宗惟貴見性，水火配合（煉氣修命）其次也」。元牛道淳《析疑指迷論》說：「修行之士，必先明心悟性」。明心悟性的「性」，全真家名之曰「真性」、「真心」、「元神」等，指人精神的先天本原或不變不動的本體。全真家認爲「真性」不離人心，但被「妄念」遮蔽而不能自見，只要作宗教的內心反省，「一念不生」即可見到自己真性，所以《析疑指迷論》說：「向這一念不生處即見本來面目也」。又說：「夫真心者，元無一物，等同太虛，本來清淨。」謂心性本空本淨。劉處玄《至真語錄》說：「萬形至其百年則身死，其性不死也，……陰陽之外則真神無死也。」謂心性不生不滅。全真家以這不生不滅、本空本淨的「真性」爲超脫生死的可靠根據。《重陽授丹陽二十四訣》說：「是這真性不亂，萬緣不掛，不去不來，此是長生不死也。」譚處端《水雲集》卷一說：「一念不生，則脫生死。」全真家認爲，只要在自己心地上「做工夫」，一念不生，明心見性，並常保持真性不亂，就在今生現世的當念，精神便可以解脫煩惱而自由自在，如此自然能超越生死（參陳兵〈略論全真道的三教合一說〉）。

如何才能明心見性呢？其關鍵在於「我」自己是否能「清靜」。心中能清靜，自然能摒除外境的染著，長保本性之真。《晉真人語錄》云：「只要無心無念，不著一切物，湛湛澄澄，內外無事，乃是見性。」王重陽創教目的之一，在改革舊符籙派道教之弊端（詳本章第一節），期能「洗百家之流弊，紹千載之絕學」（李鼎〈大元重修古樓觀宗聖宮記〉），自然要把恢復《道德經》清靜無爲之本旨，作爲他立教的重要任務。因此在他的著作中，言及「清靜」者甚多，如：

　△　有內外清靜：內清靜者，心不起雜念；外清靜者，諸
　　　塵不染著，爲清靜也。（《重陽真人授丹陽二十四訣》）
　△　諸公如要修行，飢來喫飯，睡來合眼，也莫打坐，也
　　　莫學道，只要塵凡事屏除，只用心中清靜兩個字，其
　　　餘都不是修行……若要真功者，須是澄心定意，打疊
　　　神情，無動無作，真清真靜，抱元守一，存神固氣，

乃眞功也。(《重陽教化集》卷三〈三州五會化緣榜〉)

△　莫問龍兒與虎兒，心頭一點是明師。炁調神定呼交媾，
　　心正精虔做熙熙。平等常施爲大道，淨清不退得眞慈。
　　般般顯現圓光就，引領金丹採玉芝。(《重陽全眞集》卷一
　　〈答問龍虎交媾〉)

蔣義斌〈全眞教祖王重陽思想初探〉說：「王重陽『性命雙修』的關
鍵，在把握此心之清靜，而『眞修行』自利利人的關鍵亦在此心之清
靜。」頗能切中要點。

　　最能發揮王重陽「清靜無爲」思想的，是他的大弟子馬鈺。〔註
37〕現略舉數言於下：

△　道家留丹經子書，千經萬論，可一言以蔽之曰：清淨。
　　(《丹陽眞人語錄》)

△　夫道以無心爲體，忘言爲用，以柔弱爲本，以清靜爲
　　基。若施於人，必節飲食，絕思慮，靜的坐以調息，
　　安寢以養炁；心不馳則性定，形不勞則精全，神不擾
　　則丹結；然後滅情於虛，寧神於極，可謂不出戶庭而
　　妙道得矣！(《丹陽眞人語錄》)

△　清淨者，清爲清其心源，淨爲淨其炁海。心源清則外
　　物不能撓，故情定而神明生焉。炁海淨則邪欲不能干，
　　故精全而腹實矣，是以澄心如澄水，養炁如養兒，炁
　　秀則神靈；神靈則炁變，乃清淨所致也。(《丹陽眞人語
　　錄》)

△　無爲者，不思不慮也。愛欲嗔怒，積畜利害，其間雖
　　有爲而常無爲，雖涉事而常無事。何況專一清心淨意，
　　養氣全神，飄遊於逍遙之地，入於無何有之鄉。(《丹陽
　　眞人語錄》)

△　遙遙自在三山客，坦蕩無拘一散仙，清淨幹開壺內景，
　　無爲踏碎洞中天。(《洞玄金玉集》卷一〈述懷〉之三)

〔註37〕張廣保《金元全眞道內丹心性論研究》第二部分有〈馬丹陽及早期
　　　全眞道清淨本色心性論〉專章討論之，可供參考。

　　△　小童問道道無言，清淨能持至妙玄，憑此家風常保守，
　　　　自然有分做神仙。(《洞玄金玉集》卷一〈鄠縣小張索〉)

除上引之外，馬鈺在《丹陽眞人語錄》中，反復申論清淨才是學道之
要。當他提及「儒則博而寡要，道則簡而易行」六家要旨其二時，作
了補充：「但清淨無爲最上乘法也。」由此可見，「清淨無爲」實爲馬
鈺論道的基礎。譚處端《水雲集》卷上〈三教〉詩謂：「三教由來總
一家，道禪清靜不相差」，亦謂道教與禪家「不相差」之處在「清靜」。
王處一《雲光集》卷一〈贈助緣道眾〉詩：「深謝吾門廣助緣，始終
如一苦精研，存神默默廣無染，養氣綿綿道自然。開闢本元清淨主，
化生玄象舞胎仙，璇璣斡運眞三寶，不動慈光滿大千。」也都是申言
清靜無爲思想的著述。

　　王重陽承繼鍾呂內丹說，以新的宗旨、新的修持方法對舊道教進
行大量的改革，進一步把老莊清靜無爲的思想貫徹到教義中，排斥過
去道教重視符籙、咒術、金丹、服餌、辟穀、房中諸術，也不迷信天
下間有長生不老之藥；主張清靜無爲、恬淡無欲的修行心法，頗能針
砭時弊，順應時代需求，實實在在地振衰起弊，改革了舊道教的種種
弊端，故能贏得頗多贊美與愛戴，龔鵬程〈從元人文集看元代全眞教
之發展〉說：「據元人文集宮觀題記所載，全眞教在初起時便能使天
下靡從之因，乃由於其教義合乎原始道家清靜自然、無爲寡欲之旨，
此亦是文人稱譽之處。」確實不錯，茲略舉數家以證：
　　△　大概務以安恬沖澹，合於自然，含垢忍辱，苦身勵行，
　　　　持之久而行之力，斯爲得之。(元張起巖〈勞山聚仙宮記〉)
　　△　全眞者，恬澹無爲，全其本眞，其學倡於其師重陽眞
　　　　君，至是玄風播而道化行，徒眾盛而宮觀興矣……蓋
　　　　公言治道，貴清靜，本老子之旨也。(元許有壬《圭塘小
　　　　稿》卷七〈龍德宮記〉)
　　△　當金季傲擾，綱常文物蕩無孑遺，其時設教者獨全眞
　　　　家，士之慕高遠欲脫世網者，捨是將安往乎？嘗究其
　　　　說，不過絕利欲而篤勞苦，推有餘而貴不爭，要歸清

淨無爲而已。（元王惲《秋澗集》卷四十〈真常觀記〉）

五、真功真行

內修真功，外修真行，是全真教修持的方法，也是全真教的處世觀。《重陽教化集》卷三〈三州五會化緣榜〉云：「功行乃別有真功真行，晉真人云：若要真功者，須是澄心定意，打疊神情，無動無作，真清真靜，抱元守一，存神固氣，乃真功也。若要真行者，須是修仁蘊德，濟貧救苦，見人患難，常行拯救之心，或化誘善人入道修行，所行之事，先人後己，與萬物無私，乃真行也。」王重陽在這篇〈化緣榜〉中，明白地宣示了「真功真行」的教義。所謂「真功」，指的是以「清靜無爲」爲主，往內探求自己本性的內丹修煉法；所謂「真行」，指的則是弘道濟世、捨己利人的清節苦行。全真家認爲惟有功行兩全的道士，才能得道，才能進入「神仙」境界。王重陽在《重陽立教十五論》第十二條〈論聖道〉說：「入聖之道，須是苦志多年，積功累行，高明之士，賢達之流，方可入聖之道也。」

關於以「清靜無爲」爲主修行「真功」，已詳於前一小節。全真創教諸子在他們的著作中，不厭其煩，苦口婆心地勸人要認真修行，《重陽全真集》、《重陽教化集》的主要內容，一言以蔽之，不外「修行」二字，所謂：「修行便發好枝條，不逐輕飄信任飄」、「修行便發好枝條，不會修行枉折腰；經教豈曾窮義理，香煙只會漫焚燒。」（《重陽全真集》卷九〈定定歌〉、〈勸道歌〉）這類詩句幾乎隨處可見；七真的著作裡，勸人修行的言論，也俯拾即是。陳俊民〈略論全真教的思想源流〉說：「在道教各派中，重視修行真功的，莫過於全真。」確實是如此。

除了內向修心修丹的真功外，全真家又承道教傳統的「行善以立仙基」的說法，參合佛教普度眾生及儒家行道濟世的思想，提倡走向社會，實踐「真行」。《晉真人語錄》說：「若人修行養命，先須積行累功。有功無行，道果難成，功行兩全，是謂真人。」尹志平

《北遊語錄》卷三說:「物欲淨盡,一性空虛,此禪家謂之空寂,吾教謂之清靜。此猶末也,至寂無所寂之地,則近矣。雖然,至此若無眞實功行,不能造化,無造化則不得入於眞道。須入眞道,則方見性中之天,是爲玄之又玄。至此則言辭舉動,凡所出者,無非玄妙,故繼之曰:眾妙之門。」這裡所說的「眞實功行」,就是全眞道所提倡的傳道濟世、苦己利人的「眞行」。元商挺〈大都清逸觀碑〉載丘處機「謂眾曰:今大兵之後,人民塗炭,居無室,行無食者皆是也,立觀度人,時不可失,此修行之先務,人人當銘諸心。」(《甘水仙源錄》卷十),將濟世助民、立觀度人,當作是修行的先務,即是「眞行」的具體實踐。《北遊語錄》云:「丹陽師父以無爲主教,古道也。至長春師父則教人積功行,存無爲而行有爲。」棲雲子王志謹《盤山語錄》言:「無爲者天道也,有爲者人道也;無爲同天,有爲同人,如人擔物,兩頭俱在則停穩,脫卻一頭即偏也。若兩頭俱脫去,和擔子也無,卻到本來處。……若天不利物則四時不行,地不利物則萬物不生,不能自利利他,有何功德?故長春眞人云:『動則安人利物』,蓋與天地之道相合也。師(王志謹)云:修行之人若玄關不通,心地不明,忙忙業識,不能無爲者,蓋爲無福德故也。乃當於有爲處,教門中隨分用力立功立事,接待方來,低下存心,恭敬師友,常行方便,屛去私邪,久久緣熟,日進一日,自有透得處,不勝兩頭空擔。不能無爲,不能有爲,因循度日,無功無行。……豈不聞長春眞人云:心地下功,全抛世事,教門用力,大起塵勞。又無心地功夫,又不教門用力,因循過日,請自思之,是何人也?」道家本有「君子得其時則駕,不得其時則蓬累而行。」(《史記·老莊申韓列傳》老子告孔子語),孟子變此意爲「達則兼善天下,窮則獨善其身。」(〈盡心篇上〉)丘處機變此意爲:或爲教門努力大起塵勞,或爲心地下功全抛世事。全眞教繼承此一出世入世兼用的處世觀,「與時遷移,應物變化,立俗施事」,表現出了全眞教義的開拓性(參閱智亭〈全眞派創立的時代背景和對道教的更新發展〉)。

　　本著「眞功眞行」這一教旨，金元間的全眞家，頗有以實際行動，做過一些濟世助人有益於社會的事，如丘處機勸成吉思汗戒殺養民，王志謹在關中率眾開渠引水，崔道演等行醫施藥，李志遠勸止太傅依女眞舊俗以婢女爲母殉葬，范圓曦散財關中以救民、收留落難士人等。（事詳《甘水仙源錄》諸人傳記）也正由於這種「修仁蘊德，濟貧救苦，見人患難，常行拯救之心」的眞行，贏得了社會人士及知識分子的認同和贊許。見於元文人集中稱譽全眞道者，多著重在兩方面，一是改革道教弊病，恢復老子清靜無爲本旨的教義（參前一小節所引）；一是全眞家苦己救人，濟貧拔苦的事蹟。如：

△　其學首以耐勞苦、力耕作。故凡居處服食，非其所自爲不敢享。蓬垢疏糲，絕憂患慕羨，人所不堪者能安之。調伏攝持，將以復其性。死生壽夭，泊然無繫念。
（元袁桷《清容居士集》卷十九〈野月觀記〉）

△　全眞道有取於佛老之間，故其憔悴寒餓，痛自黥剔，若枯寂頭陀然。及其有得也，樹林水鳥，竹木瓦石之所感觸，則能事穎脫，縛律自解，心光曄然，普照六合，亦與頭陀得道者無異。（元好問《遺山集》卷三十一〈紫虛大師于公墓碑〉）

△　涉世制行，殊有可喜者，其遜讓似儒，其勤苦似墨，其慈愛似佛，至於塊處守質樸，澹無營爲，則又類夫修混沌者。（《甘水仙源錄》卷九金辛愿〈大金陝州修靈虛觀記〉）

△　全眞爲教，始以脩身絕俗，遠引高蹈，冥滅山林，如標枝野鹿，漠然不與世接，此其本也。終之混跡人間，蟬蛻泥滓，以兼愛濟物爲日用之妙，其混沌民之風邪。
（元王惲《秋澗集》卷五十三〈衛州胙城縣靈虛觀碑〉）

錢穆先生在〈金元統治下之新道教〉說：「全眞初創，由於遺民忠憤，佯狂避世。及其全盛，則轉爲教主慈悲，圓宏救度。此自別有一段精誠貫徹，所爲與往日黃冠羽士神仙方伎者流異趣，而彼輩之所以仍必託於黃冠羽士間者厥因亦在此。」錢先生所說的「別有一段精誠貫

徹」，實際上就是丘處機所說：「外修陰德，內固精神。」（答元太祖問道語）的修行法則，亦即全真道「真功真行」教義的具體實踐。

六、出家禁欲

出家制度與完全的禁欲主義，是全真道士行外功修內德，以實踐真功真行的修煉基礎，也可說是全真道修養心性，內煉成丹的實質規範與涉世教規。

早期傳統道教提倡節欲、寡欲，並不完全禁欲，道士不一定出家。六朝時期，在佛教影響下，道教也有了出家之制與禁欲之說。全真道則進一步模仿佛教的僧伽形式及禪宗的叢林制度，建立了本派道士出家住庵的制度。王重陽棄妻子出家，並立下了嚴格的出家制度，在全真教教義中主張絕對清修是其特色，全真教中雖有女冠散人，但亦是獨身清修。他們和佛教一樣，視家庭為牢獄火宅，並承襲佛教的六道輪回和愛染緣起說，以天倫間尤其是男女間的恩愛為生死之根。《重陽全真集》卷七〈踏莎行〉曰：「莫騁兒群，休誇女隊，與公便是為身害，脂膏利削苦他人，只還兒女從前債！」說父母兒女不過是輪回報應中的怨憤酬償關係；馬丹陽《神光燦》頁6〈贈王知玄〉說：「兒孫枷杻，妻妾干戈。」《洞玄金玉集》卷七〈勸化〉詩，更稱妻妾為「冤家」，「追魂取命活鬼」。這些無非都是要勸人「看破」家庭，毅然捨妻棄子，「跳出樊籠」，出家修道。

全真道宣揚絕對的禁欲主義，說酒色財氣乃至食與睡，皆是違反天性的人欲，只有違逆人情，消散五情六欲，斷除酒色財氣、攀援愛念，力制食色睡，才可「脫人之殼，與天為徒」。斷欲絕愛，是明心見性、修煉內丹的基礎。內丹的初步功夫煉精化炁，就以絕欲為先決條件，以斷欲絕愛，煉盡性欲，得「漏盡通」為小周天成丹之兆。這種絕對的僧侶禁欲主義，較理學家所倡的「存天理，滅人欲」更為積極，更為嚴格。為了窒欲滅情，全真道要出家修道者把生活降低到常人不堪忍受的水準，勵修苦行。《甘水仙源錄》卷一〈長

春真人行道碑〉載：丘處機在磻溪修道時，「日乞一食，行則一笠……晝夜不寐者六年。」馬丹陽每日僅食一缽麵，誓死赤腳，夏不飲水，冬不向火。王處一「曾於沙石中跪而不起，其膝磨爛至骨，山多礓石荊棘，赤腳往來於其中，故世號鐵腳云。」（《北遊語錄》卷一）郝大通坐趙州橋下六年，持不語戒，寒暑風雨不易其處。他們的行為，頗似佛教的苦行頭陀（參見陳兵〈略論全真道的三教合一說〉），是絕對的禁欲主義的實踐。

　　全真道還以戒律清規來束縛教徒。初期的全真道，大略以佛道二教共同的五戒和相近的十戒為主要戒條。《重陽真人金關玉鎖訣》說：「或問曰：如何是修真妙理？答曰：第一先除無名煩惱，第二休貪戀酒色財氣，此者便是修行之法。」又說：「（問曰）人有疾病無常，如何治之？答曰：欲要治之，除是達太上煉五行之法。問曰：如何是五行之法？訣曰：第一先須持戒，清靜忍辱，慈悲實善，斷除十惡，行方便救度一切眾生，忠君王，孝敬父母師資，此是修行之法。」《重陽教化集》卷三說：「大凡學道，不得殺盜飲酒食肉破戒。」《金關玉鎖訣》中曾論及「有五等神仙」，而「孝養師長父母，六度萬行，方便救一切眾生，斷除十惡，不殺生，不食酒肉，邪非偷盜出，意同天心，正直無私曲，名曰天仙。」天仙是五等神仙中最高的一等。這些都是在明白告訴教徒，欲修煉成仙，必須從最基本的遵守戒律清規開始，惟有持戒清淨，才能成仙有望。

　　如何才能在當下的環境中，具體內修真功，外修真行，以達到功行雙全，進於「精氣神全」的「神仙」境界呢？王重陽在《立教十五論》中有明確的規定和說明，其大略云：

　　　一、凡出家者先須投庵，庵者舍也，一身依倚，身有依倚，心漸得安，氣神和暢，入真道矣。二、雲遊訪師，求問玄妙；參尋性命，問道不厭。三、學書之道，不可尋文而亂目，當宜採意以合心。四、精研藥物，活人性命。五、蓋造茅庵草舍以遮形體，避免露宿野眠觸犯日月，但不雕樑

峻宇而斷地脈。六、道人必須擇高明者合伴，以叢林爲立
身之本。七、凡打坐者須要十二時辰住行坐臥，一切動靜
中間，心如泰山，不動不搖，毫無思念。八、保持湛然之
心，不隨境生心；宜剪除念想，以求定心。九、調節理性，
使緊慢得中以煉性。十、調配五行精氣於一身。十一、修
煉性命是修行之根本。十二、入聖之道，須是苦志多年，
積功累行。十三、超越三界：心忘慮念即超欲界、心忘諸
境即超色界、不著空見即超無色界。十四、養身之法在於
得道多養。十五、離凡世，非身離也，言心地也。得道之
人，身在凡而心在聖境矣。

所有這些教規，歸結起來，無非要道眾「絕世所欲」，苦煉心性，內
而修己，外而濟世，是實質的宗教禁欲主義。

卿希泰主編的《中國道教史‧第三卷》說：「全眞道的心性和內
丹修煉，皆以宗教禁欲主義爲基礎、爲實質，其基本精神可以《清靜
經》的『澄心遣欲』四字概括之。……心性修煉與內丹修煉，實質上
都是澄心遣欲的具體操作技術。《丹陽眞人直言》即云：『但能澄心遣
欲，便是神仙。』全眞道正是以出世主義的神仙追求爲價值取向，把
禁欲主義發展到道教史上的頂峰。」這是相當精闢深刻的見解，清初
全眞道士柳守元、王常月等蒐集道教傳統的戒律，仿佛教沙彌、比丘、
菩薩三級戒而制「三壇圓滿天仙大戒」。全眞道叢林廟觀中還仿禪宗
百丈清規，訂有《全眞清規》、《白雲觀全眞道教法規玄範》等，對違
犯教團生活紀律的道士，規定有從罰拜、罰香、罰齋到遣出的處分條
例。明清全眞道中還利用當時社會上流行的「功過格」，以爲戒律的
輔助。《道藏輯要》收有託名呂洞賓的《警世功過格》、《十戒功過格》
等。時至今日，大陸北京白雲觀住持敏智亭長老在〈全眞派創立的時
代背景和對道教的更新發展〉一文中，提出判定全眞道士的原則仍
是：「作爲道教全眞派道士，應有以下幾方面的體現：一、遵循邱祖
『三乘之法』量力而行，立志守道，苦志而修。『上乘者，修眞養性，
苦志參玄，證虛無之妙道，發天地之正氣，除塵世之冤愆，廣行方便，

大積陰功。中乘者，秉心演教，禮懺誦經，信心懇禱於聖前，虔誠齋戒於廟中，清靜身心，闡揚大道，一念純真，常存正法。下乘者，修宮建廟，印經造像，修橋補路，戒殺放生，施茶舍藥，推慈悲之本，絕慳貪之意，或周濟窮苦，低下為心，尊師敬友，接待往來，愛老惜貧。』二、不事婚嫁，出家住廟。《重陽立教十五論・住庵》云：『凡出家者，先須投庵，庵者舍也。』庵即廟，即要以廟為家。王棲雲《語錄》引馬丹陽詞云：『學道住叢林，校淺量深，擇其善者作知音；如是未能明至理，摯領提矜』又云：『修行之人鄉（家）中便了道也休住；酒肉食了飛昇也休用；眷屬便是神仙也休戀……。』三、道貌服飾。按《道藏・道書援神契》云：『後世孔子徒之服隨國俗變，老子徒之服不與俗移，故今之道士服類古之儒服也。』全真道士蓄髮留鬚，直領右紐，蓋保留清朝以前漢民之民俗服飾也。猶如日本今日之著『和服』、朝鮮之穿直領便服，雖有時代潮流服裝，而仍不忘其民族服裝也。以上三點，是衡量全真道徒的最基本尺度。」顯然，出家制度與禁欲主義，仍然是今日全真道士所應遵守的基本規範。

第三章　全眞教主王重陽詞析論

　　本章共分三節：第一節簡介王重陽的著作；第二節從內容上，將王重陽詞依題材性質分爲九類，然後加以分析，以明其內涵；第三節從形式上，分析並介紹王重陽詞，以明其特色。

第一節　王重陽著作簡介

　　全眞教祖王嚞，字知明，道號重陽子，陝西咸陽大魏村人。生於北宋徽宗政和二年（1112）十二月二十二日，卒於金世宗大定十年（1170）正月四日。王嚞本名中孚，字允卿，金熙宗天眷年間（1138～1140）應武舉得中甲科後，改名爲世雄，字德威；金海陵王正隆四年（1159）入道後又改名爲喆，字知明，號重陽子；金世宗大定七年（1167）入山東傳道，三改其名爲嚞，仍字知明，號重陽子。其生平事蹟已略述於前文（第二章第二節〈王嚞之生平與創教經過〉），本節將崙論其著作。

　　據諸傳所載，王重陽曾修進士業，頗善吟詠。靈隱子王頤中所集《丹陽眞人語錄》載馬鈺語有：「師言，祖師（王重陽）素攻文章，了道之後，尤爲敏給，至於藏頭拆字，隱語聯珠，略不構思。」王重陽所作詩文甚多，全眞各碑銘傳記所載互有差異。金麻九疇〈鄧州重陽觀記〉、元姬志眞《雲山集》卷七〈重陽祖師開道碑〉、元李道謙《七

真年譜》僅述王重陽生平，未言及其著作，完顏璹的〈全真教主碑〉則僅言：「自重陽、丹陽、長春暨諸師，皆有文集傳於世。」未詳載書名。述及重陽著作稍詳者有：金劉祖謙〈終南山重陽祖師仙跡記〉云：「有詩詞千餘篇，分爲全真前後集傳於世。」元趙道一《歷代真仙體道通鑑續編》云：「其遺文全真前後、韜光集行於世。」元秦志安《金蓮正宗記》云：「長歌短詠，殆千餘首，目之曰全真前後集並雲中錄，明鉛汞坎離之說，盛行於世。」元劉天素・謝西蟾《金蓮正宗仙源像傳》云：「有全真前後集、韜光集、雲中錄、分梨十化說行於世。」諸傳所述，《全真前後集》、《分梨十化集》俱收錄於今本《正統道藏》，殆無疑異；唯《韜光集》雖見載於趙書及劉書，《雲中錄》見載於秦書與劉書，然而今本《道藏》並無二書。不知是後人重新編輯另命新名，或別有所本，文獻不足，暫且存疑。

　　王重陽的著作，收錄於明《正統道藏》中的有：《重陽全真集》十三卷、《重陽教化集》三卷、《重陽分梨十化集》兩卷、《重陽立教十五論》、《重陽真人金關玉鎖訣》、《重陽真人授丹陽二十四訣》等六種，其中前四種並收錄於光緒三十二年（1906）刊行的《道藏輯要》。茲分別簡介於後：〔註1〕

一、《重陽全真集》

　　《重陽全真集》十三卷。爲王重陽詩詞集，卷一、卷二載各體詩，卷三至卷八全數載詞；卷九爲歌、詞、頌、詩、雜編，卷十爲詩、文合編，卷十一至十三全數載詞，共收入詩詞歌頌千餘篇，皆重陽自撰。今本《重陽全真集》前有金寧海州學正范懌（德裕）所作序文。〈范序〉作於金世宗大定二十八年（1188），序文中有言：

> 真人羽化之後，門人裒集遺文約千餘篇，辭源浩博，旨意弘深，涵泳真風，包藏妙有，實修真之根柢，度人之梯航

〔註1〕以下各書介紹，主要參考王卡主編《道教三百題》（臺北：建安出版社，1996年3月初版）頁237～239〈王重陽有哪些重要論著〉寫成。

也。京兆道眾，聚財發槧，雖已印行，而東州奉道者多以
去版路遙，欲購斯文不易得也。長生劉公……以眞人文集
分爲九卷載，開版印行，廣傳四方，俾後人得是集者，研
窮其辭，如鑿井見泥，去水不遠，鑽木見煙，知火必近，
使人人早悟而速成，實仁者之用心也。

據此序文可知，當時編輯工作是由門人劉處玄負責，分九卷鏤板印
行。其內容「辭源浩博，旨意弘深，涵泳眞風，包藏妙有，實修眞之
根柢，度人之梯航也。」其刊行目的，在於使人「研窮其辭」「早悟
而速成」。又據馬鈺《洞玄金玉集》卷一載王嚞臨終前，馬鈺曾許願
要將其詩文集鏤板刊行（詳參〈第二章第二節〉）。因此可確認《重陽
全眞集》在金時就已刊行，詩詞歌賦總數爲千餘篇。現今《道藏》所
存《重陽全眞集》經過後人重新編訂，卷數分次與原本不同。〈范序〉
又言：王重陽

杖屨所臨，人如霧集，有求教言，來者不拒。詩章詞曲、
疏頌雜文，得於自然，應酬即辨，大率誘人還醇返朴，靜
息虛凝，養亙初之靈物，見眞如之妙性，識本來之面目，
使復之於眞常，歸之於妙道也。

這段話扼要地指出了《重陽全眞集》的主要內涵，潘廷川在〈全眞
仙子必讀寶卷——《重陽全眞集》的教義與修眞宗旨〉一文中，曾
指出《重陽全眞集》的宗旨有七項，分別是：一、奉經明道，二、
體驗天道，三、廣修德業，四、養性修心，五、離俗除情，六、身
賢返虛，七、丹成得道。潘氏將《重陽全眞集》的內涵，結合全眞
教義加以發揮，大致上能符合王重陽本意，惟仍未能涵括全書。述
本書大要最稱精當的，當爲王卡《道教三百題・王重陽有哪些重要
論著》其文略云：《重陽全眞集》詩詞題材除應酬唱和外，多爲自述
和抒懷之作。倡言三教一家，認爲「儒門釋戶道相通，三教從來一
祖風。」其詩詞多勸人看破肉身假合，功名空華，應及早歸心仙道，
以求超出三界。斥酒色財氣爲「四害」，兒孫妻女爲繫累，勸人拋離
妻子，出家修道。書中有詠骷髏詩多首，教人觀骷髏以自省肉身無

常，覺悟生死輪迴之苦。但又教導在家教徒遵守忠孝綱常，「與六親和睦，朋友圓方。」書中所述成仙之道，頗近於禪宗。如云：「諸公如要真修行，飢來吃飯，睡來合眼，也莫打坐，也莫學道，只要塵冗事摒除，只要心中清靜兩個字。」又詠述內丹之道，謂神調氣和，氣神相接，性停命住，復返本來真性，即成就金丹。又有齋醮詩數首，可見王重陽亦兼行符籙術。王重陽的詩詞常雜以俚語，形式多樣。古詩、律絕、詞曲，乃至一字詩、三字詩、藏頭詩詞，皆無所不能，而尤喜填詞。金元全真道士好以詩詞歌曲論道言志，宣講教旨，其祖師王重陽實首開此風。

二、《重陽教化集》

《重陽教化集》三卷。收錄詩詞二百零七首，爲王重陽化度大弟子馬鈺入道時，二人唱和之作，其中王重陽詩詞一百零五首，馬鈺詩詞一百零二首，除卷二〈化丹陽〉（凡人修道）、〈讀晉真人語錄〉、卷三〈趕出丹陽不得在金蓮堂住，當日令上街求乞〉等三首，馬鈺未有唱和外，其餘首首繼韻。又卷尾有〈三州五會化緣榜〉一篇，孫克寬先生認爲：「重陽全真，與教化兩集，所載詩詞，多是機鋒的點悟，只有此文是正論，可能就是全真教的創教宣言。」（〈金元全真教的初期活動〉）細讀該文，確實頗能含蓄地說出了全真教的宗旨（詳參前〈第二章第三節〉）。

是集由馬鈺弟子編集刊行。書前有序六篇，分別署名爲：營丘府學正國師尹、寧海州學正范懌、寧海州學錄趙抗、寧海州鄉貢進士劉孝友、寧海州東牟鄉貢進士梁棟、寧海州東牟鄉貢進士劉愚之，皆作於金大定二十三年癸卯（1183）。卷尾又有登州王滋（德務）序文一篇。其中〈趙序〉有云：

> 仁人之用心也大矣哉，身已適於正也，欲天下之人，皆去偽而歸真矣。吾鄉丹陽先生之徒，行是道者也。……一日，重陽真人自終南徒步而來，一見而四目相視，移時不已，

及開談笑語，如舊交鳳契。或對月臨風，或遊山翫水，或
動作閒宴，靡不以詩詞唱和，皆以性命道德爲意，謂人生
於電光石火，如隙駒朝露，不思治身，妄貪名利，儻修之
不早，若一入異境，則雖悔可追？……嘗入夢於丹陽，警
之以天堂地獄，又索梨粟芋，每十日而分賜之，自一以至
五十五，爲陰陽奇偶之數，皆以詩詞往復酬和，而顯其旨
意。……凡當時之一篇一詠，不徒然而發，皆所以勸戒愚
蒙，免沉溺於愛河慾海，非專爲於己也。故門人裒聚二先
生之詩詞，分爲三集，上曰教化下手遲、次曰分梨十化、
又其次曰好離鄉，共三百餘篇。玩其文究其理者，則全眞
之道思過半矣。……下手遲三集雖關中已鏤版印行，以道
途遼邈，傳於山東者百無一二，而樂道之士罕得聞見。一
日，丹陽門人靈眞子朱抱一訪予曰：「先生因重陽眞人之誘
掖而棄俗，究重陽眞人之詩詞而悟道，或以篇章，或以言
說，廣行其教，欲人人咸離迷津、超彼岸，得全眞之理，
豈肯獨善其身哉。」兹見仁人之用心也，廣大矣。

從這篇序文可了解，此書刊行的目的和內容，大致與《重陽全眞集》
類似，且是書亦早在關中鏤版印行。唯其中值得留意的是序文中說：
「門人裒聚二先生之詩詞，分爲三集，上曰教化下手遲、次曰分梨十
化、又其次曰好離鄉，共三百餘篇。」且〈范序〉、〈劉愚之序〉、〈王
序〉亦皆言及書分三帙。《正統道藏》所收《重陽分梨十化集》有寧
海州東牟鄉貢進士馬大辨序文一篇，內云：

眞人平昔著述已有全眞前後集，又其遊吾鄉時所著，類皆
玄談妙理，裒集得三百餘篇，分爲三帙，上曰下手遲、中
曰分梨十化、下曰好離鄉。……丹陽門人靈眞子朱抱一攜
是集訪余，謂余曰：「鄉老先生范趙劉（孝友）三公已作總
序，每帙別求爲序引。」……因留其分梨十化一帙……。

而《重陽教化集・梁序》則於文中明言，乃序《下手遲》，〈劉愚之
序〉亦明言序《好離鄉》。故知王重陽和馬鈺唱和之作，當時是分爲
三帙刊行，作品共三百餘篇。而今本《道藏》有《重陽教化集》、《重

陽分梨十化集》，而無《下手遲》、《好離鄉》。《教化集》收詩詞文二百零八篇，《分梨十化集》收詩詞八十八首，二書共計收錄二百九十六篇，與諸序所云「三百餘篇」相去不遠，可能是後人重新編訂時，將《下手遲》、《好離鄉》合併爲今本《重陽教化集》，而將《分梨十化集》獨立一帙的緣故。至於短少的篇章，則有可能是後人發現三書所收，有與他書複出者逐行刪去的結果（當然，也有可能是其它原因），因今本《重陽教化集》、《重陽分梨十化集》仍有部分詩詞，又見於《重陽全眞集》和馬鈺所撰《漸悟集》、《神光燦》等書。

《重陽教化集》卷末有王滋的序文云：

> 大率皆以刳心遺形，忘情割愛，晦神挫銳，體虛觀妙爲本。
> 其要在拯救迷徒出離世網，使人人如孤雲野鶴，飄然長往。
> 擺脫種種習氣，俾多生歷劫攀緣愛念，如冰消瓦解。離一
> 切染著，無一絲頭許凝滯，則本來面目自然出現，此全眞
> 之大旨也。

這段話清楚地說明了《重陽教化集》的內涵。王卡認爲：「王、馬唱和，爲早期全眞道傳教布道之生動記錄。其詩詞內容，大抵勸人割愛離欲、黜酒色財氣，縛心猿意馬，立志求仙而已。又述內丹之法，則以明心見性爲主，謂心地清靜則神調氣和，行三田搬運之法，返還本初眞性，則自然結成大丹。全書前後有馬丹陽同鄉親友所撰序跋六篇（按當爲七篇），記述王重陽教化馬鈺入道始末，是研究全眞道史的珍貴資料。」確實是如此。

三、《重陽分梨十化集》

《重陽分梨十化集》上下二卷，卷上收錄王重陽與馬鈺唱和詩詞每人各二十三首，〈贈孫姑〉（二婆猶自戀家業）一首係欲度化孫不二之作，未有繼韻。卷下收錄王馬唱和詩詞各十九首，〈贈孫姑〉（在家只是二婆呼）、〈絕句〉（二婆只識世間居）二首爲度化孫不二之作，未有繼韻；另有〈誓丹陽〉一首，亦無繼韻。上下二卷總計收錄詩詞八十八首。

據書前馬大辨序文稱：王重陽初化馬鈺時，令其棄家入道，馬氏夫婦末肯輕易從之。於是王重陽每隔十日索一梨分送馬氏夫婦，每五日又索梨粟芋各六枚，及重重入夢以天堂地獄、十犯大戒罪警動之，每分送則作詩詞或歌頌隱其微旨，馬鈺悉皆酬和。如此往來百日，分梨十化，馬鈺遂曉悟天地陰陽奇耦之數，明性命禍福生死之機，由是屏俗累，改衣冠，焚誓狀，入道師事王重陽。其唱和詩詞，後由門人編集成此書。書中詩詞有數首複見於《重陽全真集》、《重陽教化集》和馬鈺《漸悟集》、《丹陽神光燦》。

四、《重陽立教十五論》

《重陽立教十五論》一卷。全篇分十五節，以簡要文字說明全真道立教宗旨及道士入門修煉準則。內容可分為三部分。首先論述全真道士日常修習法則，包括〈住庵〉、〈雲遊〉、〈學書〉、〈合藥〉、〈蓋造〉、〈合道伴〉等節。規定全真道士必須出家住庵，奉守戒律，雲遊山水，參究性命；學書宜探意以合心，不可尋文而亂目；修道之人必須施藥濟人，居處儉樸，擇友高明。其次論述內丹修煉宗旨，包括〈打坐〉、〈降心〉、〈鍊性〉、〈匹配五氣〉、〈混性命〉等節。認為修道應以清靜寡欲，定心住性，煉氣養神為主，鍛煉性命為修道之根本，且須內外雙修，只修外功不修內行，如畫餅充飢，積雪為糧。最後論述修道者所應達到的境界，包括〈論聖道〉、〈超三界〉、〈養身之法〉、〈離凡世〉等節。認為修道者苦志多年，積功累行，方可超凡入聖。所謂超三界離凡世，並非肉體飛昇脫離凡塵，而是身在人間而神遊天上，形寄於塵中而心明於物外。這是王重陽吸取佛教禪宗思想，對道教肉體成仙說的改造。（參王卡《道教三百題》）

五、《重陽真人金關玉鎖訣》

《重陽真人金關玉鎖訣》一卷。為王重陽早期著作，假設問答以論述煉養修真之法。文中稱：「齒是為玄關，閉丹田者為下玄關，

提金精上玄者為金關，緊叩齒者為玉鎖」，故書名《金關玉鎖訣》。認為叩齒存神，咽津服氣，保養精血，培丹田氣，可以祛病保身。修真者斷絕酒色財氣，除去欲樂貪念，清靜惜氣，精血不衰，即可長生不死。其論修行之法曰：或問曰：如何是修真妙理？答曰：第一先除無名煩惱，第二休貪戀酒色財氣，此者是修行之法。……問曰：如何是五行之法？訣曰：第一先須持戒、清靜、忍辱、慈悲、實善，斷除十惡，行方便救度一切眾生，忠君王，孝敬父母師資，此是修行之法。

　　文中反覆致意，欲人力求清靜，如：「修行者長清靜為根本」、「只宜清靜，大為正道也」、「訣曰：宜清靜，忙中偷閑，閑中取靜」、「清淨者是大道之苗」……等。又倡言三教歸一，稱「三教者如鼎三足，身同歸一，無二無三。三教者不離真道也，喻曰：似一根樹生三枝也。」又稱「太上為祖，釋迦為宗，夫子為科牌」。又述神仙有五等，曰：鬼仙、地仙、劍仙、神仙、天仙。欲人追求最上等之天仙，所謂天仙乃「孝養師長父母，六度萬行方便救一切眾生，斷除十惡，不殺生，不食酒肉，邪非偷盜，出意同天心，正直無私曲曰天仙」。又述治冤魔、擒白牛、治陰鬼等法術。本書是探究王重陽思想及研究全真教性命雙修內丹學的重要憑藉。

六、《重陽真人授丹陽二十四訣》

　　《重陽真人授丹陽二十四訣》，今本《道藏》與《金關玉鎖訣》並編為一卷，內容為王重陽與馬鈺師徒就修真內煉要訣相互問答，由全真門徒編集成書。所談問題有二十四則，即祖宗、性命、根蒂、龍虎、鉛汞、金公黃婆、嬰兒奼女、心猿意馬、賓主覺照、龍蛇、三寶、太上、出家、修行、長生不死、大道、清靜、三命、九星、九竅五剛、四時四大、三才、抽添火候、太上七返等。其大旨以元神元氣為內丹性命修煉之根蒂，以少私寡欲、虛心見性為要訣。強調修真者真性不亂，萬緣不著，內心清靜不起雜念，外清靜而不染諸塵，即是長生不

死。論三寶則云：「有內外三寶，是道經師爲外三寶也，內三寶者精炁神也。」又言養氣之法：「一者少言語養內炁，二者戒心性養精炁，三者薄滋味養血氣，四者戒嗔怒養肺氣，五者美飲食養胃氣，六者少思慮養肝氣，七者寡嗜欲養心氣。」此謂之「太上七返」。書末引徐神翁、晉眞人、《金剛經》之說，指出「凡人出家，絕名棄利、忘情去欲則心虛，心虛則氣住，氣住則神清，神清則德合，道生矣。」又云：「諸賢先求明心，心本是道，道即是心，心外無道，道外無心也。」是爲全書旨要。

七、其　他

　　王重陽之著作除上述六種爲可信外，《道藏輯要》胃集收有重陽祖師注《五篇靈文》及《最上一乘妙訣》。此外，據潘廷川〈重陽祖師著述簡介〉指出：在道教界流行著一本題《張三丰太極煉丹秘訣》（民國 24 年，上海中西書局發行）卷二頁 49 內有《重陽祖師十論》，其內容：論打坐一、論虛心二、論不染三、論簡事四、論眞觀五、論色惡六、論泰定七、論德道八、坐忘樞翼九、坐忘銘十。此十論與唐司馬承禎《坐忘論》內容不盡相同。《重陽祖師十論》，基本上屬《坐忘論》思想，重陽祖師在此基礎上增加了新內容，並對原文進行了刪減，較《坐忘論》篇幅少，但言簡意賅，易被初學全眞道之徒接受。張三丰祖師贊云：「此王重陽祖師十論也，無極大道，盡遇其中，空青洞天，向多有仙眞來遊，遺留丹訣道言以去者，此亦度人覺世之心。」

　　銘按：《五篇靈文》及《最上一乘妙訣》，內容都是講述內丹神氣交媾的實際修煉方法。《五篇靈文》開頭即明言：「斯文乃金丹之至寶，非其人而不可傳也。若上根上器大德之子，得遇此書，修仙之正路耳。」《最上一乘妙訣》亦題曰「重陽祖師心傳」，既是心傳，所傳者必是入室弟子，則一般信眾，自不能輕易得知。可能是因爲此二文屬於全眞教內的不傳之秘，非教內核心人物不輕易外傳，故明《正統道藏》未收錄。二文皆題「清虛子錄」，清虛子即李道沖，

為馬鈺入室弟子，復與喬潛同事丘處機，於河東臨汾縣西築沖虛觀
居之，度門弟子數百人，事詳《祖庭內傳》卷中，故未可遽以《正
統道藏》未收，而懷疑之。至於《重陽祖師十論》，筆者未經眼，不
敢妄議。

第二節　王重陽詞內容分析

　　欲全面研究王重陽詞，最方便的讀本是《全金元詞》。〔註2〕《全
金元詞》從各書輯錄王重陽詞共得六百七十六首。輯錄來源為：《重
陽全真集》五百九十首、《重陽教化集》五十四首、《重陽分梨十化集》
二十五首、《道家金石略・終南山石刻》一首、《金蓮正宗記》一首、
《鳴鶴餘音》五首。《全金元詞》於收錄王重陽詞時，雖已去其複見
之詞，但刪除未淨，如：〈玉堂春・鎖門〉（玉性金真）、〈玉女搖仙
佩〉（終南一遇）、〈晝夜樂〉（便把戶門安鎖鑰）、〈西江月〉（養甲爭

〔註2〕《全金元詞》收錄金元兩代兩百八十二位詞人，七千二百九十三首詞
　　　作（該書〈出版說明〉）其中道士詞三千六百一十九首（含張雨五
　　　十一首、元無名氏二百六十六首），約佔半數。實為研究全真教道士
　　　詞最方便之書。唯因該書蒐羅廣博，編印過程中，難免偶有疏漏，
　　　自 1979 年 10 月書成發行之後，已有若干學者陸續提出增訂修補意
　　　見，如：王瑛〈《全金元詞》刊誤〉（《古籍整理出版情況簡報》九九
　　　期，1982 年，頁 17～22）、麼書儀〈《全金元詞》中一些問題的商榷〉
　　　（《古籍整理與研究》1986 年一期，頁 196～202）、楊寶霖〈《全金
　　　元詞》拾遺訂誤〉（《古籍整理出版情況簡報》一八一期，1987 年，
　　　頁 19～25）、周玉魁〈略談《全金元詞》的校訂問題〉（《文學遺產》
　　　1989 年五期，頁 130～132）、羅忼烈〈《全金元詞》補輯〉（見《詞
　　　學雜俎》頁 278～287，成都：巴蜀書社，1990 年 6 月第一版）、周
　　　玉魁〈金元詞調考〉（《詞學》第八輯，華東師大出版社，1990 年 10
　　　月，頁 139～149）、王步高〈《全唐詩》、《全金元詞》輯佚〉（《文教
　　　資料》1992 年一期，頁 96）、施蟄存〈宋金元詞拾遺〉（《詞學》第
　　　九輯，華東師大出版社，1992 年 7 月，頁 215～223）、張朝範〈金
　　　元詞辨〉（《文學評論》1992 年六期，頁 128～133）、葛渭君〈《全宋
　　　詞》《全金元詞》訂誤〉（《文獻》1993 年第四期，頁 46～52）等。
　　　如於再版時，能據以修訂，則必可使該書更臻完善，益可見學術研
　　　究集思廣益，群力合作之功。

如養性)、〈蘇幕遮〉(少煩人)、〈山亭柳〉(急急回頭)、〈點絳唇〉(十化分梨)、〈探春令・鎖庵門化馬鈺〉(要知端的)、〈定風波・贈馬鈺〉(萬萬人中造箇人)、〈感皇恩〉(百日鎖庵門)、〈折丹桂〉(氣財色酒相調引)、〈恣逍遙〉(若要修行)、〈迎仙客〉(做修持)、(這曲破)、(這害風)三首、〈卜算子〉(算詞中話)、(信任水雲遊)、(一匹好驊騮)、(此箇眞眞也)、(趕退日中鳥)、(卜算詞中算)、(修鍊不須忙)七首、〈搗練子〉(猿騎馬)、(水兼火)、(用刀圭)三首、〈黃河清〉(根固源澄冥鎖戶)、(九鞠黃河分九轉)二首、〈聲聲慢〉(金關叩戶)、〈上平西〉(向終南)、〈香山會〉(白光生)、〈小重山〉(失笑迷陰化不來)、〈風馬令〉(意馬擒來莫容縱)、〈卜算子〉(初見青銅劍)、〈青玉案〉(上元佳致眞堪看)、(互初獨許能騎坐)、(元初一得從初遇)、(鎖戶眞成也)四首〔註3〕、〈踏莎行〉(東海汪洋)、〈河傳令〉(凡軀莫藉)、〈巫山一段雲〉(對月成詞句)等四十首皆複見。〔註4〕〈憶王孫〉(人云口是禍之門)一首三見於《重陽全眞集》卷

〔註3〕該四首詞收錄於《重陽全眞集》卷十二，後三首承前首〈青玉案〉(上元佳致眞堪看)有「帶馬行」注語，《全金元詞》刊刻時，誤以注語爲調名。詳參周玉魁〈略談《全金元詞》的校訂問題〉(刊於《文學遺產》1989年五期，頁130～132)。又：該四首詞複見於《重陽教化集》卷三，調名爲〈青蓮池上客〉，「鎖戶眞成也」一首，字數相差甚遠(前數首〈青玉案〉皆七十二字，此詞只四十八字)，有注語云：「俗〈青玉案〉攢三拆字」。

〔註4〕〈玉堂春・鎖門〉(玉性金眞)分別見於《重陽全眞集》(以下簡稱《全眞集》)卷三及《分梨十化集》(以下簡稱《十化集》)卷下(調名相同)，〈玉女搖仙佩〉(終南一遇)分別見於《全眞集》卷三及《重陽教化集》(以下簡稱《教化集》)卷二(調名〈玉女搖仙輦〉)，〈晝夜樂〉(便把戶門安鎖鑰)分別見於《全眞集》卷三及《十化集》卷上(調名〈眞歡樂〉)，〈西江月〉(養甲爭如養性)分別見於《全眞集》卷三及卷十三(調名相同)，〈蘇幕遮〉(少煩人)分別見於《全眞集》卷三及卷十三(調名相同)，〈山亭柳〉(急急回頭)分別見於《全眞集》卷四及《教化集》卷一(調名〈遇仙亭〉)，〈點絳唇〉(十化分梨)分別見於《全眞集》卷四及《教化集》卷三(調名〈萬年春〉)，〈探春令・鎖庵門化馬鈺〉(要知端的)分別見於《全眞集》卷五及《十化集》卷上(調名〈玉花洞〉)，〈定風波・贈馬鈺〉(萬萬人中

三、卷十三、《重陽教化集》卷二。又：《重陽全眞集》卷八有〈如夢令〉十一首，前有「如知九九妙中談，明月分明照碧潭，會得雙關眞箇理，前三三與後三三。」七言絕句一首，明顯爲後十一首轉踏詞之「口號」（註5），非詞，而《全金元詞》題爲〈如夢令〉，不

造箇人）分別見於《全眞集》卷五及《教化集》卷三（調名相同），〈感皇恩〉（百日鎖庵門）分別見於《全眞集》卷五及《十化集》卷下（調名相同），〈折丹桂〉（氣財色酒相調引）見於《全眞集》卷五應析爲二首，《教化集》卷一正分爲（氣財色酒相調引）、（近來陰府心寒凜）二首（調名相同），〈恣逍遙〉（若要修行）分別見於《全眞集》卷五及《十化集》卷上（調名相同），〈迎仙客〉（做修持）、（這曲破）（這害風）三首分別見於《全眞集》卷五及卷十二（調名相同），〈卜算子〉（算詞中話）分別見於《全眞集》卷六及《教化集》卷三（調名〈黃鶴洞中仙〉），〈卜算子〉（信任水雲遊）、（一匹好驊騮）、（此箇眞眞也）、（趕退日中鳥）、（卜算詞中算）、（修鍊不須忙）六首皆分別見於《全眞集》卷七及《教化集》卷三（調名爲〈黃鶴洞中仙〉），〈搗練子〉（猿騎馬）、（水兼火）、（用刀圭）三首皆分別見於《全眞集》卷七及卷十三（調名皆相同），〈黃河清〉（根固源澄冥鎖戶）、（九鞠黃河分九轉）二首皆分別見於《全眞集》卷十一及《十化集》卷下，〈聲聲慢〉（金關叩戶）分別見於《全眞集》卷十一及《十化集》卷上（調名〈神光燦〉），〈上平西〉（向終南）分別見於《全眞集》卷十一及《教化集》卷二（調名〈上丹霄〉），〈香山會〉（白光生）分別見於《全眞集》卷十二及《教化集》卷二（調名相同），〈小重山〉（失笑迷陰化不來）分別見於《全眞集》卷十二及《十化集》卷下（調名〈玉京山〉），〈風馬令〉（意馬擒來莫縱）分別見於《全眞集》卷十二及《教化集》卷三（調名〈風馬兒〉），〈卜算子〉（初見青鋼劍）分別見於《全眞集》卷十二及《教化集》卷三（調名〈黃鶴洞中仙〉），〈青玉案〉（上元佳致眞堪看）、（互初獨許能騎坐）、（元初一得從初遇）、（鎖戶眞成也）四首皆分別見於《全眞集》卷十二及《教化集》卷三（調名爲〈青蓮池上客〉），〈踏莎行〉（東海汪洋）分別見於《全眞集》卷十二及《教化集》卷二（調名〈踏雲行〉），〈河傳令〉（凡軀莫藉）分別見於《全眞集》卷十二及《教化集》卷三（調名〈超彼岸〉），〈巫山一段雲〉（對月成詞句）分別見於《全眞集》卷十三及《教化集》卷二（調名〈金鼎一溪雲〉）。此四十九首複見詞，有二十四首內容相同而調名不同，《全金元詞》可能是因調名不同而複出；另十六首內容與調名全同者，則可能是爲保留原籍原貌，或是編輯上之疏漏，未發現而複出。

〔註 5〕張朝範〈金元詞辨〉（《文學評論》1992 年六期，頁 128～133）亦云：「劉毓盤先生在《詞史》中指出：『曾慥《樂府雅詞》有所謂轉踏者，

當。《鳴鶴餘音》卷三〈滿庭芳〉（汝奉全眞）一首，疑非重陽詞。
〔註6〕又：《重陽全眞集》卷三〈調笑令〉（調笑，說玄妙）上下片
當析爲二首（詳參註3周文）。以六百七十六首扣減複見四十首、三
見一首（應減二首）、七言絕句誤作〈如夢令〉者一首、疑非王重陽
所作〈滿庭芳〉一首，加上當析爲二首的〈調笑令〉，則王重陽現存
詞實爲六百三十三首。其數量不可謂不多。

　　全眞道著述之風特盛，自教祖王重陽以降多有文集行世。唐圭璋
先生裒集之《全金元詞》中，金道士詞作者姓名可考者有十三人，詞
作二千七百三十四首〔註7〕，除侯善淵、王吉昌、劉志淵三人身份待
考外，其餘十人的二千二百五十一首詞，都是全眞道士的作品；元道
士詞姓名可考者有二十五人，詞作五百六十八首〔註8〕，其中可確定

〔註6〕原詞爲：「汝奉全眞，繼分五祖，略將宗派稱揚。老君金口，親付與
　　　西王。聖母賜、東華教主，東華降、鍾離承當。傅玄理，富春劉相，
　　　呂祖悟黃粱。登仙弘誓願，行緣甘水，復度重陽。過山東遊歷，直
　　　至東洋。見七朵金蓮出水，丘劉譚馬郝孫王。吾門弟，天元慶會，
　　　萬朵玉蓮芳。」（《鳴鶴餘音》卷三〈滿庭芳〉）詞中有「繼分五祖」
　　　句，蓋全眞道「五祖」之稱始於王重陽再傳弟子秦志安作《金蓮正
　　　宗記》，在此之前未有「五祖」之稱（關於此點，卿希泰主編《中國
　　　道教史・第三卷》第九章〈道教在元代的興盛與道派的合流〉頁377
　　　～379，辯之甚詳，可爲參考）故可推知此詞係後人託名僞作。
〔註7〕《全金元詞》中，所收金道士詞分別是：王重陽六百七十六首、馬鈺
　　　八百八十一首、譚處端一百五十六首、劉處玄六十五首、丘處機一
　　　百五十二首、王處一九十五首、郝大通與孫不二各二首、王丹桂
　　　一百四十六首、侯善淵二百五十九首、王吉昌一百六十八首、劉志
　　　淵五十六首、長筌子七十六首，以上共計作者十三人，詞作二千七
　　　百三十四首。另有無名氏八首，因作者不詳，不予計入。
〔註8〕《全金元詞》中，所收元道士詞依序分別是：尹志平一百六十八首、
　　　高道寬二十六首、宋德方二首、王志謹一首、姬翼（志眞）一百六
　　　十三首、李道純五十九首、苗善時二首、朱思本三首、馮尊師二十

（前註6段落接上頁，實爲註5續）皆以數小詞連合而成。如無名氏之集句〈調笑令〉」，『凡八首，有致
　　　語，有口號』。所謂『口號』者，即八首詞前的七言絕句。王喆的〈如
　　　夢令〉，即十一首連合而成的『轉踏』者，上引七言絕句是這十一首
　　　〈如夢令〉的『口號』，不宜在七言絕句後以『又』與此調第一首詞
　　　分隔，造成『口號』爲第一首詞的印象。」

爲全眞道士者有十七人〔註9〕，詞作五百一十四首，超過八成。全眞
道士之好塡詞，其盛況如此，而這一風氣，實導源於其祖師王重陽。
王重陽好作詩塡詞，不論是應酬唱和，詠物遣懷，示衆弟子……一言
以蔽之，都是爲了傳教，說明敎義。這在後人序《全眞》諸集時，已
言之甚詳（參本章第一節所引諸條），如范懌序《重陽敎化集》云：

> 凡詩詞往來賡唱迭和，余皆一一目睹而親見之，雖片言隻
> 字，無非發揮至奧，冥合於希夷之趣也。

王重陽在他的詞作中，也有述及喜愛塡詞原因的作品，如：

△ 爲何不倦寫詩詞。這箇明因只自知。一筆書開眞正覺，
三田般過的端慈。迴光返照緣觀景，固蒂深根恰及時。
密鎖玄機牢閉戶，喚來便去赴瑤池。（《分梨十化集》卷下
〈報師恩〉。《全金元詞》頁265，〈王喆詞〉第665首，下引簡
列書名卷次、詞牌、頁碼、順序，以便查考。）

△ 修鍊不須忙，自有人來遇。已與白雲結伴儔，常作詞
和賦。靜裡轉恬然，歡喜迴花覷。一箇青童立面前，
捧出長生簿。（《重陽全眞集》卷七〈卜算子〉，頁201，234）

△ 向終南，成遭遇，做風狂。便遊歷海上嘉祥。閑閑得
得，任從詞曲作詩章。自然神氣共交結，認正心香。（《重
陽敎化集》卷二〈上丹霄〉，頁258，617）

詞中說明了，塡詞可以澄清心境，使心神寧靜，神氣交結，可以開眞
正覺，因此塡詞也是一種內丹修煉的媒介。又：

四首、三于眞人四首、劉鐵冠一首、牛眞人（道淳）二首、吳眞人
（全節）一首、皇甫眞人一首、李眞人二十首、楊眞人（明眞）五
首、范眞人（圓曦）一首、潛眞子十首、紙舟先生二首、雲陽子一
首、牧常晁二十二首、王惟一十二首、林轅六首、王玠三十一首、
陳益之一首，以上共計二十五人，詞作五百六十八首。張雨及滕賓
二人的作品，《全金元詞》未將之歸爲道士詞，不予計入；另有無名
氏二百六十六首，就內容觀之亦皆道士詞，但因作者不詳，亦不予
計入。

〔註9〕註8所列二十五人中，朱思本與吳全節爲玄敎道士，王惟一爲神霄派
道士，皇甫眞人、李眞人、潛眞子、林轅、陳益之等五人身份不明
確，其餘十七人都可確定爲全眞道士。

△　和衣睡，靜中肯教動觸。覺來後，愈覺清涼，唯言詩
　曲。(《重陽全真集》卷十二〈紅窗迥〉，頁 229，419)

△　若要修行，須當子細。把金關玉門牢閉。上下沖和，
　位交溉濟。得來後，惺惺又同猜謎。(《分梨十化集》卷上
　〈恣逍遙〉，頁 262，646)

修行到某種境界後，可能進入一種無法言傳的玄妙領域，必須在師傅
的引導下，自己去領悟實證，才能修煉有成，這過程恰如由詞作中去
領悟詞的意境一般，故王重陽喜藉詞作暗藏旨意，使人自悟，這也正
是鍛鍊領悟力的一種方法，故王重陽詞作中除暗藏旨意的作品外，還
有大量的「藏頭詞」，其作用便在此。另一方面，自唐代以來佛教以變
文方式傳唱教義的方法，已普遍盛行，而詞本來就是當時的流行歌曲，
藉詞的傳唱，也可以達到宣揚教義，招攬信徒的目的，《重陽教化集》
卷三〈青蓮池上客〉(元初一得從初遇) 的小序即言：「但詞中有喝馬，
令丹陽行行坐坐要唱。」這些都可以說明王重陽喜愛填詞的原因。

　王重陽填詞目的多在於傳教，故詞作多與發揮教義，闡述修煉方
法有關。而全真教之教義、教規、制度……等，雖隨著教團之興盛與
時代之遷移，而迭有更新發展，但對於基本教義，如本論文第二章第
三節所列舉：全真宗旨、三教合一、性命雙修、清靜無為、真功真行、
出家禁欲等主張，則是始終奉行。因此在分析王重陽詞時，筆者亦擬
先依這六項來著手，然後再及於其自述生平事蹟、勸人及早修行、詠
物酬唱寄贈之作。〔註 10〕

一、標舉全真宗旨

　王重陽的第一類詞，是標舉全真宗旨的作品。保全真性，證真成

〔註 10〕關於王重陽詞之研究，香港中文大學黃兆漢教授曾有專文〈全真教
　　　主王重陽的詞〉論述，已有可觀之成績。該文發表於香港大學亞洲
　　　研究中心 1981 年《東方文化》一九卷一期，頁 29～43。又見於 1986
　　　年 3 月《道教文化》四卷二期 (總號三八)，頁 14～27。該文後又收
　　　錄於黃先生所著《道教研究論文集》頁 183～209 (香港：中文大學
　　　出版社，1988 年出版)。

仙，是全真教的根本宗旨，本文第二章第三節已論及。王重陽詞作中
言及「全真」一詞者有十一處，其詞云：

△　玉匙開闢通仙逕。玉門中傳令。玉童來、便許全真，
　　玉皇宣已定。(《重陽全真集》卷三〈水雲遊〉，頁 165，017)

△　煥心鏡、主玄妙。偏能會、顯古騰今，又能鑑、從前
　　虛矯。艷艷光輝宜自效。把當初、性珠返照。裡面得
　　全真，永明明了了。(《重陽全真集》卷三〈晝夜樂〉，頁 170，
　　040)

△　善看經，能禮懺。金面胭脂，正好頻頻蘸。轉轉殷紅
　　紅不淡。色裡全真，真裡成清湛。(《重陽全真集》卷四〈蘇
　　幕遮‧秦渡墳院主僧覓〉，頁 177，080)

△　修鍊事，子細好鋪陳。外做四肢安樂法，內觀五臟倒
　　顛因。便是得全真。(《重陽全真集》卷四〈望蓬萊〉，頁 180，
　　096)

△　日清閑沒苦辛。載得全真。(《重陽全真集》卷六〈武陵春‧
　　憶道友〉，頁 196，196)

△　虛裡全真，實中迎寶。(《重陽全真集》卷六〈醉蓬萊〉，頁
　　198，212)

△　猛出凡籠，頓悉除人我。自在逍遙，全真真樂，把無
　　常趂。埋摘蟠桃，蓬萊舊路，同行則箇。(《重陽全真集》
　　卷十一〈醉蓬萊〉，頁 220，368)

△　如會修行尋捷路。開闢全真門户。汞知鉛見作宗祖。
　　管取性停命住。便是陰陽顛倒數，今日分明說諭。只
　　依四箇字兒做。指日得歸仙去。(《重陽全真集》卷十一〈要
　　蛾兒〉，頁 226，402)

△　大仙唱，真人和。全真堂裡無煙火。無憂子，共三箇。
　　頓覺清涼，自在逍遙坐。(《重陽全真集》卷十二〈迎仙客〉，
　　頁 227，407)

△　回首跨清飆，隨足雲霞趂。卻入全真復舊堂，把一點
　　靈明認。(《重陽全真集》卷十二〈卜算子‧謁友不遇〉，頁
　　234，453)

△　重陽子。全眞理。陰陽顛倒怎生使。囉哩唛，哩囉唛。
　　這頭行，那頭止。沖和上下分明是。囉哩唛，哩囉唛。

（《重陽全眞集》卷十三〈搗練子〉，頁 246，534）

「全眞」本是屛除妄幻，全其本眞的意思。王惲〈奉聖州永昌觀碑〉稱：「自漢以降，處士素隱，方士誕誇，飛昇煉化之術，祭醮禳禁之科，皆屬之道家，稽之於古，事亦多矣，徇末以遺本，凌遲至於宣和，極矣。弊極則變，於是全眞之教興焉。」王重陽在傳統符籙派道教「弊極則變」之時創立全眞教，本來就想積極對傳統道教做出一番改革。將依賴外在煉藥、齋醮，來尋求長生方法的傳統道教，改爲向內修煉心性，以求保全本眞的方法，是王重陽所提出的種種改革意見和方法中，最根本的方向。他在《立教十五論・離凡世》中即明白指出：「離凡世者，非身離也，言心地也。身如藕根，心似蓮花，根在泥而花在虛空矣。得道之人，身在凡而心在聖境矣。」這種惟向心求，不依外藥的修煉方法，確實能針砭時弊，對傳統道教的弊端產生改革的作用。以上所舉，不過是王重陽直言「全眞」一詞者，其實他的其它詞作，絕大多數都是不離全眞宗旨的。

二、倡言三教合一

王重陽的第二類詞，是倡言三教合一的作品。自南北朝「三教」一詞出現以來，「三教合一」的論點，逐漸成爲思想界的思潮。明以後三教合一思潮，更「構成了近千年來中國宗教史、中國思想史的總畫面」〔註11〕「成爲中國思想界的主要思惟因素」〔註12〕。此其間，全眞教對於「三教合一」的積極主張，產生了相當大的推波助瀾的功用，因此錢賓四（穆）先生才會承《四庫提要》之說而云：「三教歸一之說，明儒頗唱之，實已導源於此（指王重陽之倡三教合一

〔註11〕語見任繼愈〈唐宋以後的三教合一思潮〉。該文發表於《世界宗教研究》1984 年第一期，頁 1～6。
〔註12〕語見蔣義斌〈全眞教祖王重陽思想初探〉。刊於《中國歷史學會史學集刊》一七期，民 74 年 5 月，頁 47～63。

說）矣。」〔註13〕王重陽之倡言三教合一，實際上發揮了承先啓後的作用。其三教合一說見於詞作者有：直言「三教」、道釋儒並稱、道釋並言、融合道釋而特重儒家人倫綱常等幾種方式，另一方面也表現在他傳教的經典上。現列舉內容直言「三教」一詞的作品，如下：

△ 自問從初，少年如何，每每所爲。好細尋重想，當時做作，恐違天地，或昧神祇。及至如今，恁貌顏將耄，限盡臨頭著甚醫。還知否，有聖賢三教，莫也堪隨。（《重陽全真集》卷三〈沁園春〉，頁168，029）

△ 恬淡好，甘露味投眞。滴滴潤開三教理，涓涓傳透四時春。流轉一清新。（《重陽全真集》卷四〈望蓬萊〉，頁180，100）

△ 玉堂三老。唯識王三操。復許辨三台，更能潤、三田倚靠。自然三耀，攢聚氣精神，運三車，依三教，永沒沈三道。（《重陽全真集》卷五〈驀山溪〉，頁185，132）

△ 把兄嫂，好供養。便是我見在父母，誰人敢向。這裡卻有箇王三，更朝夕思想。哥哥嫂嫂休悒怏。休煩惱、好把心來滌蕩。爇名香，三教俱看，得善芽增長。（《重陽全真集》卷十二〈紅窗迥〉，頁229，421）

△ 潔己存心歸大善，常行惻隱之端。慈悲清靜亦頻觀。希夷玄奧旨，三教共全完。（《重陽全真集》卷十二〈臨江仙·道友問修行〉，頁232，441）

△ 三教幽玄深遠好，仍將妙理經營。麒麟先悟仲尼觥。青羊言尹喜，舍利喚春鶯。（《重陽全真集》卷十二〈臨江

〔註13〕錢先生語見所著〈金元統治下之新道教〉，原刊《人生》三一卷三期，後收錄於《中國學術思想史論叢（六）》頁201～211，臺北：東大圖書公司出版，民67年11月。又《四庫全書總目提要》卷一四七云：「（王嚞）自號重陽子，（金）大定中，聚徒寧海州，立『三教平等會』，以《孝經》、《心經》、《老子》教人諷誦，而自名其教曰『全眞』，元興以後，其教益盛，……厥後三教歸一之說，浸淫及於儒者，明代講學之家，矜爲秘密，實則嚞之緒餘耳。」

仙‧目贻〉，頁 233，444）

△ 三才剖判做輝華。三教分明吐甲芽。三寶煉燒紅焰寶，
三車搬運紫河車。（《重陽全真集》卷十二〈瑞鷓鴣〉，頁 236，
464）

△ 須早悟，三教理玄幽。擺脫恩山祛愛海，得歸蓬島赴
瀛洲。只在此心頭。（《重陽全真集》卷十三〈望蓬萊〉，頁
240，496）

△ 三教好，妙理最深幽。擺脫浮生并世事，這迴前路赴
蓬洲。此箇是歸頭。（《重陽全真集》卷十三〈望蓬萊〉，頁
241，497）

△ 鬥巧爭如守拙。早離了、機心切切。稍能悟、三教秘
訣。也無生無滅。（《重陽全真集》卷十三〈金花葉〉，頁 249，
561）

儒道釋並稱的作品，如下：

△ 天地唯尊人亦貴，日月與星臨。道釋儒經理最深。精
氣助神悟。四個三般都曉徹，丹結變成金。袞上明堂
透玉岑。空外得知音。（《重陽全真集》卷四〈武陵春〉，頁
175，066）

△ 天地人生，同來相遇。應將甚、昭彰顯務。道門開，
釋門闡，儒門堪步。識元初，習元本，睹元辰，元陽
自固。（《重陽全真集》卷十二〈特地新〉，頁 234，454）

△ 謔號王風。實有仙風。性通禪釋貫儒風。清談吐玉，
落筆如風。解著長篇，揮短句，古詩風。（《分梨十化集》
卷上〈蘇心香〉，頁 263，653）

道釋並言的作品，如下：

△ 妙覺證慈悲，便入菩提路。日日常開方便門，慧照生
靈炷。坐雪釋迦尊，面壁達摩悟。觀此因緣行果成，
兜率天堂住。（《全真集》卷七〈卜算子‧妙覺寺僧索〉，頁
200，224）

△ 恬淡真人，朴純菩薩。都緣此物成超達。好將鉛汞裡
頭收，須教盈滿休拋撒。（《重陽全真集》卷七〈踏莎行‧

　　奉酬人惠〉，頁 206，272)

△　堪歎火風地水，爲伊合造成形。教人受苦日常經。撲
　　入味香視聽。獨我搖頭不管，朝朝居止黃庭。自然闃
　　寂聚眞靈。五色霞光覆定。(《重陽全眞集》卷八〈踏莎行·
　　四假〉，頁 208，291)

△　五千言，二百字。兩般經秘，隱神仙好事。靈中省悟
　　徹玄機，結金丹有自。(《重陽全眞集》卷八〈紅窗迥〉，頁
　　213，330)

△　是神仙，何不察。劈破凡心，認取佛菩薩。一顆明珠
　　頻擦抹。七寶宮中，壘起眞金塔。(《重陽全眞集》卷十三
　　〈蘇幕遮〉，頁 229，頁 242，509)

△　道無言，禪沒説。兩道白光，唯許紅霞設。眞玉山頭
　　常擺撥。潑灩灩兮，返照靈峰雪。(《重陽全眞集》卷十三
　　〈蘇幕遮〉，頁 244，517)

△　大道無名似有名。達磨面壁九年清。釋迦坐雪六年精。
　　奪得眞空眞妙用，一通門裡出圓明。大羅天上聚圓成。
　　(《重陽全眞集》卷十三〈浣溪沙〉，頁 244，519)

融合道釋而特重儒家人倫綱常的作品，如下：

△　未欲修持，先通吉善，在家作福堪當。晨參夜禮，長
　　是爇名香。漸漸財疏色減，看分寸、營養爺娘。擒猿
　　馬，古來一句，柔弱勝剛強。從長。凡百事，先人後
　　己，勤認炎涼。與六親和睦，朋友圓方。宗祖靈祠祭
　　饗，頻行孝、以序思量。逢佳節，懽欣訪飲，齊唱滿
　　庭芳。(《重陽全眞集》卷三〈滿庭芳·未欲脱家〉，頁 172，
　　046)

△　這仁人，忒伶俐。問我修行，便出非常意。怎奈時間
　　家事累。更有一般，妻子應難棄。勸明公，休出離。
　　日爇名香，謹把三光貴，萬事心懷方便起。歲舉時臻，
　　也到雲霞裡。(《重陽全眞集》卷四〈蘇幕遮·贈京兆府王小
　　六郎〉，頁 178，087)

△　兒願室家女願嫁。舅姑脩葺何時罷。日日功錢難答謝。

聽余話。長行孝順酬斯價。(《重陽全眞集》卷十三〈漁家
傲‧贈寧生〉，頁202，239)

△　如要修持，依恁相當。出眞慈、眞慧無方。上從父母，
下順兒娘。待放瓊花，飄瓊屑，飲瓊漿。(《重陽全眞集》
卷八〈行香子〉，頁211，314)

△　掌法遵條常謹守，饒人蘊德尤先。孝心自許合神天。
長長能後己，永永瞻家緣。便是修行眞實路，正端無
黨無偏。放開心月照金蓮。馨香衝碧漢，堪獻大羅仙。
(《重陽全眞集》卷十二〈臨江仙〉，頁232，437)

△　富貴與身貧。肯把榮華只取仁。前定緣由今世用，心
純。自是陰功福自臻。休更苦中辛。惡業休貪乍善因。
奉勸愚迷須省悟，休嗔。萬事由天不在人。(《重陽全眞
集》卷十三〈南鄉子〉，頁241，502)

△　省其身，鈐其口。贏得清閑，自在逍遙走。隨分爲生
應永久。不義之財，且縮拏雲手。少追陪，微飲酒。
節色搜身，新認元初秀。認正三光兼孝友。不祝神祇，
也得長春壽。(《重陽全眞集》卷十三〈蘇幕遮‧詠友人嘆身〉，
頁243，511)

△　見遠促。見遠促。侍來偏親增汝祿。孝心推。孝心推。
致感神明，洪禧得共隨。(《重陽全眞集》卷十三〈梅花引〉，
頁252，578)

△　我行符水。公修藥餌。一居山，一居塵市。兩處崇眞
暗相洽，即非彼此。無爲漏、共成不二。扶風儒士，
同爲教旨。(《重陽教化集》卷二〈解冤結‧令丹陽下山權與
陸仙作伴〉，頁258，614)

這些詞在道釋修行的思想中，融合了儒家人倫仁義的思想，構成了「上
從父母，下順兒娘」「掌法遵條常謹守，饒人蘊德尤先。孝心自許合
神天。」「便是修行眞實路」的三教融合之後特重倫理綱常的修行方式。

　　王重陽三教合一思想，一方面也表現在他勸人諷誦的經典上。完
顏璹〈全眞教祖碑〉謂王重陽勸人誦《般若心經》、《道德經》、《清靜

經》及《孝經》，劉祖謙〈終南山重陽祖師仙跡記〉亦云：

> 重陽祖師始於業儒，其卒成道。凡接人初機必先使讀孝經、
> 道德經，又教之以孝謹純一。及其立說，多引六經爲證據，
> 其在文登、寧海、萊州嘗率其徒演法建會者凡五，皆所以明
> 正心誠意，少私寡欲之理，不主一相，不居一教也。

王重陽以「三教」之名結社，傳教的典籍也包含了儒、釋、道三教的
典籍。蔣義斌在〈全眞教祖王重陽思想初探〉一文中，曾論及《般若
心經》與《孝經》在北宋前就都有了宗教上誦讀的神秘力量。其文略
云：《般若心經》爲佛教典籍，該經自唐朝始，便有人相信它在宗教
上的神秘力量，如《大慈恩寺三藏法師傳》即謂玄奘法師誦此經得度
艱厄，其言云：「（玄奘）逢諸惡鬼奇狀異類，遶人前後，雖念觀音不
能令去，及誦此（般若心）經，發聲皆散。」〔註14〕《孝經》在宋代
也有了宗教上誦持之色彩，而非純爲倫理規範之典籍，如張九成嘗
謂：「世之行誠者，類皆不知變通，至於誦孝經以禦賊，讀仁王以消
災。」〔註15〕朱熹亦論「誦孝經以禦賊，蓋不知明理」，北宋時甚至
有人傳說程伊川「誦孝經以進薦」〔註16〕，此事雖頗可疑，但可見《孝
經》之具宗教色彩，在北宋時已有此風。

王重陽以《般若心經》、《道德經》、《清靜經》及《孝經》傳教，
除了這些經書早已普遍受人誦持，有利於傳教外，他對這些經書有相
當深刻的悟入，也是重要原因。王重陽詞作，闡述經典，或援用經典
傳教之作甚多，略舉較明顯的數則於後：

> △ 獨自行來眞自在。要到處掩然，悉除百怪。多心經，
> 記得分明，無罣礙無罣礙。（《重陽全真集》卷十二〈紅窗
> 迥〉，頁230，422）

> △ 七年風害。悟徹心經無罣礙。信任西東。南北休分上

〔註14〕收於《大藏經》第五〇冊，頁224，新文豐出版。

〔註15〕引自朱熹〈張無垢中庸解辯〉，見朱熹撰《朱文公文集》卷七二，頁
40，台北：商務印書館。

〔註16〕見朱熹撰《朱文公文集》卷九八〈伊川先生年譜〉，頁26，作者原注。

下同。龍華三會。默識逍遙觀自在。要見真空。元始
虛無是祖宗。(《重陽全真集》卷五〈減字木蘭花〉，頁 184，
121)

△　小名十八。讀到孝經章句匝。爲慶清朝。愛向樽前舞
六么。(《重陽全真集》卷五〈減字木蘭花・自詠〉，頁 184，
120)

△　能下手，便曉這元元。爲甚得通三一法，都緣悟徹五
千言。立起本根源。(《重陽全真集》卷四〈望蓬萊〉，頁 180，
101)

三、闡述性命雙修

　　王重陽的第三類詞，是闡述性命雙修理論的作品。全真教在《道
德經》的基礎上，以「精氣神」融會儒家的「理性命」和釋家的「戒
定慧」〔註17〕，提出性命雙修的修持方法。王重陽認爲「性命本宗，
元無得失，巍不可測，妙不可言，乃爲之道」(《重陽真人授丹陽二十
四訣》)。「道」即「性命」，構成了全真道修持和處世的基本內容。《重
陽真人金關玉鎖訣》稱「道者，了達性命也」，「性命者是精血也」，「性
者神也，命者氣也，氣神相結，謂之神仙。」因此，全真教的修煉十
分重視內丹術。《金蓮正宗記》對全真教的教義、教理特點作了比較
完整的概括，稱該教「以柔弱謙下爲表，以清靜虛無爲內，以九還七
返（即內丹）爲實，以千變萬化爲權。」因此內丹學實爲全真教修煉
的實際內容。

　　由於詩詞歌賦傳達的意境和內丹修煉過程的玄妙之境，都是需要
用心思維，心領神會才能悟入，因此透過對於兩者關係的參究，可以
從而使人對全真內丹修煉的奧秘產生領悟。全真教徒從王重陽開始，
就十分喜好應用詩詞歌賦等文學形式表達內丹修煉中體驗到的神秘

〔註17〕元末明初的陶宗儀《南村輟耕錄》卷三十有《三教一源圖》，即將三
　　　　教分別使用的「精氣神」、「理性命」、「戒定慧」等基本範疇，一一
　　　　對應，相互類通。

境界。王重陽留下了大量論述內丹術的詩詞，鉛汞龍虎、金丹大藥等術語隨處可見。現列舉如後：

△　心中真性修行主，鍛鍊金丹津液。交流澆淋，無根有苗瓊樹。常灌溉潤瑤枝，密葉黃鶯語。瑩靈聲韻明昛，正覷嬰兒，兌方騎虎。堪訴。姹女跨青龍，四箇同歸去。本元初得，靜裡還輝，迴光使胎仙舞。應出上現崑崙，得復蓬萊處。我不妄想雲霞，鸞鶴天然與。(《重陽全真集》卷三〈黃鶯兒〉，頁162，002)

△　玉性玉性。玉鎖緊嚴，金關牢釘，玉房深、百日清清，玉輝光一併。(《重陽全真集》卷三〈水雲遊〉，頁165，017)

△　玉芝一味通賢聖。這藥治、真靈性。虛空臼內穩鋪排，金剛杵、擣成精瑩。摩訶般若蜜多和，鍊熟後、搓爲鋌。大悲千手丸來正。太陽火、烹炮定。堪宜下使用黃芽，八瓊水、共煎清淨。從茲服了得長生，便永永、成功行。(《全真集》卷三〈御街行〉，頁165，019)

△　調笑。說玄妙。姹女嬰兒舞跳。青龍白虎搖交叫。赤鳳烏龜蟠繞。蓦然鼎汞召。性命從茲了了。山峭。日光照。碧漢盈盈圓月耀。森羅萬象長圍罩。一道清風裊裊。真靈空外天皇詔。住在蓬萊關要。(《重陽全真集》卷三〈調笑令〉，頁170，038)

△　便把戶門安鎖鑰。內中更蘊奇略。安爐灶；鍛鍊金精，養元神、修完丹藥。一粒圓成光灼灼。虛空外、往來盤礴。五彩總扶持，也無施無作。冥冥杳杳非投託。占盈盈、赴盟約。蓬萊路、永結前期，定長春、瑤英瓊萼。等接清涼光遍爍。放馨香、自然雯作。裡面禮明師，現真歡真樂。(《重陽全真集》卷三〈晝夜樂〉，頁170，039)

△　陰盡陽純，命停性住，先須汞識鉛知。白堅黑固，土馬木牛隨。卯酉常從子午，申庚聚、用坎迎離。刀圭至，震龍兌虎，赤鳳鬥烏龜。堪宜。真水火，癸丁鑪灶，丹結何疑。漱瓊漿玉液，神水華池。滋潤靈芽瑞

雪，日雞叫、月兔推移。金翁喜，黃婆立便，養妊女
嬰兒。(《全真集》卷三〈滿庭芳·修行〉，頁172，048)

△ 鶯啼序時繞紅樹。應當做主。聽嚶嚶、瑩瑩聲音，弄
晴調舌秤羽。潛身在、朱林茂處。愈綿變百般言語。
喜新鉛、新汞俱齊，叫歸宗祖。喚覺呼惺，頓曉本元
初，天然規矩。定分他、甲乙庚辛，九宮八卦門户。
驅四象、通推七返，用千朝、鍊成文武。這金丹，由
此三年，漸令堪睹。嬰兒跨虎。妊女騎龍，白雲招翠
霧。各各擎、銅刀慧劍，接刃交鋒，隱密藏機，兩家
無懼。烏龜赤鳳，前來降伏，和合罷戰休兵戍。被靈
童、結構同相聚。從茲慢慢，搜尋寶貝完全，要見便
教知數。明珠萬顆，吐出神光，倒顛籠罩住。迸一條、
銀霞裊裊，撞透清霄，晃耀晴空，遍開瓊路。中間獨
現，真妙真玄，星冠月帔端嚴具。把雙眸、高舉頻回
顧。觀瞻了了清清，湛湛澄澄，害風得遇。(《全真集》
卷四〈鶯啼序〉，頁181，105)

△ 汞裡泉清，鉛中火赫。倒顛澆溉傳甘澤。虎聲震動甲
方青，龍吟喚出庚方白。認正田原，分門阡陌。金桃
親種親收摘。玉童掌内任擎來，瓊筵會上堪分擘。(《重
陽全真集》卷七〈踏莎行〉，頁205，269)

△ 東方甲乙。見青芽吐，早應時律。南陽正現紅焰，初
將熾、炎炎濃密。西動金風颯颯，致清爽、往來飄逸。
北氣候，祁寒嚴凝，聚結成冰瑞中吉。肝心肺腎勿令
失。四門開、瑩徹都歸一。金丹輾在空外，明耀顯、
五光齊出。上透青霄，唯占逍遙自在寧謐。到此際、
還得無為，永永綿綿畢。(《重陽全真集》卷八〈雨霖鈴〉，
頁214，336)

△ 金關叩户，玉鎖扃門，閑裡不做脩持。杳默昏冥，誰
會舞弄嬰兒。睡則擒猿捉馬，醒來後、復採瓊芝。每
依時，這功夫百日，只許心知。自在逍遙做就，唯舒
展，紅霞光彩數披。罩定靈明，方見本有真慈。一粒

神丹結正，三重焰、緊緊相隨。過瑤池，透青霄、頂上無為。(《重陽全真集》卷十一〈聲聲慢〉，頁 219，362)

△ 做修行要知捷逕，如何置爐安灶。便把丹田，寶貝萬象，森羅總齊祈禱。都歸此處，向蕊珠宮前，盡教開導。擁出靈明，一顆神珠袞顛倒。(《重陽全真集》卷十一〈齊天樂〉，頁 220，366)

△ 翁婆成匹配，跨虎擒龍。結帳作三重。夫婦美，好相從。午前并子後，煉就殷紅。住在絳房中。雲外路，到蓬宮。(《重陽全真集》卷十二〈臨江仙〉，頁 233，446)

△ 堪當姹女嫁丁郎。認得嬰兒住癸房。幸有甲田知出入，不無兌地做炎涼。鉛刀起處通神妙，汞劍開時仗慧鋼。殺卻三尸陰鬼盡，一團紅焰覆瓊崗。(《重陽全真集》卷十二〈瑞鷓鴣〉，頁 236，466)

△ 物物拈來，般般打破。惺惺用、玉匙金鎖。瀝瀝澄源，炎炎焰火。盈盈處，上下倒顛換過。妙妙神機，玄玄性果。清清做、靜中堪可。現現虛空，靈靈真箇，明明袞光，瑩寶珠一顆。(《重陽全真集》卷十三〈恣逍遙〉，頁 248，552)

在這些詞作中，「金丹」、「玉性」、「真靈」、「金精」、「元神」、「玉鎖」、「金關」、「爐灶」、「瓊芝」、「瓊漿玉液」、「汞鉛」、「坎離」、「水火」、「青龍」、「白虎」、「赤鳳」、「烏龜」、「猿馬」、「宗祖」、「金翁」、「黃婆」、「嬰兒」、「姹女」等術語，隨處可見，欲正確解讀這些詞作，必須對內丹修煉有某種程度的體驗，且必須確實掌握這些術語的意涵，才不致曲解。《重陽真人金關玉鎖訣》及《重陽真人授丹陽二十四訣》中，對這些術語有簡要解釋，如：「精血者是肉身之根本，真氣者是性命之根本」、「齒是玄關，閉丹田者為下玄關，提金精上玄者為金關，緊叩齒者為玉鎖」、「金公是神，黃婆是炁，陽炁是嬰兒，陰炁是姹女。青龍者是肝之炁也，白虎者是肺之炁也，坎離者是精血」、「宗者是性也，祖者是命也」、「性者是元神，命者是元氣也」、「神者是龍，氣者是虎」、「鉛者是元神，汞者是元氣」、「金公是心，黃婆是脾」、「嬰兒

是肝，妊女是肺」、「心是猿，意是馬也」……等等。有時在不同情境的表述中，同一術語，如「金公」、「黃婆」、「嬰兒」、「妊女」等，所指涉的內涵不同，讀者都須用心領會。〔註18〕

　　除上引外，王重陽詞述內丹修煉者，尚見於下列：〈戚氏〉（凍雲昌）、〈玉蝴蝶〉（捉住玉山赤鳳）、〈永遇樂〉（正好回頭）（以上見《重陽全眞集》卷三），〈南鄉子‧邵公索要下手修行〉（我命不由天）、〈惜芳時〉（甲龍入火分明看）、〈南柯子〉（白鷺江心立）、〈蘇幕遮‧勸修行〉（莫行功）、〈望蓬萊〉（眞大道）、〈望蓬萊〉（修鍊事）、〈望蓬萊〉（眞大藥）、〈望蓬萊〉（猿馬住）（以上見《重陽全眞集》卷四），〈驀山溪〉（玉堂三老）、〈瑞鷓鴣〉（修行莫鍊外容紅）、〈瑞鷓鴣〉（修行孰是鍊金丹）、〈受恩深〉（性亂因醪誤）、〈恣逍遙〉（若要修行）、〈恣逍遙〉（擺脫濁醪）、〈臨江仙〉（每日行持都不是）（以上見《重陽全眞集》卷五），〈滿庭芳〉（問修行）、〈永遇樂〉（子來觀）、〈永遇樂‧鄒公索〉（得呈鋼）、〈武陵春〉（日醍醐長灌頂）、〈恣逍遙〉（氣全神神燕坐）、〈漁家傲‧詠鐵罐先生出外常攜之〉（住靈臺清淨觀）、〈漁家傲‧二首李公求〉（聖老子元姓李）、〈漁家傲〉（德修眞年七十）、〈醉蓬萊〉（時間有吏）（以上見《重陽全眞集》卷六），〈采桑子〉（凡人若會通三耀）、〈踏莎行〉（睡裡搜尋）（以上見《重陽全眞集》卷七），〈西江月‧贈友修鍊六首〉、〈行香子〉（要飲香津）（以上見《重陽全眞集》卷八），〈驀山溪〉（公尋做作）、〈迎春樂‧春日〉（茲晨瑞氣陽和早）、〈耍蛾兒〉（如會修行尋捷路）（以上見《重陽全眞集》卷十一），〈惜芳時〉（緣重下手并安腳）、〈惜芳時‧友索說陰陽〉（未分混沌何方有）（以上見《重陽全眞集》卷十二），〈虞美人〉（四郎須是安爐灶）、〈酹江月〉（放心坦蕩）（以上見《重陽全眞集》卷十三），〈恣逍遙〉（若要修行）（《分梨十化集》卷上），〈如

〔註18〕筆者對內丹修煉實屬門外漢，對王重陽詞作雖能作文字上之疏解，但必不能深入核心，更無心得可言，故不敢妄議，強作解人，謹將這些詞作羅列於此，提供內丹能手，研究之方便。

夢令〉（大道長生門戶）、〈六么令〉（眞清眞靜）、〈蜀葵花〉（上仙傳秘訣）（以上見《分梨十化集》卷下）。

又：王重陽喜作聯章詞，所作聯章詞大多述內丹修煉，如：《重陽全眞集》卷四〈啄木兒〉六首，卷七〈菊花天〉五首、〈五更出舍郎〉七首、〈搗練子〉六首，卷八〈如夢令〉十一首、〈西江月·贈友修鍊六首〉、〈行香子〉五首、〈得道陽〉十四首、〈五更令〉五首，卷九〈西江月〉十首，卷十三〈搗練子〉十四首、〈川撥棹〉七首等聯章詞都是述內丹修煉的作品。〔註19〕

四、強調清靜無爲

王重陽的第四類詞，是強調清靜無爲的修練方法的作品。全眞道性命雙修的修煉方法，首重明心識性。唯有確實了解心性的本質，才能正確掌握內丹修煉的訣竅。《重陽全眞集》卷六〈河傳令〉云：「見性識眞，便是神仙端的。」在對心性的認知上，王重陽深受《清靜經》和禪宗的影響。《清靜經》上說：「道者，有清有濁，有動有靜。天清地濁，天動地靜；男清女濁，男動女靜。降本流末，而生萬物。清者濁之源，動者靜之基。人能常清靜，天地悉皆歸。」又說：「人神好清，而心擾之；人心好靜，而慾牽之。常能遣其慾而心自靜，澄其心而神自清。自然六慾不生，三毒消滅。」這種說法，和禪宗重視自性的修證，欲人明心見性、不受六塵雜染的教義，本有相通之處，王重陽把握二者相通之處，充份發揮了《道德經》「清靜無爲」的思想。他認爲「性」（神）、「命」（氣）間有密切關係，要神氣相合，才算神仙，欲修性命，必須先清心淨意，而後龍（性）、虎（命）才能交合（《重陽眞人授丹陽二十四訣》），得到氣、神交合後的金丹珍寶，才能進言神仙，而氣神能否交合的關鍵在於「我」是否清靜。他在《重

〔註19〕王重陽所作聯章詞，全部收錄在《重陽全眞集》中、共有十四組。上引十二組皆述內丹修煉，非述內丹修練者只有二組，分別是卷八〈西江月〉十首和卷十三〈瑞鷓鴣〉六首。

陽全真集》卷三〈驀山溪・贈文登縣駱守清〉云:「守清守淨。各各
開明性。兩兩做修持,你箇箇、心頭修省。虛虛實實,裡面取炎涼,
尋自在,覓逍遙,漸漸歸禪定。」同卷〈瑤臺月〉云:「修行便要尋
捷徑。心中長是清淨。搜攜妙理,認取元初瞻聽。四象內、只用澄鮮,
湛湛源流端正。」卷五〈木蘭花慢〉云:「放落魄清閑,任雲任水,
真靜真慈。靈然養成內寶,聚玄機、密妙不難知。開闢當中一點,瑩
然明照無為。」卷七〈漁家傲〉云:「跳出凡籠尋性命。人心常許依
清靜。便是修行真捷徑。親禪定。虛中轉轉觀空迥。」明白指出「清
靜無為」是一切修行的「捷徑」,能「守清守淨」,自然就能「漸漸歸
禪定」。在王重陽的詞作當中,闡明心性的作品甚多,例如:

△ 養甲爭如養性,修身爭似修心。從來作做到如今。每
　日勞勞圖甚。(《重陽全真集》卷三〈西江月〉,頁 173,050)

△ 真大道,能結坎和離。認取五行不到處,須知父母未
　生時。此理勿難知。須速省,下手便修持。上有三光
　常照耀,中包二氣莫分離。採得玉靈芝。(《重陽全真集》
　卷四〈望蓬萊〉,頁 179,094)

△ 問公為善。這大道無言,如何迴轉。猛捨浮華,搜尋
　玄妙,閑裡做成修鍊。認取起初真性,捉住根源方便。
　本來面。看怎生模樣,須令呈現。(《重陽全真集》卷五〈喜
　遷鶯・贈道友〉,頁 183,117)

△ 天地初分何處寄。父母無生名甚字。須將這箇要分明,
　推窮此理寧論是。細細傳不二。一能仍究從前自。往
　來頻,不知迷迷,甚日得言賜。忽爾真靈前面至。認
　得元形歡喜示。惺惺覷著甚端嚴,輝輝返照通容易。
　見時唯密秘,妙玄微雅中深邃。出圓光,五般顏彩,
　復本總祥瑞。(《重陽全真集》卷五〈歸朝歡〉,頁 183,118)

△ 浮世都憐假合身。勸人認取裡頭人。本來面目好相親。
　返照迴光知去處,逍遙自在樂天真。銳然穎脫出囂塵。
　(《重陽全真集》卷五〈浣溪沙〉,頁 187,143)

這些詞作,都是勸人如要修行,必須先明心識性。「本來面。看怎生

模樣，須令呈現」，能「認取起初真性」，才能「逍遙自在樂天真，銳
然穎脫出囂塵。」另外，如：

　△　本初面目，稟三光精秀，分來團聚。得得成形唯自在，
　　　應占逍遙門户。一箇靈明，因何墮落，撲入凡胎處。
　　　輪迴販骨，幾時休歇停住。（《全真集》卷三〈醉江月〉，頁
　　　167，025）

　△　能下手，便曉這元元。爲甚得通三一法，都緣悟徹五
　　　千言。立起本根源。（《重陽全真集》卷四〈望蓬萊〉，頁180，
　　　101）

　△　火坑休，木顯貌。豸脈嬰兒，餒飼長令飽。包定真元
　　　誠傻俏。肖似清風，明月玄中妙。（《重陽全真集》卷六〈蘇
　　　幕遮〉，頁195，192）

　△　開取四時花，綻取三春柳。認取元初這箇人，共飲長
　　　生酒。（《重陽全真集》卷七〈卜算子・開門了化出馬鈺〉，頁
　　　200，230）

　△　元初本有真靈，明明處、這迴搜見鉛汞。便令結成，
　　　一粒金丹堪貢。顯現祥光瑞耀，更來往、隨鸞引鳳。
　　　十洲三島神仙喜，慶迎共肛。（《重陽全真集》卷十一〈黃
　　　河清〉，頁217，356）

　△　如省。當初一點，瑩清明炳。速認他、從來呼甚麼，
　　　元是圓成光影。又喚金丹仍燦燦，好做主、重令永永。
　　　願凡世、人人箇箇，迴頭澆淳休逞。（《重陽全真集》卷十
　　　一〈二郎神〉，頁219，364）

　△　主人居屋，絳官長住。日行持，常關鎖，閉門封户。
　　　裡面種金錢，箇箇堪分付。好緣顧、即時覺悟。（《重陽
　　　全真集》卷十一〈惜黃花〉，頁224，387）

　△　百歲光陰如撚指，一靈真性好搜玄。得後摠周全。養
　　　就神和氣，結成丹、燦燦團圓。五道耀明齊聚，簇擁
　　　上、大羅天。（《重陽全真集》卷十一〈山亭柳〉，頁226，399）

　△　這箇元來滋味好，自然滅火消煙。要入無生路上，趙
　　　仙趙仙。只在心田。（《重陽全真集》卷十二〈菊花天〉，頁

231，433）

△　今與重添惺惺。只是那互初元性。急急修持，盈盈圓
滿，子細剔開周正。通玄傳令。煉鍛出、自然清靜。(《重
陽全眞集》卷十二〈剔銀燈〉，頁 234，450)

△　元初一得從初遇。便端正昭彰著。轉作重陽晨彩煦。
晴空來往，碧霄堪住。瓊馬駟。引入長生步。(《重陽全
眞集》卷十二〈青玉案〉，頁 235，459)

△　兀然眞性，杳杳默默，無微無大。一團瑩寶，光明圓
繞，五彩同隨那。(《重陽全眞集》卷十二〈探春令〉，頁 239，
488)

△　愈玲瓏，元皎潔。射透晴空，瑩瑩神光別。到此玄玄
玄妙徹。一朵金花，裡面金丹結。(《重陽全眞集》卷十三
〈蘇幕遮〉，頁 244，517)

△　公如會得疾安腳，便做飄蓬。脫了凡籠。一箇眞靈入
碧空。(《重陽全眞集》卷十三〈采桑子·道友問變化〉，頁 253，
582)

這些詞作，有的是說明自性眞靈的性質，有的是描述它的狀態，有的
則是說明它的作用，目的都是希望人能對心性多一分了解，藉以增加
修行的信心。另外，如：

△　物物要休休。打破般般是徹頭。認得本來眞面目，修
修。一個靈芽穩穩求。(《重陽全眞集》卷四〈南鄉子〉，頁
173，055)

△　物物不追求。擺手行來事事休。返照迴觀親面目，無
憂。自在逍遙豈有愁。(《重陽全眞集》卷四〈南鄉子〉，頁
174，057)

△　莫哦吟。莫追尋。這個玄機奧最深。如何識本心。好
鈴擒。好登臨。明月孤輪照玉岑。方知水裡金。(《重陽
全眞集》卷四〈長思仙·鄒公問識心見性〉，頁 177，078)

△　莫端身，休打坐。擺髓搖筋，噓喘稠黏唾。外用修持
無應和。贏得勞神，枉了空攢挫。要行行，如臥臥。
只把心頭，一點須猜破。返照迴光親看過。五色霞光，

覆燾珠明顆。(《重陽全真集》卷四〈蘇幕遮〉,頁 177,081)

△ 常把內真頻看,休教外景長侵。尖竿尖上細搜尋。正見嬰兒弄影。(《重陽全真集》卷八〈西江月〉,頁 209,302)

△ 閑閑景致,真閑悟清清,方可分付。元來那箇本有,須令堅固。便結作、一粒金丹,五色明霞敷布。同相守,能相聚。迴光射,返光顧。遭遇。圓成決得,真師舉度。(《重陽全真集》卷十一〈瑤臺月〉,頁 219,361)

△ 天然省悟,此一遇轉增,清涼尤憬。定裡鉛汞結就,都緣壬逢丙。元初面目成瓊頸。返照長生安靜。速令歸去,前程已許,久通堅永。(《重陽全真集》卷十一〈絳都春〉,頁 219,363)

這些詞作,則是在教人明心識性的方法。欲明心識性,必須「常把內真頻看,休教外景長侵」、「物物要休休,打破般般是徹頭,認得本來真面目」、「物物不追求,擺手行來事事休,返照迴觀親面目」。能「清靜無為」自然能「認得本來真面目」,換句話說,要「認得本來真面目」就必須「清靜無為」。《重陽全真集》卷十三〈醉蓬萊〉云:「事事少相侵,物物無心。固精養氣本源深。得得仙人添惻隱,猿馬牢擒。玉樹可先臨,花綻黃金。清香窈裊出高岑。萬道銀霞攢簇住,方得嘉音。」即是描寫「清靜無為」,才能得「嘉音」的情狀。除了以上所引,王重陽詞作中,直接述及「清靜」或「無為」的不在少數,如:

△ 靜中認得真家寶。艷彩誠非草草。唯有個人知道。共得歸蓬島。(《重陽全真集》卷三〈桃園憶故人〉,頁 173,054)

△ 急急迴頭。得得因由。物物更不追求。見見分明把個,般般打破優游。淨淨自然瑩徹,清清至是真修。(《重陽全真集》卷四〈山亭柳〉,頁 175,065)

△ 證虛無,騰可恰。清淨全扶,澄湛尤相洽。休哀神珠分等甲。彩色傳輝,再現黃金塔。(《重陽全真集》卷四〈蘇幕遮〉,頁 177,082)

△ 修鍊者,四事倒顛論。地水火風應化去,色聲香味怎生存。方是顯良因。全得得,窈默與冥昏。慧性來迴

清淨路，眞靈出入妙玄門。空外九光渾。（同前〈望蓬萊〉，頁 180，103）

△ 自行自行。見性不用命。自惺自惺。黑飆先捉定。使倒顛併。唯堪詠。兩脈來迴皆吉慶。辨清清、與靜靜。（《重陽全真集》卷四〈啄木兒〉，頁 181，107）

△ 這箇修行理最深。水裡淘金。見天清淨處、細搜尋。唯風月、是知音。綿綿永永無令歇，如撈得、稱嘉吟。一從攜去上高岑。方能顯、道人心。（《重陽全真集》卷五〈燕歸梁〉，頁 186，136）

△ 好池亭，華麗於中瑩。善修外景。裝成內景。這兩事、誰能省。謹按黃庭緝整。表裡通賢聖。水心炎炎，火焰猛勁。漑鍊出眞清淨。（同前〈掛金燈・劉蔣庵〉，頁 186，137）

△ 做修持，須搜索。眞清眞靜眞心獲。（《重陽全真集》卷五〈迎仙客〉，頁 191，168）

△ 來此殷勤求一訣，言傳清靜奇瑰。驚神駭目自殘摧。崔公入藥鏡，竟照道眸開。（《重陽全真集》卷六〈臨江仙〉，頁 193，181）

△ 口齒存眞性，心處清中靜。爭向虛無境內尋，寸步蓬萊景。（《重陽全真集》卷六〈卜算子・黃庭經上得〉，頁 195，190）

△ 誰識天邊一井金。紫光侵。朝朝日日眼前臨。沒人尋。惟我靜中知去處，自堪任。盡斤盡兩入珠林。出高岑。（《重陽全真集》卷七〈楊柳枝〉，頁 204，259）

△ 對良辰，雖好景，難爲惹絆。任水雲，前程至，天涯海畔。便遭遇、清淨神丹，超彼岸。（《重陽全真集》卷十一〈酴醾香〉，頁 215，347）

△ 晴空日照，逢澄夜、月吐銀輝星瑩。運三光處，五彩騰明，做作靜中瞻聽。察見眞修，眞鍊氣神攢聚，便許密遊良逕。（《重陽全真集》卷十一〈望遠行〉，頁 216，349）

△ 眞清靜，唯清湛，還清徹，處清涼。（《重陽全真集》卷十

一〈上平西〉，頁 216，365）

△ 唯會做惺惺，便能誇可可。淨清消息見得那。正好孤眠臥。(《重陽全真集》卷十二〈紅芍藥〉，頁 228，409)

△ 劉悅道，誠有力。平等社，識來不識。便是道德根源，爲清靜利益。(《重陽全真集》卷十二〈紅窗迥〉，頁 229，415)

△ 謹謹授持專一守，靜中清裡歸依。法憑條制不相違。九玄并七祖，連汝共昇飛。(《重陽全真集》卷十二〈臨江仙〉，頁 232，436)

△ 這葦宗，能順我。淨意清心，認取逍遙臥。日日凡塵仍便趄。管取教公，快樂無摧挫。(《重陽全真集》卷十三〈蘇幕遮・贈同友〉，頁 242，510)

△ 妙妙神機，玄玄性果。清清做、靜中堪可。現現虛空，靈靈眞箇，明明衰光，瑩寶珠一顆。(《重陽全真集》卷十三〈恣逍遙〉，頁 248，552)

△ 這修行訣。便安排得有次節。把清靜天機，今朝分明漏泄。使人人，玉花結。(《重陽全真集》卷十三〈川撥棹〉，頁 250，568)

△ 恬淡隱藏清與淨，甜甘卻顯佳音。八都山上出高岑。正當堪眺望，方是好登臨。(《分梨十化集》卷下〈臨江仙〉，頁 264，660)

△ 來者歸清淨，迷人俗冗盤。通全跳入好仙壇。恰恰同居，吉吉永相看。(《分梨十化集》卷下〈悟南柯〉，頁 265，668)

△ 眞清眞靜，便是虎和龍。澄澄湛湛，嬰兒姹女自昇騰。寂默刀圭根本，齋戒換西東。時中十二，常常覺照，內調神氣玉爐功。(《分梨十化集》卷下〈六么令〉，頁 267，674)

這些都是詞中敘及「清靜」的。另外，如：

△ 虛空外、往來盤礴。五彩總扶持，也無施無作。(《重陽全真集》卷三〈晝夜樂〉，頁 170，039)

△ 不語無言沒討論。度朝昏。便是安閒保命存。(《重陽全

真集》卷三〈憶王孫〉，頁 173，051）

△　少煩人，稀赴會。我自無恩，莫把他人怪。廉儉溫良
　　身自在。莫追陪，免得常耽債。(《重陽全真集》卷三〈蘇
　　幕遮〉，頁 173，052）

△　方顯無爲，始見歸無漏。(《重陽全真集》卷三〈蘇幕遮·
　　勸化諸弟子〉，頁 178，086）

△　這箇靈童明似燭。惺惺能唱無生曲。日住公家公不識。
　　休尋覓。心澄便是眞消息。(《重陽全真集》卷七〈漁家傲·
　　京兆道友〉，頁 202，240）

△　金丹一粒無爲漏，得恁精妍。明瑩光圓。萬道霞光簇
　　上天。(《重陽全真集》卷七〈采桑子〉，頁 203，253）

△　肝心肺腎勿令失。四門開、瑩徹都歸一。金丹轅在空
　　外，明耀顯、五光齊出。上透青霄，唯占逍遙自在寧
　　謐。到此際、還得無爲，永永綿綿畢。(《重陽全真集》
　　卷八〈兩霖鈴〉，頁 214，336）

△　白雲深處，元正是、地肺明師。便許共、丹霄直上，
　　同處無爲。(《重陽全真集》卷八〈夏雲峰〉，頁 218，359）

△　一粒神丹結正，三重焰、緊緊相隨。過瑤池，透青霄、
　　頂上無爲。(《重陽全真集》卷十一〈聲聲慢〉，頁 219，362）

△　綿綿永永，在大羅天中，執攜芝草。了了眞玄，頓覺
　　無爲越三島。(《重陽全真集》卷十一〈齊天樂〉，頁 220，366）

△　修仙慕道，爲甚都擔閣。妄想太虛高，皆由騁、外緣
　　歡樂。內中珍寶，末曉是無爲，只誇強，又誇能，誇
　　裡還銷鑠。(《重陽全真集》卷十一〈驀山溪〉，頁 221，375）

△　世上人人做有爲。榮華并富貴，衒能爲。錦衣肉飯鬥
　　多爲。饒君會，一品又奚爲。王嚞不施爲。麻衫兼紙
　　袄，自堪爲。隨緣糲食日常爲。唯長久，眞外認無爲。
　　(《重陽全真集》卷十二〈小重山〉，頁 230，427）

△　霞光四面添玄奧。明焰裡通顚倒。青童捧詔添嘉號。
　　無爲處，這迴到。(《重陽全真集》卷十二〈抛毬樂〉，頁 239，
　　487）

△　兩處崇眞暗相洽，即非彼此。無爲漏、共成不二。（《重
陽教化集》卷二〈解冤結·令丹陽下山權與陸仙作伴〉，頁258，
614）

這些詞作，有的直接述及「無爲」，有的則發揮無爲的思想，以作爲
修行的方法。無爲的實踐方式，是保持內外身心的清閒。因此王重陽
詞中敘及「閑」或「清閑」的也頗多，如：

△　處清涼界，迥然間、別開一家風。得閒閑閑裡，眞甜
美味，甘露應同。洗滌三焦六腑，五臟盡玲瓏。流轉
無凝滯，顚倒皆通。（《重陽全眞集》卷三〈八聲甘州〉，頁
166，021）

△　青山綠水。自與今朝長是醉。綠水青山。得道之人本
要閑。（《重陽全眞集》卷五〈減字木蘭花〉，頁184，123）

△　神清氣爽。樂處清閑堪一唱。氣爽神清。鼓出從來自
己聲。（《重陽全眞集》卷五〈減字木蘭花〉，頁184，125）

△　人要修行猛做，我心除盡堪爲。不將筋力謾胡施。閑
裡眞清漸自。（《重陽全眞集》卷八〈西江月〉，頁209，304）

△　稟性清閑歸寂寂。占得風程，雲水長遊歷。搜出明珠
頻洗滌。更將霞彩重開別。任坐任行還在覬。靜裡親
知，有箇相尋覓。每每遭逢金露滴。蓬萊穩路投端的。
（《重陽全眞集》卷十一〈鳳棲梧〉，頁225，393）

△　我咱別有赤窮窮。物物俱無事事通。清裡清來全寂闃，
閑中閑至住虛空。（《重陽全眞集》卷十二〈瑞鷓鴣〉，頁236，
463）

△　覓清涼，搜穩步。若要飄蓬，除是風狂做。也肯依憑
雲水去。占得清閑，走入逍遙路。（《重陽全眞集》卷十三
〈蘇幕遮·點化道友〉，頁242，508）

△　渺邈那邊歸正路，的端便是穩居間。白雲難比此清閑。
（《重陽全眞集》卷十三〈浣溪沙〉，頁244，521）

△　搗練子，十怎生。閑來閑去好修行。（《重陽全眞集》卷十
三〈搗練子〉，530）

△　認取清閑，異日成佳話。之乎者，便休書寫，養就丹

無價。(《重陽全真集》卷十三〈點絳唇·贈友人〉，頁 247，
545)

△ 扶桑日出分明照，蓬島相鄰。若要親親。除是清閑只
一身。逍遙無事方能到，俯瞰迷津。煉就重繞。頂上
孤峰現寶珍。(《重陽全真集》卷十三〈蘇幕遮·崑崙山〉，頁
253，583) 〔註 20〕

除了以上所舉，分別論及「清靜」、「無爲」、「清閑」的詞作外，還有
許多是綜合論述「清靜無爲」的作品，如：

△ 諸公學，休胡別。且莫放、猿顛馬劣。閑中認得玄機
設。無言說、自然歡悅。淨清便把虛空拽。待問你不
生不滅。答言功行須交徹。有眞師、分明來接。(《重陽
全真集》卷四〈惜芳時〉，頁 176，069)

△ 養就神和氣。自不寒不饑不寐。占得逍遙清淨地。樂
眞閑，入紅霞，翠霧裡。(《重陽全真集》卷四〈夜遊宮〉，
頁 176，075)

△ 靜中忙，閑裡作。怎得逍遙，自在眞歡樂。直待白牛
來跳躍。一朵蓮花，萬道霞光燦。(《重陽全真集》卷四〈蘇
幕遮·贈打車〉，頁 179，090)

△ 修鍊者，須要覓前程。窈窈冥冥除我相，昏昏默默絕
人情。眞裡正中貞。方曉悟，閑至淨中清。物物般般
都打破，頭頭腳腳便分明。圓曜自然成。(《重陽全真集》
卷四〈望蓬萊，頁 179，095)

△ 耕熟晶陽一段田。九還七返五光全。清清淨淨顯新鮮。
物外閑人雲外客，虛中眞性洞中仙。晴空來往步金蓮。
(《重陽全真集》卷五〈浣溪沙〉，頁 187，142)

△ 永處清閑，常清靜，得清涼。(《重陽全真集》卷八〈行香
子〉，頁 210，311)

△ 迷祛惑去。正好修行做。清靜是根源，眞門戶。切莫
他尋，恐遺遺望仙路。閑閑更閑處。靈根元明，轉轉

───────────────

〔註 20〕《全金元詞》本首詞題誤作「崑崙山」，據《道藏》改。

愈爲開悟。(《重陽全真集》卷十一〈鶴衝天〉，頁 216，348)

△ 逸志清虛，放心坦蕩，莫令煩冗縈牽。修身養性，隨
分樂因緣。便是崇眞奉道，甲丹內、長爇靈煙。通閑
趣，恬應得味，定許處長年。(《重陽全真集》卷十一〈滿
庭芳・戰公求問〉，頁 217，353)

△ 暗笑俏措的，暗笑伶俐。暗笑他，將相并工商農士。
唯我靜中清，唯我閑中肆。要到處、跨雲便至。(《重陽
全真集》卷十一〈惜黃花〉，頁 224，389)

△ 雙全全舉得，人人盡、學取無爲。清靜到頭各就，只
龐居士同知。(《重陽全真集》卷十一〈山亭柳〉，頁 226，400)

△ 大道修持，物物俱盡悔。莫起黑煙生靉靆。雲水淨清
須慷慨。逸優游、做成奇駭。(《重陽全真集》卷十三〈侍
香金童〉，頁 248，555)

△ 居山寂靜、悄悄實瀟洒。斷念去貪嗔，把意馬心猿繫
下。神清澄靜，一點鏌長明，無爲裡，作功成，不許
誇奸詐。(《重陽教化集》卷一〈心月照雲溪〉，頁 255，595)

從上所舉，足可證明王重陽的詞作在論述「清靜無爲」這一思想上，
確實佔了極重的比例。這也正顯示出「清靜無爲」思想，在王重陽內
丹修煉理論中的重要性。元好問《遺山集》卷三十五〈紫微觀記〉述
全眞教的教旨時，說：全眞教「本於淵靜之說」；李鼎的〈大元重修
古樓觀宗聖宮記〉云：

昔自玄元、文始契遇于茲，扶先天之機，闢眾妙之門，二
經授受而教行矣。世既下降，傳之者或異，一變而爲秦漢
之方藥，再變而爲魏晉之虛玄，三變而爲隋唐之襘禬，其
餘曲學小數，不可殫紀，使五千言之玄訓，束之高閣，爲
無用之具矣。金大定初，重陽祖師出焉，以道德性命之學
唱爲全眞，洗百家之流弊，紹千載之絕學，天下靡然從之。
(收錄於朱象先《古樓觀紫雲衍慶集》卷上頁 13)

王重陽創立全眞教之時，正是傳統道教弊極待變之時，從王重陽詞作
闡述「清靜無爲」如此之夥，亦可見其匡正時弊的熱切心腸。酈國強

《全眞北宗思想史》說：「《重陽全眞集》中不少詩詞篇章，大多圍繞著心性常清靜之說，其中與道教《清靜經》所誦極爲相近。」是頗爲正確的。

五、主張眞功眞行

王重陽的第五類詞，是主張眞功眞行，教人修行必須功行兩全的作品。所謂「眞功」，指的是以「清靜無爲」爲主，往內探求自己本性的內丹修煉法；所謂「眞行」，指的則是弘道濟世、舍己利人的清節苦行。全眞家認爲惟有功行兩全的道士，才能得道，才能進入「神仙」境界。此在本文第二章第三節「五、眞功眞行」已詳論，此處不再重覆。王重陽詞作中有許多勸人必須內外雙修、功行兩全的作品，例如：《重陽全眞集》卷三〈拋毬樂〉：「勸汝懣急急，捨彼就斯，迴頭總願，修持鍛鍊。功行兩雙全。」還有許多詞作是在說明功行兩全的結果，或強調必須功行兩全，才能進入神仙境，例如：《重陽全眞集》卷七〈搗練子〉：「纔候十年功行滿，白雲深處笑呵呵。」卷八〈得道陽〉：「功滿三千緣業盡，行成八百落塵稀。」還有許多詞作是在說明實踐功行兩全的方法，例如：《重陽全眞集》卷三〈瑤臺月〉：「探深奧，觀遙迴。戴三曜，依三聖。功併。仍兼行滿，俱憑悟省。」除了以上所舉各詞外，王重陽詞作中功行並言的作品，還有很多，例如：

△　功行雙全，占逍遙、出塵看觑。睹長天、化成仙觀。
　　向雲中，有一箇，青童來叫喚。風漢。凡骨骸換換。
　　也兀底。(《重陽全真集》卷三〈換骨骸〉，頁164，011)

△　大悲千手丸來正。太陽火、烹炮定。堪宜下使用黃芽，
　　八瓊水、共煎清淨。從茲服了得長生，便永永、成功
　　行。(《重陽全真集》卷三〈御街行〉，頁165，019)

△　得長生久視。更盈盈、行功齊至。頻頻囑付，一靈耀、
　　金光早起。五彩同如此。相扶助入丹霄裡。(《重陽全真
　　集》卷三〈水龍吟〉，頁169，035)

△ 童子青衣掌仙簿。行功成、上昇去。結就一粒金丹，
深謝嬰兒奼女。永不遭三界苦。永不遭三界苦。(《重陽
全真集》卷三〈川撥棹〉，頁 170，037)

△ 書靈符寶篆，救苦消災。願使家家奉道，人人悟、總
免輪迴。成功行，前程路穩，同去宴蓬萊。(《重陽全真
集》卷三〈滿庭芳・於京兆府學正來彥中處覓墨〉，頁 171，045)

△ 待問你不生不滅。答言功行須交徹。有眞師、分明來
接。(《重陽全真集》卷四〈惜芳時〉，頁 176，069)

△ 氣傳清，神運秀。兩脈通和，眞行眞功就。衝上晴空
光猛透。方顯無爲，始見歸無漏。(《重陽全真集》卷四〈蘇
幕遮・勸化諸弟子〉，頁 178，086)

△ 常從坦蕩，守養身軀假。閑裡得眞閑，覺清涼、惺惺
灑灑。暗中功行，直待兩盈盈，靈明顯，做逍遙，師
父看來也。(《重陽全真集》卷五〈驀山溪〉，頁 186，133)

△ 奉報英賢，早些出路。卜靈景，清涼恬淡好住。開闡
長生那門户。便下手修持，眞功眞行，眞性昭著。(《重
陽全真集》卷五〈豆葉黃〉，頁 188，152)

△ 長推密妙，玄裡細消詳。言默眞功永固，古淳厚，實
行堪當。田中寶，玉花馥郁，上下似銀霜。(《重陽全真
集》卷六〈滿庭芳・與戰公望字復拆王字〉，頁 192，172)

△ 示及歸依功行足。口現金丹，袞出崑山玉。(《全真集》
卷六〈蘇幕遮〉，頁 195，195)

△ 反會做他出舍郎。便風狂。成功行，到蓬莊。(《重陽全
真集》卷七〈五更出舍郎〉，頁 202，242)

△ 功圓行滿，唯有紅霞聚。往昔得遭逢，親師父。此則
專來教長生訣，頻頻顧。方知今得度。便許相隨，永
永共攜雲步。(《重陽全真集》卷十一〈鶴衝天〉，頁 216，348)

△ 察見眞修，眞鍊氣神攢聚，便許密遊良遄。這盈盈，
功行於斯已定。(《重陽全真集》卷十一〈望遠行〉，頁 216，
349)

△ 成功行，六銖衣換，方顯爾功超。(《重陽全真集》卷十一

〈滿庭芳〉，頁 216，351）

△　察得功圓行滿，還應是、齊在雲端。修眞事，茲宵並喜，一一盡乘鸞。（《重陽全真集》卷十一〈滿庭芳·呂先生作醮，託請涇陽道友〉，頁 217，352）

△　直待元根漸瑩，恁時節、功行完全。還知否，蓬萊路到，見且是人仙。（《重陽全真集》卷十一〈滿庭芳·戰公求問〉，頁 217，353）

△　湛彈澄徹成功行，九天通聖。（同前〈黃河清·按一百八數〉，頁 218，357）

△　得得晴空上面，玉皇宣詔。青童謹捧金誥。此則緣功與行，兩兩雙全，瑞祥敷奐。（《重陽全真集》卷十一〈齊天樂〉，頁 220，366）

△　三千日、行成功滿。穩駕祥雲，獨通宵漢。儘你夜行船趕。（《重陽全真集》卷十二〈夜行船〉，頁 229，頁 230，424）

△　這迴與你說根由。成功行，蓬島永無憂。（同前〈小重山〉，頁 230，426）

△　功成兼行滿，眞性入仙壇。（同前〈臨江仙·道友問修行〉，頁 232，441）

△　行功惟顯著，指日彩雲隨。（同前〈臨江仙〉，頁 233，442）

△　莫把光陰虛度卻，願將功行實相親。與我作比鄰。（《重陽全真集》卷十三〈望蓬萊·詠勸道友〉，頁 240，494）

△　不日修成功與行，騎鸞跨鳳入仙鄉。（《重陽全真集》卷十三〈瑞鷓鴣〉，頁 248，551）

△　曓這功行，便恰如山與海。得闤裡，眞閑誠自在。（《重陽全真集》卷十三〈侍香金童〉，頁 248，555）

△　功成行滿仍須早。雲步歸蓬島。好同見在赴瑤池。共摘蟠桃、往昔結實枝。（《重陽全真集》卷十三〈虞美人·以嫂為見在父母〉，頁 249，559）

△　除煩惱，滅心火。日日隨緣過。逍遙自在任行坐。功成行滿攜雲朵。帶殼昇騰，恁時節，方知不打破。（《重陽全真集》卷十三〈瓦盆歌〉，頁 253，588）

△ 長生好事，只今堪做。何必候時數。青巾戴取。更衣
麻布。得離凡宇。入雲霞路。功昭行著。眞師自肯度。
（《重陽教化集》卷一〈三光會合〉，頁 254，592）

△ 八卦定，九宮通，功行十分到。（《重陽教化集》卷一〈心
月照雲溪〉，頁 254，593）

△ 辟得正，上合天意。行滿功成去蓬萊，卻尋舊址。（《重
陽教化集》卷二〈解冤結·令丹陽下山權與陸仙作伴〉，頁 258，
614）

△ 謹對扶風訴，結伴關西去。卓箇庵兒累行功，同步煙
霞路。（《重陽教化集》卷三〈黃鶴洞中仙〉，頁 260，632）

這些都是勸人必須內外雙修，或說明唯有功行兩全，才能入神仙境界
的作品。唯有內修眞功，鍛鍊精炁，才能結成金丹，長生久視；唯有
外積陰德，奉行眾善，才能遣慾淨心，寂無所寂。功行二者是相依相
賴，相輔相成的。從這些作品中，可看出王重陽對眞功眞行二者並重
的思想，這一思想頗能發揮宗教勸人爲善的教化作用，這也是全眞教
能在元初受到朝廷大力扶持的重要原因之一。

六、勸人出家禁慾

王重陽的第六類詞，是勸人必須出家苦修、斷絕一切欲念的作
品。王重陽「性命雙修」的體系中，必須心意清淨、神氣交合才能入
道，而欲達眞清眞靜、神氣交合的境界，則必須從出家禁欲入手。

因此，他認爲出家苦修，禁絕一切欲念是必須的。《重陽立教十
五論》第一論即是論出家住庵，其言曰：「凡出家者，先須投庵。庵
者舍也，一身依倚。身有依倚，心漸得安，氣神和暢，入眞道矣。」

出家專修可以使心意易於清淨，而且可以保全神氣使元陽不洩，
如此才能進行內丹的修煉。內丹修煉必須依序按：煉精化炁、煉炁化
神、煉神合道三個步驟進行，而最初的煉精化炁，是以斷絕色欲爲先
決條件。所以王重陽不但自己率先捨妻棄子出家苦修，在他的作品
中，也一再宣揚這一理念，苦口婆心勸人看破天倫恩愛、斬斷牽纏、

跳出樊籠。《重陽全眞集》卷三〈滿庭芳・欲脫家〉云：「既欲修行，
終全闃謐，出離塵俗相當。莫憑外坐，朝暮起心香。須是損妻捨事，
違鄉土、趯卻兒娘。常歸一，民安國富，戰勝又兵強。」明白教人欲
修行必須「擯妻捨事，違鄉土趯卻兒娘。」如此才能常使氣神合一，
「民安國富，戰勝又兵強。」〔註21〕卷七〈踏莎行〉云：「莫騁兒群，
休誇女隊。與公便是爲身害。脂膏刮削苦他人，只還兒女從前債。」
卷八〈西江月〉云：「悟徹兒孫偉貌，奪衣白奪饕肴。笑欣悲怨類咆
哮。正是豺狼虎豹。」把妻女兒群都當成是爲害身心的「豺狼虎豹」，
因此勸人「這火院須先跳。猛把家緣都不要。」（卷十二〈青玉案〉）；
「奉報早離火院。棄了一家攀戀。自在水雲前。樂安然。」（卷十三
〈昭君怨〉）。張應超在〈馬丹陽與全眞道〉一文中說：「王重陽點化
馬鈺期間，除以行動感化外，還以詩詞開導。僅馬丹陽門人後來收錄
的王重陽在點化期間與馬丹陽唱和的詩詞就有近三百首。概括起來，
就是要求馬丹陽斷絕塵緣，拋棄名利及家庭等人生苦樂的羈絆，出家
修行成道。」〔註22〕王重陽與馬鈺唱和的詩詞收錄於《重陽教化集》、
《分梨十化集》二集，詩詞共有二百九十五首，其內容確實如張氏所
言，以勸馬鈺「拋棄名利及家庭等人生苦樂的羈絆，出家修行成道」
爲主。實際上，王重陽對於其他人也是百般苦勸，要人拋棄妻子、出
家修行。這些作品都見於《重陽全眞集》，如：

> △　人要悟黃芽。忽戀榮華。俗家出了做仙家。物物拈來
> 都打破，藉甚嬰娃。(《重陽全真集》卷五〈浪淘沙〉，頁185，

〔註21〕《重陽金關玉鎖訣》頁四載：「問曰：何者是國富民安？訣曰：男子
　　　女人身中，各有九江四海，龍宮庫藏中有七珍八寶，莫教六賊偷了，
　　　此是國富民安。問曰：何者是強兵戰勝？訣曰：夫戰勝者，天下少
　　　人知：夫戰勝是常之法。難曰：既論清靜之法，何得說戰勝理？解
　　　曰：今人不達，戰勝之法又能治於病疾無常。戰勝者，第一先戰退
　　　無名煩惱，第二夜間境中要戰退三尸陰鬼，第三戰退萬法，此者是
　　　戰勝之法。若人會得三乘者，變殃惱爲福也。」
〔註22〕張氏爲陝西社科院歷史研究所研究員。該文刊於《道教文化》五卷九
　　　期（總號五七），1994年9月，頁19～23。

131）

△ 撲入塵凡世俗。這思牢、更兼愛獄。被玉杻金枷緊束。受無窮不足。百歲光陰迅速。更朝磨夜磨催促。早離了家緣孤宿。結神仙眷屬。（《全眞集》卷五〈金蕉葉〉，頁186，138）

△ 妻男孫女長繚繞。愛獄恩山，把身軀緊縛抓。若要玲瓏於己俏。把慧刀、快磨頻挑。萬斤鐵索都碎了。（《重陽全眞集》卷五〈金雞叫・警劉公〉，頁187，146）

△ 昨朝酒醉，被人縛肘。橋兒上、撲到一場漏逗。任叫沒人扶，妻兒總不救。猛省也、我咱自況。兒也空垂柳。女空花秀。我家妻、假作一枝花狗。我謹切隄防，恐怕著一口。這王三、難爲閒走。（《重陽全眞集》卷五〈惜黃花〉，頁188，151）〔註23〕

△ 若要清靜如白玉。獨自宿。余自須要除情欲。（《重陽全眞集》卷七〈漁家傲：京兆道友〉，頁202，240）

△ 院落荒蕪，庭樹瀟灑，就中牆壁頹疏。自云妻喪，父子奈何如。王喆聞言大哂，天分付、獨樂清虛。公還悟，火坑裡面，休更覓紅爐。縈紆。須剪斷，攀緣愛念，截割如無。作風鄰月伴，正是吾徒。前趁蓬萊穩路，超生滅、不入三塗。眞端的，白雲深處，別有洞天居。（《重陽全眞集》卷十一〈滿庭芳・贈友人問題〉，頁217，354）

△ 虛情嬌態，恰似蜂便蜜。曉夜採花忙，合和成、誰人啖汁。若還悟此，目下便回頭，蓬萊路，彩雲端，有分相隨人。（《重陽全眞集》卷十一〈蕎山溪〉，頁221，373）

△ 縱步閑閑，遊翫出郊西。見骷髏、臥沙堤。問你因緣由恁似、爲戀兒孫女與妻。致得加今受苦恓。（《重陽全眞集》卷十一〈七騎子〉，頁227，404）

─────────────────

〔註23〕《全金元詞》上片「橋兒上、撲到一場漏。逗任叫，沒人扶，妻兒總不救。」按律當標作：「橋兒上撲到一場漏逗。任叫沒人扶，妻兒總不救。」

△　別子休妻爲上士，悉捐財色眞餐。長全五臟得康年。(《重
　　陽全眞集》卷十二〈臨江仙・道友問修行〉，頁 232，441)

△　杜公尋妙訣，道本先求。認得急持修。恩愛斷，便迴
　　頭。(《重陽全眞集》卷十二〈無調名・題贈道友〉，頁 233，445)

△　如省悟，勘破女男妻。自在假身常鍛煉，逍遙眞性得
　　推移。應是上瑤池。(《重陽全眞集》卷十三〈望蓬萊〉，頁
　　240，495)

△　女休猜，兒莫識。情慾偷精，盜髓隳筋力。奉勸迴頭
　　尋歇息。認取身中，三箇眞端直。(《重陽全眞集》卷十三
　　〈蘇幕遮〉，頁 242，506)

這些也都是以勸人捨妻棄子、出家苦修爲主要內容的作品。

　　除了捨妻棄子、出家苦修之外，斷絕一切情欲，也是「眞清眞靜」
的基本要求。《重陽教化集》卷二〈化丹陽〉云：「凡人修行，先須依
此一十二個字：斷酒色財氣、攀緣愛念、憂愁思慮。」〈讀晉眞人語
錄〉云：「大凡學道，不得殺盜、飲酒、食肉、破戒、犯願。」《重陽
全眞集》卷三〈花心動〉云：

緊鎖心猿，悟光陰、塵凡百年迢遠。下手頓修，元本眞靈，
此日要除骸屋。居家坑塹先須跳，將身已、便令孤宿。靜
無觸。氣財色酒、一齊隳逐。俗景般般絕欲。要捨盡爺娘，
共妻骨肉。自在逍遙，落魄清閑，認取裡頭金玉，瓊英瑤
蕊花心動，放香味，滿空馥郁。異光簇。祥輝結成九曲。(頁
163，003)

詞中即要人「氣財色酒、一齊隳逐」、「要捨盡爺娘，共妻骨肉」才能
進言「神仙」境界。王重陽詞作中，勸人摒棄「酒色財氣、攀緣愛念、
憂愁思慮」的作品甚多，列舉如下：

△　堪嗟浮世如何度。酒色纏綿財氣。沈埋人人，都緣四
　　般留住。因上上起榮華，節節生迷誤。總誇伶俐惺惺，
　　各鬥機關，皆結貪妒。今古。幾箇便回頭，肯與神爲
　　主。任從猿馬，每每調和，無由得知宗祖。唯轉轉入
　　枯崖，越越投探土。大限直待臨頭，難免三塗苦。(《重

陽全真集》卷三〈黃鶯兒〉，頁 162，001）

△ 嘆彼人生，百歲七旬已罕。皆不悟、光陰似箭。每日家，只造惡，何曾作善。難勸。酒色財氣戀。也兀底。
（《重陽全真集》卷三〈換骨骸‧歎貪婪〉，頁 164，012）

△ 但人做。限百年、七旬難與。奪名爭利強恁，徒勞辛苦。金飛玉走催逼，老死還被，兒孫拖入土。余今省悟。捨攀緣愛念，一身無慮歸去。（同前卷三〈留客住〉，頁 166，023）

△ 鍛鍊須將情滅盡，修行緊與世相違。勘破是歸依。（同前卷四〈望蓬萊〉，頁 180，102）

△ 深憎憎愈甚，深愛愛尤多。兩般都在意，看如何。他歡如自喜，他病似身病。心中成一體，各消磨。（《重陽全真集》卷五〈憨郭郎‧或問難免憎愛心〉，頁 189，154）

△ 性亂因醪誤。精枯緣色妒。眼神傷敗，被財役住。鼻濁如何，只為氣使馨清去。浮世人難悟。獉四事相牽，淪落苦處。（《重陽全真集》卷五〈受恩深〉，頁 189，157）

△ 氣財色酒相調引。迷惑人爭忍。因斯染患請郎中，鬼使言，你且儘。（《重陽全真集》卷五〈折丹桂〉，頁 189，158）

△ 傷重寒風并熱冷，五般無復重侵。節色減財攝養，古今古今。性命來尋。（《重陽全真集》卷七〈菊花天‧嗽〉，頁 199，222）

△ 人被錢迷，錢由人使。一來一去何時已。頑銅尚自有消磨，凡軀著甚逃生死。（《重陽全真集》卷七〈踏莎行‧自詠〉，頁 205，268）

△ 堪歎酒色財氣，塵寰被此長迷。人人慕帶似醢雞，亂性昏神喪慧。（《重陽全真集》卷八〈西江月‧四害〉，頁 208，293）

△ 堪歎東西南北，迷途役損行人。任來任往走紅塵。只為名牽利引。（《重陽全真集》卷八〈西江月‧四方〉，頁 208，294）

△ 酒飲清光滑辣，肉餐軟美香甜。世間迷誤總無厭。箇

箇臨頭路險。(《重陽全真集》卷八〈西江月〉，頁 210，305)

△ 只恐身便，酒色氣財。混一迴。風流此心便灰。復悟
前眞免輪迴。沒甚災。看看卻得，重上玉臺。(《重陽全
真集》卷十一〈轉調鬥鵪鶉〉，頁 220，370)

△ 人還去慾，酸辣飡須節。滋味要堪嘗，任清虛、五神
暢悅。(《重陽全真集》卷十一〈驀山溪〉，頁 222，378)

△ 嘆嗟浮世。被榮華、驅策名和利。人人鬥作機心起。
百般姦計。嫉妒愈增僥巧重，生俱相效皆貪愛。何曾
停住常若是。各衒女誇男孫奉侍。更酒迷歌惑望長遂。
還知七十應難值，便百年限來，無有推避。(《重陽全眞
集》卷十一〈解紅〉，頁 222，380)

△ 舉世總癡愚，貪戀財色，無不迷錯。一箇丹誠，趁輕
肥爲作。三耀照、寧曾畏愼，四時長，追歡取樂。越
頻頻做，恰似飛蛾，見火常投托。(同前卷十一〈尾犯〉，
頁 223，382)

△ 前世貪財色，從戀愛。遭遇迷神引，怎生奈。(同前卷
十二〈迷神引〉，頁 228，414)

△ 肉衒花糕酒衒油。肥軀潤已那休。兒女共嬉遊。金銀
財寶，壘似山丘。何不道前程將不去，限終鬼使來勾。
方悟平生總錯，點頭點頭。梅恨無由。(《重陽全真集》
卷十二〈菊花天〉，頁 231，432)

△ 北斗自然拘姓籍，南辰生注長年。減財節色是因錄。
作爲依上帝，棄世做神仙。(《重陽全真集》卷十二〈臨江
仙〉，頁 233，443)

△ 節色微財應事俏。慈悲廣施作均平也，決定分分曉。(《重
陽全真集》卷十二〈青玉案〉，頁 235，460)〔註24〕

△ 名利牽纏怎徹。誰肯把、善緣總結。在火宅，居常炙
熻。尚穿聯惡業。(《重陽全真集》卷十三〈金花葉〉，頁 249，

〔註24〕《全金元詞》將《道藏》原注文「帶馬行」誤作爲詞調名，據詞律及
周玉魁〈略談《全金元詞》的校訂問題〉(《文學遺產》1989 五期，
頁 130～132。) 改。

561）

△ 於己搜尋臧善，慮思絕泯爲先。減財節色保丹田。對
景須行方便。(《重陽全真集》卷十三〈西江月〉，頁 250，565)

△ 隨緣過，隨分樂。惡覓慳貪都是錯。貴非親。富非鄰。
矜孤恤老，取捨合天眞。(《重陽全真集》卷十三〈梅花引〉，
頁 252，580)

△ 一身得得，好把逍遙做。莫戀色和財，又名利、榮華
不顧。心中逸樂，管取絕憂愁，處清涼，無熱惱，事
事成開悟。(《重陽教化集》卷一〈心月照雲溪〉，頁 255，594)

△ 若被利名牽絆住，十分失了好因緣。(《重陽教化集》卷一
〈報師恩〉，頁 257，608)

△ 上仙傳祕訣。只要塵情滅。意馬與心猿，牢鎖閉，莫
放劣。戒慳貪是非，人我無明斷絕。把巧辯聰明都守
拙。(《鳴鶴餘音》卷五〈蜀葵花〉，頁 267，676)

任繼愈《中國道教史》述全真教的教義與教制說：「全真家教人進行
識心見性、養氣煉丹的修煉，以極端的僧侶禁欲主義爲基礎、爲本質。
他們汲取佛教的愛染緣起說，把道教傳統的節欲主義發展至極端，宣
揚人的七情五欲是違反道的『人情』，成仙證眞的大障，生死輪迴的
根由，要人『把七情五欲都消散』，『脫人之殼』而『與天爲徒』。……
從這種絕對的禁欲主義出發，全眞道在組織形式上模仿佛教，倡導出
家。他們和佛教一樣，宣揚家庭是牢獄、火宅、夫妻恩愛爲『金枷玉
鎖』，教人捐妻捨事，『跳出樊籠』，出家修道。」〔註25〕這一段話，
可以從以上所舉詞作，得到充份的證明。出家禁欲，不但是王重陽「內
外雙修」鍛鍊「清靜無爲」功夫的基礎，實在更是他平日宣揚教理，
勸人修行的具體內容。

七、自述生平事蹟

王重陽的第七類詞，是他自述生平事蹟的作品。王重陽的生平事

〔註25〕語見該書第十四章〈金元全眞道〉頁 540 及 541。

蹟雖詳於諸傳記載（參第二章第二節），但是考察這類詞作，一方面可補傳記資料之不足，或作爲若干事蹟之佐證；一方面可從詞作中，生動地觀察他的日常生活方式，有助於對他的家世、思想、生活態度……等有更深刻的認識。

王重陽的詞作中，題爲「自詠」的有五首，分別是：《重陽全眞集》卷五的〈月中仙〉（自問王三）、〈減字木蘭花〉（小名十八）、〈繫雲腰〉（終南山頂重陽子）、卷七的〈踏莎行〉（人被錢迷）、卷八的〈行香子〉（有箇王三），題爲「自述」的有卷十二〈雙鴈兒〉（意馬心猿休放劣）一首，題爲「述懷」的有卷七〈五更出舍郎〉（塵中有箇修行子）一首。除了上述七首外，王重陽頗喜愛在詞中稱述自己的名號，如：《重陽全眞集》卷三〈玉堂春〉（有箇王風）、〈換骨骸〉（幼慕清閑）、〈水雲遊〉（明靈慧性眞燦爛）、〈紅芍藥〉（這王喆知明）、〈醉江月〉（正陽的祖）、〈沁園春〉（王喆惟名）、〈永遇樂〉（笑王三）、〈滿庭芳〉（既欲修行）〈滿庭芳〉（王喆身留），卷四〈恨歡遲〉（名喆排三本姓王）、〈點絳唇〉（十化分梨）、〈蘇幕遮〉（醴泉人）、〈望蓬萊〉（重陽子，物物不追求）、〈望蓬萊〉（重陽子飲水得良因）、〈鶯啼序〉（鶯啼序時繞紅樹）、〈啄木兒〉（自知自知），卷五〈惜黃花〉（昨朝酒醉）、〈虞美人〉（害風飲水知多少）、〈迎仙客〉（這害風心已破），卷七〈解佩令〉（茶無絕品）、〈卜算子〉（有箇害風兒）、〈卜算子〉（誰識這風狂）、〈漁家傲〉（誰識王三能買賣）、〈漁家傲〉（這箇王風重拜見）、〈漁家傲〉（得得中間尋得得）、〈如夢令〉（日日此中開宴）、〈搗練子〉（搗練子，害風哥）、〈搗練子〉（名利海）、〈踏莎行〉（大道無名），卷八〈如夢令〉（九九榮詞已徹）、〈行香子〉（五鼓饒成）、〈得道陽〉（正月寒威漸漸回）、〈滿庭芳〉（院落荒蕪），卷十一〈絳都春〉（天然省悟）、〈登仙門〉（歸也歸也）、〈惜黃花〉（萬紅憔悴）、〈惜黃花〉（這重陽子）、〈解珮令〉（害風王三）、〈七騎子〉（眞箇重陽子），卷十二〈紅窗迥〉（但爲人）、〈紅窗迥〉（把兄嫂）、〈紅窗迥〉（這王三）、〈紅窗迥〉（王喆我）、〈夜行船〉（王喆害風都不管）、〈黃鶯兒〉

（平等平等）、〈小重山〉（世上人人做有爲）、〈臨江仙〉（絳帳今朝重到此）、〈定風波〉（每日閑遊西復東）、〈卜算子〉（曩者見張公）、〈畫堂春〉（雲水王三悟悟）、〈漁父詠〉（生死輪迴何太速）、〈河傳令〉（營軀手段）、〈河傳令〉（害風落魄）、〈惜芳時〉（未分混沌何方有），卷十三〈望蓬萊〉（邊境靜）、〈南鄉子〉（王喆已東遷）、〈虞美人〉（害風王喆遵隆道）、〈蘇幕遮〉（柳條柔）、〈蘇幕遮〉（善修文）、〈浣溪沙〉（會看虛空七寶圓）、〈搗練子〉（重陽子全眞理）、〈菊花新〉（對月無何添雅致）、〈西江月〉（王喆心懷好道）、〈川撥棹〉七首、〈瓦盆歌〉（你敲著），《重陽教化集》卷一〈折丹桂〉（害風故著言談引），《分梨十化集》卷上〈爇心香〉（坐殺王風）、〈爇心香〉（這箇王風）、〈爇心香〉（諕號王風）。在這些作品中，王重陽經常以「王三」、「王喆」、「王風」、「害風」、「害風兒」、「風狂」、「重陽子」自稱，內容也多是自述生平或勸人修道。在全眞教初創之時，爲宣揚教義吸引信眾，現身說法，以親身經驗向人勸說是較具說服力，也是較具親和力的做法，這可能是王重陽的作品自稱頻繁的主要原因，而這些作品也正可以用來作爲考察王重陽生平事蹟或其思想源流、生活態度的佐證資料。如：

　　△　這王喆知明，見菊花堅操。便將重陽子爲號。正好相
　　　　倚靠。每常卻要，綴作詩詞，筆無停、自然來到。心
　　　　香起、印出仙經，便實通顚倒。便實通顚倒。(《重陽全
　　　　眞集》卷三〈紅芳藥〉，頁166，022)

　　△　名喆排三本姓王。字知明子號重陽。似菊花如要清香。
　　　　吐緩緩，等濃霜。學易年高便道裝。遇淵明、語我嘉
　　　　祥。指蓬萊雲路如歸去，慢慢地休忙。(《重陽全眞集》
　　　　卷四〈恨歡遲〉，頁175，064)

　　△　重陽子，害風是。王喆名、知明字。說修行、旨沒虛
　　　　詭。(《重陽全眞集》卷四〈啄木兒〉，頁182，111)

　　△　九九榮詞已徹。誰做姓王名喆。雅字稱知明，道號重
　　　　陽子別。懽悅。懽悅。一粒金丹永結。(《重陽全眞集》

　　　　　　卷八〈如夢令〉，頁208，290）

　△　曲中詞徹。把來歷事親堪説。住京兆府外縣，終南方
　　　孤雲白雪。自觀得，玉花結。活死人分放些劣。沒地
　　　埋，眞歡悦。道號重陽子，字知明姓王名喆。害風兒，
　　　怎生説。(《重陽全眞集》卷十三〈川撥棹〉，頁251，574）

這些詞除了清楚地交代了自己的姓字道號外，前兩首更明白地指出他
因慕菊花堅操，故號重陽。王重陽之喜愛菊花，從他的作品中多次以
菊花爲喻，亦可窺知。《重陽全眞集》卷十一有〈雨中花〉一首詠菊
花月色，寫得十分清新雅緻，值得玩賞，全詞如下：

　　金菊初開，銀蟾漸顯，新蕊皓色爲儔。綻清芳空外，素魄
　　深秋。便謹按中央雅致，又應當、望夜圓周。稱予家賞玩，
　　正許邀枝，迎照瓊樓。堪餐秀色細艷，好鋪明臥影，兩兩
　　相酬。頓省悟靈英，玉兔因由。馥郁盈盈，噴噴嬋娟瑩瑩
　　悠。遇重陽七八，香傳三島，光滿十洲。(《全金元詞》頁220，
　　369）

又：上引第二首詞〈恨歡遲〉有：「學易年高便道裝」語，顯示王重
陽曾深研易經。張廣保《金元全眞道內丹心性論研究》書中曾云：「全
眞道各種史料均未載王嚞通曉易學，而郝太古獨以易學擅長，其易學
授受實另有根源。據《郝宗師道行碑》載，『大定二十二年，師過灤
城，又與神人遇，受大易秘義，自爾爲人言未來事，不差毫髮。』由
此可見，郝太古雖經王嚞點化，但其學問淵源實不專源於王嚞，於王
嚞之外，尚另有師承。」〔註26〕郝大通另有師承乃是事實，不待爭辯，
然據此謂王重陽未通曉易學則有待商榷。除上引〈恨歡遲〉詞外，王
重陽言及周易或卦象的作品尙有數處：

　△　卜算詞中算。卦象分爻象。海島專尋知友來，堪把扶
　　　風喚。(《重陽全眞集》卷七〈卜算子〉，頁200，231）

────────────────

〔註26〕語見該書第一部分〈第一章甘河證道山東闡教〉頁19。臺北：文津
　　　出版社，民82年7月初版。該書又於1995年4月，由北京：三聯
　　　書店出版，書名爲：《金元全眞道內丹心性學》。

△ 張弓舉箭能親射。紅心正中,趕退周天卦。垛貼中間,
逬出霞光無價。五行違,脫陰陽,超造化。(《重陽全真
集》卷十二〈河傳令〉,頁238,482)

△ 八卦定,九宮通,功行十分到。(《重陽教化集》卷一〈心
月照雲溪〉,頁254,593)

△ 八卦分明鋪擺定,二人各四陽陰。中間玄妙細搜尋。
若能知此味,便是得真金。(《分梨十化集》卷下〈臨江仙〉,
頁264,660)

這些都足以說明王重陽對周易頗有研究,並非未通曉易學。

又:昔賢論斷王重陽師承,多認為全真教上承鍾呂之說不自王重
陽始。如:陳銘珪《長春道教源流》云:

明王世貞《弇州山稿》云:「重陽所為說,未嘗引鍾呂,而
元世以正陽,純陽追稱之,蓋處機意所謂:張大其說而行
之者。」考長春《磻溪集》述其師行教事甚夥,無一字及
鍾呂,集中惟〈題鍾呂畫〉一詩云:「無我無人性自由,一
師一弟話相投。談經演法三山坐,駕霧騰雲萬里遊。」泛
為稱讚,不作私淑景行語也。當日張大其說,實始於樗櫟
道人,時長春化去已十餘年矣,弇州偶未之考耳。(卷一〈王
重陽事蹟彙紀〉)

實則弇州固然失考,而陳氏所言亦有疏漏。以鍾呂為祖,倡「五祖七
真」,「張大其說而行之者」,確實始自樗櫟道人秦志安之《金蓮正宗
記》,然王重陽及丘處機絕非「無一字及鍾呂」。王重陽的詞作中述及
《甘河遇仙》者有:

△ 幼慕清閑,長年間、便登道岸。上高坡、細搜修鍊。
遇明師,授祕訣,分開片段。堪讚。真性靈燦燦,也
兀底。(《重陽全真集》卷三〈換骨骸〉,頁164,011)

△ 終南一遇,醴邑相逢,兩次凡心蒙滌。便話修持,重
談調攝,莫使暗魔偷適。養氣全神寂。稟逍遙自在,
閑閑遊歷。覽清淨、常行穴迪。應用刀圭、節要開劈。
三田會明靈,結作般般,光輝是勳。先向天涯海畔,

訪友尋朋，得箇知音成闋。直待恁時，將相同步，處
處嬉嬉尋覓。暗裡瞷瞷橔。覷你爲作，如何鋒鏑。會
舉箭、張弓對敵。百邪千魅，戰迴純晳。無愁感。方
堪教可傳端的。(《重陽全真集》卷三〈玉女搖仙佩〉，頁165，
018)

△　重陽子，飲水得良因。洗滌塵勞澄淨至，灌澆根本甲
　　芽伸。滋養氣精神。(《重陽全真集》卷四〈望蓬萊〉，頁180，
　　100)

△　害風飲水知多少。因此通玄妙。白麻衲襖布青巾。好
　　模好樣，眞箇好精神。不須鏡子前來照。事事心頭了。
　　夢中識破夢中身。便是逍遙、達彼岸頭人。(《重陽全真
　　集》卷五〈虞美人〉，頁190，161)〔註27〕

△　雲水王三悟悟。甘河鎮、祖師遇遇。元本靈明，便惺
　　惺也，眞箇詩詞做做。丹藥內中頻顧顧。逍遙處，三
　　光覷覷。全得當時害風風，眞箇神仙去去。(《重陽全真
　　集》卷十二〈畫堂春〉，頁235，456)

王重陽生年距鍾離權和呂洞賓三百多年，甘河所遇自不可能是鍾呂本
人，然綜覈諸傳記載，爲精通鍾呂內丹修煉的道士，則爲可信。王重
陽既知所得傳授屬鍾呂一派內丹學，故標舉鍾呂爲祖師，當然也是可
能。王重陽詞作屢次言及「希夷」，如：

△　回首處，便要識希夷。(《重陽全真集》卷四〈望蓬萊〉，頁
　　180，102)

△　識得希夷方見妙。(《重陽全真集》卷五〈金雞叫‧警劉公〉，
　　頁187，146)

△　正好搜尋時。坦蕩准希夷。(《重陽全真集》卷五〈木蘭花
　　慢〉，頁190，159)

△　希夷玄奧旨，三教共全完。(《全真集》卷十二〈臨江仙‧

〔註27〕該詞調名下有注：「先生嘗云：余嘗從甘河攜酒一瓢，欲歸庵，道逢
　　一先生，明云害風，肯與我酒喫否。余與之，先生一飲而盡。卻令
　　余以瓢取河水，余取得水，授與先生，先生復授余，令余飲，余飲
　　之，乃仙酎也。」

道友問修行〉，頁232，441）

△ 希夷微妙在坤乾。(《重陽全眞集》卷十三〈浣溪沙〉，頁244，
520）

△ 方表信，希夷門戶列。(《鳴鶴餘音》卷五〈蜀葵花〉，頁267，
676）

即因陳摶（五代北宋間道士，字圖南，號扶搖子，宋太宗賜號希夷先
生）屬鍾呂內丹一派。《重陽全眞集》卷三更有〈酹江月〉詞，內容云：

正陽的祖，又純陽師父，修持深奧。更有眞尊唯是叔，海
蟾同居三島。弟子重陽，侍尊玄妙。手內擎芝草。歸依至
理，就中偏許通耗。（頁167，24）

明白指出以鍾呂爲祖師。且全眞七子詞作中，亦多有述及鍾呂者〔註
28〕，謂王重陽及諸眞「無一字及鍾呂」者，皆是因爲忽略全眞諸人
詞作所致。由此亦可凸顯研究全眞道士詞之價值所在。

又：《重陽全眞集》卷七〈解佩令〉一首，題爲「愛看柳詞遂成」，
全詞如下：

平生顛傻，心猿輕忽。樂章集、看無休歇。逸性攄靈，返
認過、修行超越。仙格調，自然開發。四旬七上，慧光崇
兀。詞中味、與道相謁。一句分明，便悟徹、耆卿言曲。
楊柳岸、曉風殘月。（頁199，218）

詞中自云喜愛柳詞，是因「詞中味、與道相謁。一句分明，便悟徹、
耆卿言曲。」宋元之間人云曲，所指即是詞。王重陽特別喜愛柳詞「楊
柳岸、曉風殘月」一句，在其它作品中也曾化用，如：

△ 意馬心猿休放劣。害風姓王名詰。一從心破做顛厥。
恐怕消些舊業。眞性眞靈有何説。恰似曉風殘月。楊
柳崖頭是清徹。我咱恣情攀折。(《重陽全真集》卷十二〈雙
鴈兒・自述〉，頁228，412）

△ 束君德厚。放盡山梅并岸柳。得得眞修。一顆明珠出
玉樓。(《重陽全真集》卷五〈減字木蘭花〉，頁184，122）

〔註28〕參閱朱越利〈有關早期全眞教的幾個問題〉。該文載於《中國文化研
究》1994冬之卷，頁52～57。

在王重陽六百多首詞作中，稱引當時（宋金）詞人者，只有柳永一人。這可能與當時北方流行柳蘇之詞，而柳詞較爲口語俚俗有關，王重陽詞作之造語遣辭即有非常口語俚俗的特色（詳下一節），這一點可作爲詞和曲在語言上的轉變關係的考察資料。

又：金元文人多稱述全眞教不尚齋醮禳禬，以恢復老莊清靜本旨爲目的；近人論全眞教教義，或述王重陽思想亦皆以此爲論斷。這固然是全眞教以宗教改革態度，對當時傳統符籙派道教種種弊端的一種扭轉與創新（已詳第二章第一節），但是並不意謂王重陽絕不行齋醮禳禬，有時爲傳教的方便，他也會參與齋醮禳禬的活動，這在卿希泰主編《中國道教史》一書已被提及：

> 金代全眞道雖然承鍾呂內丹派之學，以個人修煉成仙爲主旨，但也兼承道教傳統，行齋醮煉度。《重陽全眞集》卷十二〈臨江仙〉勸人說：「太乙混元眞法籙，精心精銳行持，……救拔亡魂消舊業。」此所言「太乙混元法籙」，蓋即太一教所傳行的「太一三元法籙」。劉處玄《仙樂集》卷一〈白蓮花詞〉數言：「子孫醮緣重，遇敬信，全仗高眞度。」卷三有詩云：「明眞之醮，所料緊要，薦拔先靈，各願管了。」提倡子孫要爲亡故祖先建醮設齋，救度超拔。王處一尤以行齋醮名世，曾爲金世宗行醮祈福，並兩次參加金廷在亳州太清宮舉行的盛大齋醮活動。丘處機西遊返燕後，也常行齋醮。但全眞道士所用齋醮儀範，屬太一教及正一派等傳統科儀，並未形成本派特有的齋醮科儀。〔註29〕

除卿書所引〈臨江仙〉一詞，王重陽詞作述及齋醮禳禬法籙的，還有：《重陽全眞集》卷三〈滿庭芳・於京兆府學正來彥中處覓墨〉，《重陽全眞集》卷六〈臨江仙〉（來此般勤求一訣）、〈臨江仙〉（門外庭中呈玉翰）、〈臨江仙〉（山白簡書金訣籙）、〈永遇樂・郭法師求〉、〈蘇幕

〔註29〕語見卿希泰主編《中國道教史》第三卷〈第八章道教在金與南宋的發展、改革及道派分化〉頁90。四川成都：四川人民出版社，1993年10月第一版。

遮〉（玉靜青），卷七〈踏莎行〉（不識慚惶），卷十一〈滿庭芳・呂先生作醮託請涇陽道友〉，卷十二〈臨江仙〉（正已修行無怠墮），《重陽教化集》卷二〈解冤結・令丹陽下山權與陸仙作伴〉。

又：《重陽全眞集》卷五有〈減字木蘭花・自詠〉二首：

△　小名十八。讀到孝經章句匝。爲慶清朝。愛向樽前舞六么。呼盧總會。六隻骰兒三沒賽。傻得唯新。刮鼓叢中第一人。（頁 184，120）

△　七年風害。悟徹心經無罣礙。信任西東。南北休分上下同。龍華三會。默識逍遙觀自在。要見眞空。元始虛無是祖宗。（頁 184，121）

從這兩首詞可知，王重陽對《孝經》、《般若心經》有極深的領悟，這可作爲他以《孝經》、《般若心經》傳教的考察資料。另外，像：

△　數載辛勤，譁居劉蔣。庵中日日塵勞長。豁然眞火瞥然開，便教燒了歸無上。奉勸諸公，莫生悒怏。我咱別有深深況。唯留煨土不重遊，蓬萊雲路通來往。（《重陽全眞集》卷七〈踏莎行・燒庵〉，頁 206，277）

△　重陽子，物物不追求。雲水閑遊眞得得，茅庵燒了事休休。別有好歸頭。存基址，決有後人修。便做玲瓏眞決烈，怎生學得我風流。先已赴瀛洲。（《重陽全眞集》卷四〈望蓬萊・燒了庵作，果有二弟子自寧海來，復修蓋住〉，頁 179，092）

則記錄了他於大定七年（1167）自焚茅庵，前往山東寧海傳教一事。

又：

失笑王三，元當幼小，典了身體。直至如今，四十八上，方是尋歸計。獨擔辛苦，爲誰歡樂，決要撿抽文契。這工錢、不曾取過，從前並無縮繫。銳然走出，沒人拘管，欣許深根固蒂。水畔雲邊，風前月下，占得眞嘉致。惺惺了了，玲瓏清爽，復入爛銀霞際。一團兒、紅□炎炎，就中妙細。（《重陽全眞集》卷三〈永遇樂・抽文契〉，頁 169，033）

說明了王重陽眞正開始修行，是在四十八歲時，是年（金海陵王正隆

四年，西元 1159 年）夏天在「甘河遇仙」後，開始嚴格的修行生活，是王重陽一生的重大轉變。又：

> 五旬五，過半百。諸公把我頻搜索。眼如遮，耳如聞，口
> 中齒豁，頷上髭鬚白。外容蒼，內容黑，金花地上眞粟麥。
> 稃兒釵，穗兒摘。三車搬過，便是迎仙客。（《重陽全眞集》
> 卷四〈迎仙客〉，頁 175，068）

原詞調名下有注：「或日：既是修行，因何齒落髮白。答云：我今年五旬五，尚辛苦爲收穫耳。」可知，王重陽五十五歲，即已齒落髮白，而堅心向道的決心不曾稍減。除了上述詞作外，其他，像：

> 自問王三，你因緣害風，心下何處。怡顏獨哂，爲死生生
> 死，最分明據。轉令神性悟。更慚羡、人誇五褲。愈覺清
> 涼地，皮毛無用，那更憶絲絮。渾身要顯之時，這巾衫青
> 白，總是麻布。葫蘆貯藥，又腋袋經文，拯救人苦。竹攜
> 常杖柱，恃自在、逍遙鍾呂。道余歸去路。煙霞侶。（《重陽
> 全眞集》卷五〈月中仙·自詠〉，頁 183，114）

從這首詞可得知：王重陽在兄弟間排行老三；裝成「害風」模樣的原因是爲了從內心中了卻生死大事，示人不必在意外表行止；著麻衣青衫、戴白巾，外出時喜柱竹杖、背葫蘆；以拯救人苦爲職志，自視爲鍾呂神仙伴侶。詞中生動而具體地描繪了王重陽的外表形像及內在志趣。又：

> △　有箇王三，風害狂顛。棄榮華、乞化爲先。恩山愛海，
> 　　猛捨俱捐。也不栽花，不料藥，不耕田。落魄婪耽，
> 　　到處成眠。覺清涼、境界無邊。蓬萊穩路，步步雲天。
> 　　得樂中眞，眞中趣，趣中玄。（《重陽全眞集》卷八〈行香
> 　　子·自詠〉，頁 211，312）
>
> △　塵中有箇修行子，火院難離。只被推辭。怎不回頭候
> 　　幾時。今朝不保來朝事，大限誰知。可曬愚癡。直待
> 　　荒郊咬齒兒。（《全眞集》卷七〈五更出舍郎·述懷〉，頁 203，
> 　　250）

從這兩首詞可知，王重陽平日以乞化爲生，雲遊四海，到處成眠；將

家庭視作火院，避之唯恐不及。

王重陽述及拋家棄子的詞還有：

△ 兒也空垂柳。女空花秀。我家妻、假作一枝花狗。我
謹切隄防，恐怕著一口。這王三、難爲閑走。(《重陽全
眞集》卷五〈惜黃花〉，頁188，151)

△ 妻女休嗟，兒孫莫怨。我咱別有雲朋願。脫離枷鎖自
心知，清涼境界唯余見。(《重陽全眞集》卷七〈踏莎行‧
別家眷〉，頁205，267)

△ 王喆心懷好道，害風意要離家。攀緣悉去似團砂。不
怕妻兒咒罵。好對清風明月，寧論海角天涯。來來往
往跨雲霞。此箇逍遙無價。(《全眞集》卷十三〈西江月〉，
頁250，566)

這些詞可藉以了解王重陽拋妻棄子思想的緣由。除了上述作品外，其
他如：

△ 有箇王風，時時頻睡臥。無夢無眠，無災無禍。白虎
青龍，自然交媾過。水火相逢上下和。這箇因緣，元
來眞打坐。試問諸公，應還會麼。似我修持，交君得
功課。不在勞形苦已多。(《重陽全眞集》卷三〈玉堂春〉，
頁163，006)

△ 明靈慧性眞燦爛。這骨骸須換。害風子、不藉人身，
與神仙結伴。(《重陽全眞集》卷三〈水雲遊〉，頁165，014)

△ 自問從初，少年如何，每每所爲。好細尋重想，當時
做作，恐違天地，或昧神祇。及至如今，恁貌顏將耄，
限盡臨頭著甚醫。還知否，有聖賢三教，莫也堪隨。(《重
陽全眞集》卷三〈沁園春〉，頁168，029)

△ 王喆惟名，自稱知明，端正不羈。更復呼佳號重陽子，
做眞清眞淨，相從相隨。每銳仙經，長燒心炷，水火
功夫依次爲。堪歸一處，闃然雅致，有得無遺。偏宜
用坎迎離。聚珍寶成丹轉最奇，結玉花瓊蕊，光瑩透
頂，碧虛空外，捧出靈芝。定作雲朋，決成霞友，自
在逍遙詩與詞。盈盈處，引青鸞彩鳳，謹禮吾師。(《全

真集》卷三〈沁園春〉，頁 168，030）

△　終南山頂重陽子，眞自在，最逍遙。清風明月長爲伴，
　　響靈呶，空外愈，韻偏饒。蓬萊穩路頻頻往，只能訪，
　　古王喬。丹霞翠霧常攬簇，弄輕飆。繫雲腰，上青霄。
　　（《重陽全真集》卷五〈繫雲腰・自詠〉，頁 191，167）

△　這害風，心已破。呭了是非常持課。也無災，亦無禍。
　　不求不覓，不肯做墨大。（《重陽全真集》卷五〈迎仙客〉，
　　頁 191，170）

△　誰識王三能買賣。道心堅處難爲退。每把三關頻頂戴。
　　頻頂戴。擘開世網居塵外。害得風來風得曬。今朝錢
　　覓人休怪。占得逍遙眞自在。眞自在。攜雲卻赴蓬萊
　　會。（《重陽全真集》卷七〈漁家傲〉，頁 201，237）

△　搗練子，害風哥。一身躍出死生波。（《重陽全真集》卷七
　　〈搗練子〉，頁 204，262）

△　名利海，是非河。王風出了上高坡。（《重陽全真集》卷七
　　〈搗練子〉，頁 204，264）

△　人被錢迷，錢由人使。一來一去何時已。頑銅尚自有
　　消磨，凡軀著甚逃生死。聞早回頭，疾搜妙旨。細推
　　休道無師指。腹中兩路顯然開，心頭一點分明是。（《重
　　陽全真集》卷七〈踏莎行・自詠〉，頁 205，268）

△　害風王三，前時割税。爲酒愛、飲中沉醉。往往來來，
　　眼前事、全然不記。與仁人、當街打睡。腋袋頭巾，
　　盡皆遺棄。有經文、裡面訣秘。深謝明公，發善心，
　　與予拈起。解珮令，報賢好意。（《重陽全真集》卷十一〈解
　　珮令〉，頁 226，397）

△　王喆害風都不管。樂清閒，恣情慵懶。紙襖麻衣，教
　　人說短。我咱自知涼暖。一炷名香經十卷。三千日、
　　行成功滿。穩駕祥雲，獨通霄漢。儘你夜行船趕。（《重
　　陽全真集》卷十二〈夜行船〉，頁 230，424）

△　世上人人做有爲。榮華并富貴，銜能爲。錦衣肉飯鬥
　　多爲。饒君會，一品又奚爲。王喆不施爲。麻衫兼紙

襖，自堪爲。隨緣糲食日常爲。唯長久，眞外認無爲。
（《重陽全眞集》卷十二〈小重山〉，頁 230，427）

△ 每日閑遊西復東。隨緣且過住塵中。杳杳冥冥今古在。
蒙蒙。害風風裡得飄蓬。（《重陽全眞集》卷十二〈定風波〉，
頁 233，448）

△ 害風落魄。便飄蓬信任，到處並無籬落。遊歷水雲，
管甚身軀零落。覓殘餘，傍人家，閑院落。眾皆笑我
貧淪落。教他骨頭，無福長流落。看你不知，將來何
方下落。免伊憂，恁時節，超碧落。（《重陽全眞集》卷十
二〈河傳令〉，頁 238，481）

△ 害風王喆遵隆道。自在逍遙好。除眠之外總無知。百
花笑我，不會見便宜。（《重陽全眞集》卷十三〈虞美人·以
嫂爲見在父母〉，頁 249，559）

或寫他紙襖麻衣，不飾邊幅的外表穿著；或寫他雲遊四海，當街打睡
的乞討生活；或寫他水火相逢，鉛汞交合的修煉心得；或寫他逍遙自
在，眞清眞淨的精神境界。這些都是他現實生活與精神領域的眞實寫
照，生動而鮮明地描繪了他的一生。細讀這些作品，對於深入了解王
重陽的生活情況、內在思想，有極大的助益。

八、勉人及早修行

王重陽的第八類詞，是勉人及早修行的作品。王重陽以宗教家自
居，滿懷救世濟人的熱忱，故其詞作中勸勉人及早下決心入道修行的
作品俯拾皆是。先略舉數首如下：

△ 決烈回頭，是自不肯，拖泥帶水。便斬釘截鐵，塵緣
悉屏，無罣礙，做清泚。（《重陽全眞集》卷三〈水龍吟〉，
頁 169，035）

△ 奉勸諸公速悟，行平等、永永清涼。眞誠顯，唯邀本
有，前路趁仙鄉。（《重陽全眞集》卷三〈滿庭芳·劉公索賢〉，
頁 171，044）

△ 早早迴頭搜密妙，營養妳女嬰兒。道袍換了皂衫兒。

　　與太上做兒。(《重陽全真集》卷四〈俊蛾兒‧勸吏人〉，頁176，072)

△　歎人身，如草露。卻被晨暉，晞轉還歸土。百載光陰難得住。只戀塵寰，甘受辛中苦。告諸公，聽我語。跳出凡籠，好覓長生路。早早迴頭仍返顧。七寶山頭，作個雲霞侶。(《重陽全真集》卷四〈蘇幕遮‧勸世〉，頁179，091)

△　須速省，下手便修持。(《重陽全真集》卷四〈望蓬萊〉，頁179，094)

△　石火不相饒。電裡光燒。百年恰似水中泡。一滅一生何太速，風燭時燒。(《重陽全真集》卷五〈浪淘沙‧歎虛飄飄〉，頁185，130)

△　水中漚起，來往相隨走。旋旋被風吹，便生滅、暫無還有。忽亡忽聚，遄速沒人知，如浮世，不堅牢，名利難長久。諸公早悟，休要迷花酒。養聚氣和神，更認取、三光靈秀。朝昏調攝，保護結金丹，添真瑩，放明光，永得逍遙壽。(《重陽全真集》卷五〈驀山溪〉，頁186，134)

△　奉報英賢，早些出路。卜靈景，清涼恬淡好住。開闢長生那門戶。便下手修持，真功真行，真性昭著。(《重陽全真集》卷五〈豆葉黃〉，頁188，152)

△　爭如修取來生善。早悟光陰，急急同飛箭。足愛前親，好心長行方便。若回頭，隨我訪，神仙面。(《重陽全真集》卷五〈河傳令‧知縣董德夫小〉，頁190，160)

△　木棄金花如覺悟，吾今專勸早回頭。(《重陽全真集》卷六〈瑞鷓鴣〉，頁193，180)

△　苦苦勸愚人。被財色、投損精神。利韁名鎖休貪戀。韶華迅速如流箭。不可因循。早早出迷津。樂清閒、養就天真。性圓丹結，方知道、蓬萊異景、元來此處，別有長春。(《重陽全真集》卷七〈轉調醜奴兒〉，頁198，214)

△　虛情嬌態，恰似蜂便蜜。曉夜採花忙，合和成、誰人

－133－

啖汁。若還悟此，目下便回頭，蓬萊路，彩雲端，有
分相隨入。(《重陽全真集》卷十一〈蓴山溪〉，頁 221，373)

△ 早早悟、前途不如意。急回頭便許，脫了生死。投玄
訪妙，搜微密察幽秘。(《重陽全真集》卷十一〈解紅〉，頁
222，380)

△ 聽我勸，公莫謾風流。猿馬不閑空踐野，光陰虛過度
春秋。怎得免荒丘。如省悟，急急把心收。對景直須
拋妄想，於身若是少貪求。何用道人頭。(《重陽全真集》
卷十三〈望蓬萊〉，頁 240，490)

△ 無常二字，說破教賢怕。百歲受區區，細思量、一場
空話。耽他火院，剛恁苦熬煎，早收心，採黃芽，藥
就難酬價。(《重陽教化集》卷一〈心月照雲溪〉，頁 255，595)

△ 奉勸諸公，詞中想邈。百年迅速如雷電。早為下手鍊
精神，頓安鑪灶成丹藥。(《重陽教化集》卷二〈踏雲行〉，
頁 258，620)

△ 愚迷子，省貪求。只為針頭上名利，等閑白了少年頭。
(《鳴鶴餘音》卷一，頁 266，672)

在這些作品中，王重陽一再以「人身如草露」，人生如「水中漚」、「石
火電光」、「風中燭」為喻，告訴人「百載光陰難得住」、「百年迅速如
雷電」、「百年恰似水中泡」，勸人要「早早迴頭搜密妙」、「早悟光陰，
急急同飛箭」、「斬釘截鐵，塵緣悉屏」、「跳出凡籠，好覓長生路」，
不要為「針頭上名利」，「等閑白了少年頭」。從這些作品可以感受到
一位宗教家，苦口婆心，勸人及早醒悟、及早修行的熱切心情。王重
陽的這類作品，較明顯地反應出受佛教的影響。《重陽全真集》卷四
〈南鄉子·於公索幻化〉云：「幻化色身繞，電腳餘光水面泡。忽有
忽無遄速甚，如飆。過隙白駒旋旋飄。」明顯接受《金剛經》「凡所
有相皆是虛妄」的說法，直接化用《金剛經》：「一切有為法，如夢幻
泡影，如露亦如電，應作如是觀」的偈語。佛家認為娑婆世界中的一
切眾生，都是由「地水火風」四大要素因緣際會假合而成的，非自性
實體，所以都是虛相，都必然會有「成、住、壞、空」的歷程。王重

陽吸收這一觀點，常在詞作中用來勸人，《重陽全真集》卷八〈西江月・四假〉云：「堪歎火風地水，爲伊合造成形。教人受苦日常經。撲入味香視聽。」卷十一〈驀山溪〉云：「凡軀四假，正好堪論討。有限是因緣，卻何不、修行早早。」又〈耍蛾兒〉云：「不會修行空養肚。腎肺心肝脾祖。五團臭肉怎爲主。」卷十三〈搗練子〉云：「一爲人。做凡身。四般假合怎生真。」都是勸人要早日勘破肉體假身，儘快修行證真，能夠「識破夢中身。便是逍遙、達彼岸頭人。」(《重陽全真集》卷五〈虞美人〉)。他的詞作中，言及「四假」或「假軀」的還有：

△　思筭思筭。四假凡軀，幹甚廝覷。元來是、走骨行屍，更誇張體段。(《重陽全真集》卷三〈水雲遊〉，頁 165，014)

△　醴泉人，都作善，急急光陰，似水還如箭。榮貴虛勞休自羨。四假凡軀，恰似蠶身緣。(《重陽全真集》卷四〈蘇幕遮・勸化醴泉人〉，頁 178，085)

△　凡軀四假。便做長年終不藉。水葬魚收。教你人咱業骨骸。(《重陽全真集》卷五〈減字木蘭花・辭世〉，頁 184，119)

△　觀塵境盡。總把浮名修整。此假合形骸皆不悟，猶然待、巧粧馳騁。百歲韶華能有幾，到七十、難逃逝景。鼃裡面真真，罪業愈重，無由袪屏。(《重陽全真集》卷十一〈二郎神〉，頁 219，364)

△　勸諸公、尋玄妙，更休思也。看假軀、不如無也。(同前〈登仙門〉，頁 220，367)

△　性爲真，身是假。認取圓成，可可頻占惹。(同前卷十三〈蘇幕遮〉，頁 242，504)

△　一息不來四假殭。兒孫掇出臥丘荒。(同前〈瑞鷓鴣〉，頁 248，550)

△　四假身軀宜鍛鍊，一靈真性細詳猜。(《分梨十化集》卷下〈望蓬萊〉，頁 265，662)

王重陽還吸收了佛教的六道輪迴說，渲染輪迴之苦，地獄懲罰之酷〔註30〕，《重陽全眞集》卷三〈滿庭芳・劉公問貴賤〉云：「今世豐華，此生貧窘，籌來總是前緣。」卷四〈南柯子〉云：「會歎風中燭，能嗟水上漚。一生一滅幾時休。恰似輪迴，來往業淪流。知有驢和馬，非無騾與牛。等閑撲入怎抽頭。幸得人身，急急做眞修。」卷十一〈驀山溪〉云：「人人不省，日日光陰急。嶮路是輪迴，前途事、暗中似漆。」佛家認爲「萬般不由人，唯有業隨身。」人在死後四大分散肉體歸空，只有自性本體「隨業流轉」在三世因果循環中，造善業得善報，造惡業得惡報，在未能證成佛果之前，自性實體只能在六道（天、人、阿修羅、畜牲、惡鬼、地獄）中輪迴，輪迴苦海，處處是苦，唯有證眞成仙，才能超脫生死輪迴。又：六道輪迴中，三善道（天、人、阿修羅）所受之苦稍輕，欲修證正道較易，故王重陽勸人在「幸得人身」之時，要「急急做眞修」。他的詞作言及「輪迴」的，還有下列三首：

　　△　這箇傳來唯這箇。輪迴生死如何躲。棄墓趂墳離枷鎖。除災禍。無生路上成因果。（《重陽全真集》卷七〈漁家傲・兄去後贈姪元弼元佐〉，頁201，236）

　　△　長安爲甚便歸來。使我蓮花五葉開。別有清光舊鎭酷。獨傾盃。免了輪迴九獄災。（《重陽全真集》卷十三〈憶王孫〉，頁245，526）

　　△　逢九變，逢九變，須用寶刀裁。陰魄莫隨魔鬼轉，陽魂合趕好梨來。今已免輪迴。（《分梨十化集》卷下〈望蓬萊〉，頁265，662）

爲達到勸人爲善，免墮三惡道（畜牲、惡鬼、地獄）受苦，王重陽詞作中，常以地獄的種種慘狀來警示人，《重陽全眞集》卷三〈川撥棹〉云：

　　鄷都路。定置箇、凌遲所。便安排了，鐵床鑊湯，刀山劍樹。造惡人有緣覷。造惡人有緣覷。鬼使勾名持黑簿。沒

〔註30〕同註29，頁57。

推辭、與他去。早掉下這屍骸，不藉妻兒與女。地獄中長
受苦。地獄中長受苦。(頁170，036)

詞中鮮明生動的鉤勒出一幅地獄場景，「鐵床鑊湯」、「刀山劍樹」都
是「造惡人有緣覷」的刑具，教人怵目驚心。《重陽全眞集》卷五〈折
丹桂〉云：

進來陰府心寒懍。對判官詳審。高呼鬼使急挈拏，不凌遲，
更待甚。鑊湯浴過鐵床寢。銅汁頻頻飲。哀聲禱告且饒些，
後番兒，不敢恁。(頁189，158)

描寫惡人進了地府的慘狀，即使哀聲求饒，也已無濟無事。故人須猛
省，「好教稽首上天堂，莫令失腳遊陰府。」(《重陽全眞集》卷七〈踏
莎行‧贈友人〉)，能即時修行，則「地府不願瞥。天堂上自然歡悅。」
(《重陽全眞集》卷十二〈紅窗迥〉) 若不知即早醒悟，一旦「一息不
來四假殭」則「七魄有緣歸地府，三魂無分上天堂。」(《重陽全眞集》
卷十三〈瑞鷓鴣〉)，就只好永遠沉淪地獄，受無窮無盡的痛苦了。王
重陽詞作中，還有幾首寫閻王差小鬼挈人問罪的：

△　忽爾臨頭，卻被閻王來到。問罪過、諱無談矯。當時
　　間，令小鬼，將業鏡前照。失尿。和骨骸軟了。也兀
　　底。(《重陽全真集》卷三〈換骨骸‧歎脫禍不改過〉，頁164，
　　010)

△　福謝身危，忽爾年齡限滿。差小鬼、便來追喚。當時
　　間，領拽到，閻王前面。憨漢。和骨骸軟軟。也兀底。
　　(《重陽全真集》卷三〈換骨骸‧歎貪婪〉，頁164，012)

△　堪歎世間人，誰肯望天覷。北斗南辰日夜移，飛走烏
　　和兔。恁地被煎催，尚自生貪妒。忽日酆都勾你來，
　　著甚詞因訴。(《重陽全真集》卷七〈卜算子‧歎世迷〉，頁
　　201，233)

△　人須猛省，人須猛悟。獨不省，獨不悟，巧機越做。
　　有日閻王知，差著箇特俏措。嶮巇底、趕我來去。行
　　到半路。淚珠無數。告鬼使，這裡且暫停住。小鬼喝
　　一聲，莫要埋冤苦。對判官、你儘分訴。(《重陽全真集》

卷十一〈惜黃花〉，頁 224，386）

也寫得十分生動具體。王重陽不但苦口婆心、諄諄教誨，甚至不惜描繪地獄慘狀來警示世人，其目的都是在示人地獄之苦，警人棄惡從善，欲人早日醒悟，免受三塗之苦，其用心之良苦，救人之熱切，從這些詞作可以深刻感受到。

九、詠物酬唱寄贈

王重陽的第九類詞，是詠物酬唱寄贈的作品。這類作品大多是日常生活中，睹物生情有所感發，或應人邀請酬唱贈答，或贈人以言有所寄意的作品。其中題為詠物或明顯詠某物的作品有二十七首，所詠之物包括：驢兒、紙鳶、銅鏡、風琴、牛子、牛、神龜、紙衣、棋、劉蔣庵、骷髏、葫蘆、鐵罐、雪、燒香、琴棋書畫、斧、鑊、紫燕、筆、瓦罐、圍棋等。從這些作品可略窺王重陽在乞化傳道的生活中，所接觸的事物。在這些作品中有三首是詠葫蘆的：其詞如下：

△　這一葫蘆兒有神靈。會會做惺惺。占得逍遙真自在，頭邊口裡，長是誦仙經。把善因緣，卻腹中盛。淨淨轉清清。玉杖挑將何處去，緊隨師父，雲水是前程。(《重陽全真集》卷五〈聖葫蘆〉，頁 189，153)

△　每向街頭來往走，誰人識此葫蘆。長盛美酒豈須沽。時時真暢飲，日日不曾無。自是一身唯了事，相隨肯暫離余。杖頭挑起趁江湖。一船風月好，千古水雲舒。(《重陽全真集》卷五〈臨江仙・大葫蘆，先生出，常背此以貯酒也。〉，頁 191，166)

△　一隻葫蘆真箇好，朝朝長是隨予。腹中明朗瑩中虛。貯瓊漿玉液，滋味勝醍醐。日日飲來依舊有，自然不用錢沽。杖頭挑起入雲衢。三清前面過，參從黍米珠。(《重陽全真集》卷十二〈臨江仙・詠葫蘆〉，頁 232，439)

王重陽雲遊乞化，葫蘆為他隨身攜帶之物，故三見於其詠物詞，從詞中可以明顯感受王重陽對葫蘆之深愛。「杖頭挑起趁江湖。一船風月好，千古水雲舒。」則是寫得十分高雅有致，不減宋人勝處。由此也

可看出王重陽塡詞功力的深厚，只是由於他塡詞目的多在傳道說教，感風吟月發抒情趣的文學藝術表現非其用心所在，故其詞多淺白直接，深富道味，而少文學氣息。以王重陽才思之敏捷，若在文學上用心，則有可能也是一位傑出的詞人。其詞作述及葫蘆的，另有《重陽全眞集》卷五〈月中仙・自詠〉一首，已見前第七類詞引，不再重覆。金源璹〈全眞教主碑〉曾記載王重陽於大定七年（1167）四月自焚其庵（劉蔣村）「凌晨，東邁過關，攜鐵罐一枚，隨路乞化而言曰：我東方有緣爾。」詠物詞中有詠鐵罐及劉蔣庵各一首：

　　△　住靈臺清淨觀。公四假須溫暖。日便教攜□觀。窯畔。和米麵瓊漿按。灶爲鑪頻鍊煆。燒鉛汞長煎燳。動飢腸白氣滿。中看。前一點眞堪翫。(《重陽全眞集》卷六〈漁家傲・詠鐵罐先生出外常攜之〉，頁196，201)

　　△　好池亭，華麗於中瑩。善修外景。裝成內景。這兩事、誰能省。謹按黃庭緝整。表裡通賢聖。水心炎炎，火焰猛勁。溉鍊出眞清淨。(《重陽全眞集》卷五〈掛金燈・劉蔣庵〉，頁186，137)

此可與《重陽全眞集》卷四、卷七「燒庵」二詞（見前第七類詞引）併爲考察此事件之資料。詠物詞中又有詠雪二首：

　　△　辛然間雲霧，密布長天，遍空呈瑞。玉屑飄飄，舞風前輕墜。土面凝酥，山頭鋪粉，又爽兼鮮媚。女妊嬰兒，相將攜手，同來遊戲。虛裡全眞，實中迎寶，滿插瓊花，草化榮貴。一脈和明，更三光分銳。兌地生輝，震方通耀，放爛銀霞起。已見師呼，仙童邀我，蓬萊一醉。(《重陽全眞集》卷六〈醉蓬萊・詠雪〉，頁198，212)

　　△　祥敷瑞布，瓊瑤妥、片片風刀裁下。密抛虛外，遍撒空中，頃刻粉鋪簷瓦。鎖綴園林，粧點往來樵迓，眞箇最宜圖畫。報豐登，珠寶應難比價。清雅。鮮潔盡成混瀁，更爽氣、愈增惺灑。萬壑都平，千山一色，遐邇不分原野。恰似予家，仙景澄徹，瑩瑩蓬萊亭榭。

現自然光耀，長明無夜。(《重陽全眞集》卷十一〈望遠行·
詠雪〉，頁216，350)

可作爲考察王重陽喜在雪地修煉內丹工夫的資料。詠物詞中有一首較
爲特殊的：

無事閑行郊野過。見棺函板破。裡頭白白一骷髏。獨瀟灑
愁愁。爲甚因緣當路臥。往來人誹謗，在生昧昧了眞修。
這迴卻休休。(《重陽全眞集》卷五〈祝英臺·詠骷髏〉，頁186，
139)

以骷髏爲吟詠對象，正反映出王重陽思想受佛教「不淨白骨觀」的影
響。這在蔣義斌〈全眞教祖王重陽思想初探〉已論及。其言曰：

王重陽的修持方法，除了受禪宗的影響外，亦受一般佛教
的影響，如佛教的「不淨白骨觀」等即是顯例。在大乘佛
教中，往往偏重於義理的辯難，而疏忽了實踐方法的敘述，
因此不淨觀、白骨觀等修持實踐方法，往往因不被在義理
論辯中提到，而漸爲人遺忘。其實大乘佛教亦重觀法，而
不淨觀、白骨觀自來便是佛教中的重要觀法，王重陽不但
自己作白骨觀，如其〈歎骷髏〉詩謂：「此是這王喆，前生
心性劣，脫了你骷髏，現出中秋月。」(《重陽全眞集》卷十)
並畫骷髏教示弟子，如其〈畫骷髏警馬鈺〉詩中謂：「爲人
須悟塵勞汨，清淨眞心眞寶物。奪得驪龍口內珠，便教走
入崑崙窟。」(《重陽全眞集》卷十) 其〈贈郝昇化餘打破罐〉
詩謂：「欲要心不亂，般般都打斷，子午卯酉時，須作骷髏
觀。」(《重陽全眞集》卷十)

《重陽全眞集》卷十三有〈蘇幕遮〉一首，詞云：

問眞修，聽我斷。莫著凡軀，物物頻思算。打破般般常內
看。坐臥行住，須作骷髏觀。漸令成，常謹按。八畝瓊田、
別有新條段。性上分明堪正覷。量得無差，便到清涼岸。(《全
金元詞》頁243，516)

也是教人要常作骷髏觀。王重陽詞作中，述及骷髏的，還有另外三首：

△　歎骷髏、臥斯荒野。伶仃白骨瀟灑。不知何處遊蕩子，

　　　難辨女男眞假。拋棄也。是前世無修，只放猿兒傻。
　　　今生墮下。被風吹雨湢日曬，更遭無緒牧童打。余終
　　　待搜問因由，還有悲傷，那得談話。口銜泥土沙滿眼，
　　　堪向此中凋謝。長曉夜。籌論秋冬年代，春和夏。四
　　　時孤寡。人家小大早悟，便休誇俏騁風雅。(《全眞集》
　　　卷三〈摸魚兒〉，頁 167，026)

△　　縱步閑閑，遊翫出郊西。見骷髏，臥臥臥沙堤。問你
　　　因緣由恁，似爲戀、兒孫女與妻。致得如今受苦恓。
　　　眼內生莎，口裡更填泥。氣氣應難吐，吐吐虹蜺。雨
　　　灑風吹渾可可，大抵孩童任蹈躋。悔不生前善事稽。
　　　(《全眞集》卷十一〈七騎子〉，頁 227，404) 〔註31〕

△　　偶暇追遊，無凝礙。獨望錦波青岱。回頭處、忽見荒
　　　林外，一堆兒、骷髏臥，綠莎內。孤慘誰爲主，與排
　　　賽。空銜雙眸閘，土塵塞。雨灑風吹日曬。星光對轉
　　　業增添，重重載。異鄉殊域，甚方客，何年代。牧童
　　　來，頻頻打，欲零碎。前世貪財色，從戀愛。遭遇迷
　　　神引，怎生奈。(《全眞集》卷十二〈迷神引〉，頁 228，414)

內容都是在描寫骷髏的慘狀，推究其暴屍荒野的原因，欲人從骷髏的
慘狀獲得警惕，早日眞悟眞修。

　　蔣義斌云：「王重陽之主張出家專修、作骷髏觀等，雖受佛教之
影響，但仍是立基於道教性命體系中，蓋出家，作骷髏觀，可生出離
凡世心，令人『心不亂』，進而得『眞清淨心眞寶物』、『奪得驪龍口
內珠』、『現出中秋月』。」是正確而有見地的說法。其餘詠物之作，
逐錄如下：

〔註31〕《全金元詞》據《重陽全眞集》卷四作：「縱步閑閑，遊翫出郊西。
　　　見骷髏，臥臥臥沙堤。問你因緣由恁，似爲戀、兒孫女與妻。致得
　　　如今受苦恓。眼內生莎，口裡更填泥。氣氣應難吐，吐吐虹蜺。雨
　　　灑風吹渾可可，大抵孩童任蹈躋。悔不生前善事稽。」按：〈七騎子〉
　　　實〈七寶玲瓏〉之異名，上片衍「臥臥」二字，下片衍「氣」、「吐
　　　吐」三字，《全金元詞》未察衍文，以爲另調，標點不依〈七寶玲瓏〉，
　　　致多處致誤，今據周玉魁〈略談《全金元詞》的校訂問題〉改。

△ 驢驢模樣，醜惡形容最。長耳觜偏大，更四隻、腳兒
　輕快。肌膚龐僂，佗處不能留，挨車買，更馱騎，拽
　遍家家磑。任鞭任打，肉爛皮毛壞。問你爲何因，緣
　箇甚、於斯受罪。忽然垂淚，下語向余言，爲前□，
　忒蹺蹊，欠負欺瞞債。(《重陽全真集》卷三〈驀山溪・歎驢
　兒〉，頁164，009)

△ 好紙造成鳶。占得風來便有緣。放出空中雲外路，無
　邊。休戀椿兒用線牽。端正莫教偏。仰面人人指點
　賢。從此逍遙真自在，如然。斷卻絲麻出世纏。(《重
　陽全真集》卷三〈南鄉子〉，頁169，032)

△ 百鍊青銅圓又小。平平正吐靈耀。向人前、相對相覷，
　別辨容顏分曉。好醜嬈妍并老少。塵凡一齊勘校。彼
　此假中來，怎生通內貌。別有輝輝親密要。煥心鏡、
　主玄妙。偏能會、顯古騰今，又能鑑、從前虛矯。艷
　艷光輝宜自效。把當初、性珠返照。裡面得全真，永
　明明了了。(《重陽全真集》卷三〈晝夜樂・鍾公云：鏡能照
　他人，不能照自〉，頁170，040)

△ 妙手喜新成。十六條絃別有名。掛在宮中雲外路，風
　迎。便許能招自己聲。不入俗人聆。占得仙音講道經。
　唯我傍邊全善聽，叮嚀。攜爾蓬萊在玉庭。(《重陽全真
　集》卷四〈南鄉子・風琴〉，頁174，060)

△ 堪歎犢兒不喚牛。性如湍水急，碧波流。只知甘乳做
　膏油。長隨母，擺尾□搖頭。漸漸騁無休。奔馳山谷
　路，入溪溝。未從羈絆恣因由。貪香草，怎曉虎狼憂。
　(《重陽全真集》卷四〈小重山・喻牛子〉，頁174，061)

△ 堪歎寰中這隻牛。龍門角子穩，騁風流。身如澄墨潤
　如油。貪鬥壯，牽拽不迴頭。苦苦幾時休。力筋都使
　盡，臥犁溝。被人嫌惡沒來由。閑水草，難免一刀憂。
　(《重陽全真集》卷四〈小重山〉，頁174，062)

△ 此神龜，深謝放。厚德深恩，杳杳冥冥廣。毛寶當時
　還岸賞。答報於公，別有明明相。戲金蓮，通揖讓。

千載遐齡，就壽增嘉況。返顧精神添瑩朗。一氣煩公，送到雲霞上。(《重陽全真集》卷四〈蘇幕遮・滕奇放龜〉，頁177，079)

△ 蔡倫助造阮郎歸，於身顯紙衣。新鮮潔淨世間稀。隔塵勞是非。瓊表瑩，玉光輝。霜風力轉微。寒威戰退達天機。白雲自在飛。(《重陽全真集》卷五〈阮郎歸・詠紙衣〉，頁183，116)

△ 兩人鬥勝俱誇會，路路相違。子細挨依。劫盡方知解了圍。愚迷不曉雙關意，各自藏機。孰是孰非。卻被傍觀冷笑微。(《重陽全真集》卷七〈采桑子・詠棋〉，頁203，249)

△ 身是香爐，心同香子。香煙一性分明是。依時焚爇透崑崙，緣空香裊呈祥瑞。上徹雲霄，高分真異。成雯作蓋包玄旨。金花院裡得逍遙，玉皇几畔常參侍。(《重陽全真集》卷七〈踏莎行・詠燒香〉，頁206，274)

△ 堪歎琴棋書畫，虛中悅目怡情。內將靈物愈相輕。怎了從來性命。獨我搖頭不管，有緣淘出無名。長生路上證圓成。空外靈光隱映。(《重陽全真集》卷八〈西江月・四物〉，頁209，297)

△ 版斧如求，那由選揀。良工欲造無錢換。今朝專禮我莘宗，慈悲為首諸公辦。若得堅鋼，劈開道眼。靈臺熠耀持金簡。腰間柯爛決忘歸，白雲路上成家產。(《重陽全真集》卷十二〈踏莎行・干友打斧〉，頁237，471)

△ 鐵鑵神靈，我心有則。隨身應手開端的。種成大藥稱伊功，載生善果憑君力。銶倒恩山，打摧愛獄。是非煩惱頻頻斲。銳然敲碎碔砆頑，便令發出崑崙玉。(《重陽全真集》卷十二〈踏莎行・詠鑵〉，頁237，472)

△ 斧鑵堪擎，隨緣斫斲。鋼全生就令分局。一司管刮水中金，一司管伐山頭玉。竅子方長，攣兒圓促。頭頭柄柄常相逐。劈開金母紫芒攢，判通玉祖紅光簇。(《重陽全真集》卷十二〈踏莎行・總詠〉，頁237，473)

△ 我觀紫燕泥巢壘。便下卵、朝朝抱子。雛兒喂大辭窠
起。背父母、分飛去離。爲人養小還如爾。明知得、
攀緣越熾。爭如修取長生理。樂清閑、好遊雲水。(《重
陽全眞集》卷十二〈惜芳時‧詠紫燕〉，頁 239，485)

△ 食店好，餺飥最奇瑰。玉屑無窮搏作塊，瓊瑤一片細
勻開。須使寶刀裁。呈妙手，用意穩安排。椀內梨花
新貼樣，筯頭銀線穩挑來。餐了趁蓬萊。(《重陽全眞集》
卷十三〈望蓬萊‧詠餺飥〉，頁 240，493)

△ 毛穎從來意最深。江淹夢裡莫生心。班超投處好追尋。
放逸眞閑攄雅致，詩詞不寫自高吟，這迴撈出水中金。
(《重陽全眞集》卷十三〈浣溪沙‧詠筆〉，頁 244，524)

△ 瓦罐泥中寶。巧匠功成造。修鍊之時向鑪中，內有金
光照。有耳何曾曉。有口何曾道。攜向街前叫一聲，
莫教抛撇了。(《教化集》卷一〈黃鶴洞中仙‧詠瓦罐〉，頁
255，599)

△ 下圍棋取樂。閒白鳥交錯。者好關機，度輸贏憂譴。
作。言作。看這番一著。(《重陽教化集》卷一〈無夢令‧
詠圍棋，藏頭拆起目字〉，頁 256，604)

詞中不論是詠何物，全都是借題爲喻，分毫不離修道證眞的主旨，眞
不愧是一位堅心向道、熱情洋溢的修道傳教者。

王重陽是一位優秀傑出的宗教家，悟道後即大施方便，隨機點
化眾生，生平又喜作詩填詞，故其作品中，屬酬唱贈答的作品也非
常多，而其內容主旨亦皆不離傳教說道。現僅錄其有詞題或小序的
作品如下（爲省篇幅，只錄調名及詞題或小序），以窺一斑：《重陽
全眞集》卷三：〈驀山溪‧贈文登縣駱守清〉、〈驀山溪‧於公索神龜
詞〉、〈換骨骸‧贈道友王十四郎〉、〈水雲遊‧韓公索嘆世〉、〈滿庭
芳‧劉公問貴賤〉、〈滿庭芳‧劉公索賢〉、〈滿庭芳‧文登張公邵公
要起玉花社〉、〈金雞叫‧警劉公〉（占得虛空），卷四：〈南鄉子‧誠
人禮拜〉、〈南鄉子‧於公索幻化〉、〈南鄉子‧邵公索要下手修行〉、
〈迎仙客‧或曰：既是修行，因何齒落髮白。答云：我今年五旬五，

尚辛苦爲收穫耳〉、〈點絳唇〉（十化分梨）〔註32〕、〈俊蛾兒·勸吏人〉、〈長思仙·鄒公問識心見性〉、〈蘇幕遮·秦渡墳院主僧覓〉、〈蘇幕遮·寄與譚哥唐哥〉、〈蘇幕遮·贈京兆藥市街趙公〉、〈蘇幕遮·勸化醴泉人〉、〈蘇幕遮·勸化諸弟子〉、〈蘇幕遮·贈京兆府王小六郎〉、〈蘇幕遮·勸同流〉、〈蘇幕遮·贈打車〉，卷五：〈喜遷鶯·贈道友〉、〈減字木蘭花·贈王家飲店〉、〈浪淘沙·唐秀才索春寒秋熱詞〉、〈蟇山溪·贈劉哥會剃頭面〉、〈定風波·贈馬鈺〉、〈江梅引·寧海范明叔邀飯，覽月桂花〉、〈金雞叫·寧海軍結金蓮社〉、〈金雞叫·警劉公〉（識得希夷）、〈憨郭郎·或問難免憎愛心〉、〈河傳令·知縣董德夫小〉、〈虞美人·戰公索修行〉，卷六：〈滿庭芳·與戰公望字復拆王字〉、〈滿庭芳·邵公楊公爲家緣拘繫告詞〉、〈滿庭芳·贈毋希揚〉、〈滿庭芳·黃邑于公乞修行〉、〈如夢令·贈僧子哲〉、〈永遇樂·與登州安閑散人二首〉、〈永遇樂·鄒公索〉、〈永遇樂·郭法師求〉、〈蘇幕遮·焦姑求〉、〈蘇幕遮·二首李法師求〉、〈武陵春·京兆趙公勸酒不飲〉、〈恣逍遙·承杜先生傳語〉、〈漁家傲·付京兆杜先生〉、〈漁家傲·二首李公求〉、〈河傳令·贈京兆趙公〉、〈河傳令·贈京兆席句押〉，卷七：〈解佩令·贈馬鈺〉、〈卜算子·妙覺寺僧索〉、〈卜算子·開門了化出馬鈺〉、〈漁家傲·兄去後贈姪元弼元佐〉、〈漁家傲·贈道友〉、〈漁家傲·贈寧生〉、〈漁家傲·京兆道友〉、〈如夢令·贈縣令〉、〈如夢令·蒙友惠詞〉、〈踏莎行·奉酬人惠〉、〈踏莎行·贈友生〉、〈踏莎行·贈友人〉，卷八：〈西江月·贈友修鍊六首〉、〈行香子·贈弟子〉，卷十一：〈滿庭芳·戰公求問〉、〈滿庭芳·贈友人問題〉、〈滿庭芳·贈姪〉，卷十二：〈小重山·道友求問〉、〈臨江仙·道友問修行〉、〈無調名·題贈道友〉三首、〈青玉案·

〔註32〕此首複見於《重陽全真集》卷四及《重陽教化集》卷三。收錄於《全真集》卷四者，題下有註文曰：「先生鎖門及十旬，將啓戶，又以梨一枚，割做十分，與馬鈺夫婦二人食之。既啓戶了，唯鈺捨家緣做弟子，至此耳，又以詞贈之。」但較收錄於《教化集》卷三者（無註文）少上片第三句「傳神秀」三字，依律當補。

緣化子弟〉、〈漁父詠・贈友人〉、〈惜芳時・友索說陰陽〉，卷十三：
〈望蓬萊・詠勸道友〉、〈蘇幕遮・點化道友〉、〈蘇幕遮・贈同友〉、
〈蘇幕遮・白告友人〉、〈蘇幕遮・贈于道友〉、〈蘇幕遮・詠贈道友〉、
〈蘇幕遮・訓徒眾〉、〈點絳唇・贈友人〉、〈采桑子・道友問變化〉，
《金蓮正宗記》〈驀山溪・贈蕭眞人〉，《鳴鶴餘音》卷四〈宣靖三臺・
化丹陽〉。

　　從這些作品，可以得知王重陽平日交往、傳道的對象非常廣泛，
舉凡縣令、吏人、衙役、僧人、道士、法師、儒生、秀才、鄰人、親
姪、弟子、信眾、商家、小二、車夫及一般民眾等等，都在度化之列。
潘廷川〈重陽祖師及七眞事略〉說：「重陽祖師傳教度人，不分官庶
貴賤。每以詩詞章曲，疏頌雜文等，自然應酬。其著述大多是闡發天
地生成之玄機，通過人體而驗證以悟天道，除情除欲，知其天性，廣
修德業，內煉金丹。」〔註33〕黃兆漢先生〈全眞教主王重陽的詞〉說：
「王重陽創立全眞教，目的在乎勸道救世，它的一切活動都以此爲目
標，它的文章也自然不會例外，所以它的詞無不充滿宗教色彩。茲舉
例如下（略），這些詞都不外勸世修道，不離宗教家的救世熱誠，重
陽從不放過講道說教的機會，無論詠懷、詠物、酬贈、歎世、即興都
是如此。」〔註34〕確實說得一點都不錯。

　　王重陽詞的內容，可以一言以蔽之，曰：「無非修道傳教之語」。

第三節　王重陽詞形式分析

　　王重陽的詞作，用調多，有創新詞調爲《御製詞譜》、萬樹《詞
律》所未收者，有詞曲調名混用者；又喜以道家語改易調名，造語淺
白俚俗，喜作藏頭體，特別強調詞之音樂性等，是王重陽詞在形式方
面的主要特色。本章將從：詞調、造語、體式、音樂性、表現技巧等

〔註33〕該文刊於《中國道教》1988 第三期，頁 47～50。
〔註34〕參註 10。

五方面，加以分析。

一、詞調方面

　　王重陽今傳詞作，凡六百三十三首，共用一百四十八調（無調名者不計）。今依唐圭璋《全金元詞》之編次，表列調名及闋數如下：

表一：重陽詞所用詞調一覽表

編號	詞　調　名	數　量	編號	詞　調　名	數　量
1	黃鶯兒	二首	2	花心動	二首
3	玉堂春	三首	4	心月照雲溪（驀山溪）	二〇首
5	換骨骸	四首	6	水雲遊（黃鶯兒令）	五首
7	玉女搖仙佩	一首	8	御街行	一首
9	燭影搖紅	一首	10	八聲甘州	一首
11	紅芍藥	二首	12	留客住	一首
13	酹江月	三首	14	摸魚兒	一首
15	戚氏	一首	16	拋毬樂	二首
17	沁園春	二首	18	玉蝴蝶	一首
19	莫思鄉（南鄉子）	一二首	20	永遇樂	六首
21	水龍吟	一首	22	川撥棹	九首
23	調笑令	二首	24	眞歡樂（晝夜樂）	三首
25	瑤臺月	三首	26	滿庭芳	二一首
27	玉鑪三澗雪（西江月）	三一首	28	憶王孫	四首
29	蘇幕遮	三三首	30	金雞叫	三首
31	桃園憶故人	一首	32	玉京山（小重山）	八首
33	刮鼓社	三首	34	恨歡遲	一首
35	遇仙亭（山亭柳）	四首	36	武陵春	五首
37	甘草子	一首	38	迎仙客	四首
39	惜芳時	六首	40	萬年春（點絳脣）	三首
41	俊蛾兒	一首	42	悟南柯（南柯子）	三首

43	蕊珠宮（夜遊宮）	二首	44	江神子（江城子）	一首
45	賀聖朝	二首	46	長思仙（長相思）	一首
47	望蓬萊（憶江南）	二三首	48	鶯啼序	一首
59	啄木兒	六首	50	玉花洞（探春令）	三首
51	月中仙（月中桂）	二首	52	阮郎歸	二首
53	喜遷鶯	二首	54	歸朝歡	一首
55	減字木蘭花	九首	56	浪淘沙	七首
57	燕歸梁	一首	58	掛金燈	一首
59	金蕉葉	一首	60	祝英臺	一首
61	定風波	四首	62	浣溪沙	九首
63	江梅引（江城梅花引）	一首	64	感皇恩	一首
65	報師恩、得道陽（瑞鷓鴣）	三五首	66	金蓮堂（惜黃花）	七首
67	豆葉黃	一首	68	聖葫蘆	一首
69	憨郭郎	三首	70	郭郎兒慢	二首
71	受恩深	一首	72	折丹桂	三首
73	木蘭花慢	一首	74	超彼岸（河傳令）	七首
75	虞美人	四首	76	恣逍遙（媂人嬌）	五首
77	臨江仙	一七首	78	繫雲腰（繫裙腰）	一首
79	無夢令（如夢令）	二三首	80	黃鶴洞中仙（卜算子）	二二首
81	漁家傲（漁父詠）	一五首	82	踏雲行（踏莎行）	二三首
83	醉蓬萊	三首	84	解冤結（解佩令）	八首
85	轉調醜奴兒（攤破南鄉子）	一首	86	菊花天	八首
87	五更出舍郎	七首	88	采桑子	七首
89	楊柳枝	四首	90	搗練子	一七首
91	爇心香（行香子）	一二首	92	紅窗迥	一〇首
93	五更令	五首	94	雨霖鈴	一首
95	酴醿香	一首	96	鶴衝天	一首
97	望遠行	二首	98	黃河清	二首

99	漢宮春	一首	100	夏雲峰	二首
101	神光燦（聲聲慢）	一首	102	絳都春	一首
103	二郎神	一首	104	上丹霄（上平西）	一首
105	齊天樂	一首	106	登仙門	一首
107	雨中花（慢）	一首	108	轉調鬥鵪鶉	一首
109	滿路花	一首	110	解紅（慢）	二首
111	尾犯	一首	112	解愁	一首
113	綠頭鴨（多麗）	一首	114	迎春樂	一首
115	雪梅春（雪梅香）	一首	116	鳳棲梧（蝶戀花）	一首
117	茶瓶兒	一首	118	柳梢青	一首
119	耍蛾兒	二首	120	香山會	一首
121	塞孤	一首	122	雙鴈兒	二首
123	迷神引	一首	124	夜行船	一首
125	剔銀燈	一首	126	風馬兒（風馬令）	一首
127	特地新	二首	128	畫堂春	一首
129	青蓮池上客（青玉案）	五首	130	離別難	一首
131	昭君怨	一首	132	千秋歲	一首
133	金鼎一溪雲（巫山一段雲）	一首	134	侍香金童	一首
135	菊花新	一首	136	木蘭花令	一首
137	金花葉	一首	138	梅花引	三首
139	銀堂春	一首	140	瓦盆歌	一首
141	三光會合（韻令）	一首	142	七寶玲瓏（七騎子）	三首
143	遇仙槎（生查子）	一首	144	蓬萊閣（憶秦娥·秦樓月）	一首
145	集賢賓	一首	146	六么令	一首
147	宣靖三臺	一首	148	蜀葵花	一首
149	無調名	八首			

附註：

1. 以上共計六百三十三首詞，除八首無調名外，共計一百四十八種詞牌。

2. 《重陽全真集》卷五〈祝英臺〉一調與〈祝英臺近〉別名爲〈祝英臺〉
   者迥異，但與〈阮郎歸〉之四十八字體吳子孝詞字句相同，惟王詞用
   同部三聲叶韻。此詞究爲何調，難以斷定。（潘慎《詞律辭典》）
3. 《重陽全真集》卷十二〈漁父詠〉四首，按律即〈漁家傲〉，暫以〈漁
   父詠〉爲〈漁家傲〉之別名。
4. 〈雨中花〉一調，按律當爲〈雨中花慢〉。
5. 〈解紅〉一調，按律當爲〈解紅慢〉。

　　從上表可知：王重陽所用詞牌多達一百四十八調（八首無調名者
未計入），較北宋諸大家如：柳永一百三十五調（二百一十二首）、蘇
軾七十六調（三百五十一首）、秦觀四十六調（八十七首）、周邦彥一
百十二調（一百八十五首）都來得多〔註35〕，顯示出王重陽即使不是
精通音律擅於創曲的音樂家，至少也是喜愛唱曲的能歌者。從各調的
作品數量來看，以〈瑞鷓鴣〉三十五首爲最多，其次爲〈蘇幕遮〉三
十三首、〈西江月〉三十一首、〈望蓬萊〉、〈如夢令〉、〈踏莎行〉各二
十三首、〈卜算子〉二十二首、〈滿庭芳〉二十一首、〈驀山溪〉二十
首、〈臨江仙〉、〈搗練子〉各十七首，這十一調共二百六十五首詞，
超過王重陽全部詞作的百分之四十，可以說是他最喜愛的詞牌。這些
詞牌多屬宜於表現婉約風格的詞調，也都是當時普遍流行的詞牌。這
可能是因爲王重陽填詞的目的多在向人宣揚教義勸人修行，故採用時
下流行的曲子，較易爲人接受；而且婉約風格的詞牌，句度勻整，平
仄和諧，容易使人在心平氣和的氣氛下，接受其苦口婆心的勸說。
　　王重陽所用詞牌，有創新詞調爲萬樹《詞律》、御製《詞譜》所
未收者，如：〈換骨骸〉〔註36〕、〈川撥棹〉〔註37〕、〈金雞叫〉〔註38〕、

〔註35〕柳、蘇、秦、周之詞牌及數量據黃文吉《北宋十大詞家研究》頁184。
　　　　台北：文史哲出版社，民國85年3月出版。
〔註36〕〈換骨骸〉一調王重陽詞共四首，見於《重陽全真集》卷三，四首字
　　　　數皆不同，分別是：七十四字、七十五字、七十七字、七十九字。
　　　　潘慎《詞律辭典》云：當以七十四字爲正體。其說可從。此調宋人
　　　　無填作者，應是王重陽自度曲。
〔註37〕〈川撥棹〉一調王重陽詞共九首，《重陽全真集》卷三收二首均七十
　　　　字；卷十三收七首，六首六十字，一首六十一字。《詞律》、《詞譜》

〈刮鼓社〉〔註39〕、〈恨歡遲〉〔註40〕、〈迎仙客〉〔註41〕、〈俊蛾兒〉〔註42〕、〈啄木兒〉〔註43〕、〈掛金燈〉〔註44〕、〈祝英臺〉〔註45〕、〈郭

俱未收，《詞律》有〈撥棹子〉三體，《詞譜》同，兩調是否同源，待考。

〔註38〕〈金雞叫〉一調王重陽詞共三首，《重陽全眞集》卷三收一首六十二字；卷五收二首，一首五十八字、一首六十二字，五十八字格式同卷三所收，但明顯有脫漏；卷三與卷五所收兩首六十二字，句式略異。此調宋人無塡作者。

〔註39〕〈刮鼓社〉一調王重陽詞共三首，《重陽全眞集》卷四收一首一百字；卷十三收二首皆五十字。此詞宋人無塡作者，應是王重陽自度曲。潘愼《詞律辭典》僅收百字一體，當補五十字一體，且宜以五十字體爲正體。

〔註40〕〈恨歡遲〉一調王重陽詞僅一首，見於《重陽全眞集》卷四。雙調五十四字，上、下片各二十七字四句三平韻。此調宋人無塡作者，與《詞律》、《詞譜》所收〈恨來遲〉之別名〈恨歡遲〉者無涉。潘愼《詞律辭典》以《下手遲》立調，採丘處機詞爲正體（丘乃王重陽之弟子），似待商榷。

〔註41〕〈迎仙客〉一調王重陽詞共四首，《重陽全眞集》卷四收一首，卷五收三首。四首句式全同，僅押韻略異。卷五所收三首複見於卷十二。《詞律》、《詞譜》皆未收此調。潘愼《詞律辭典》於「這害風」一首說明云：「此調與〈擷芳詞〉無名氏『風搖動』一首之字句相似，僅兩結句各添一字，作五字句異。但不換韻，平仄亦有異，故不能貿然以辭屬調而作〈擷芳詞〉之別體。」所言不誤。按：王詞與鄭騫《北曲新譜》卷五所收張可久〈迎仙客〉（釣錦鱗，棹紅雲）格律全同，北曲〈迎仙客〉曲牌格式或許即是源於王詞。

〔註42〕〈俊蛾兒〉一調王重陽詞僅一首，見於《重陽全眞集》卷四。雙調四十九字，上片二十四字，下片二十五字，各四句三平韻。此調與趙長卿〈畫堂春〉四十九字體頗爲相似，惟平仄有異；與〈耍蛾兒〉不同。又：此詞以一字爲韻到底，詞中稱「福唐獨木橋體」，如黃庭堅〈瑞鶴仙〉一首（見《草堂詩餘》卷四）通首以「也」字爲韻；辛棄疾〈柳梢青〉全首皆用「難」字爲韻，王重陽此詞全首用「兒」字押韻。

〔註43〕〈啄木兒〉一調王重陽詞共六首，俱見於《重陽全眞集》卷四。潘愼《詞律辭典》云：「此調共六首，自第二首至第五首，字句相同（皆雙調七十二字，上片三十八字十句八仄韻二疊韻，下片三十四字五句五仄韻）當爲此體之基準。其第一首起處增加六句二十四字，似爲總序；其第六首於下結後增添七句三十二字，似爲總結，甚見章法，故列爲大曲。」潘說可從。此調《詞律》、《詞譜》未收錄，其調名與北曲〈啄木兒〉相同，但格律迥異。

郎兒慢〉〔註 46〕、〈河傳令〉〔註 47〕、〈菊花天〉〔註 48〕、〈五更出舍郎〉〔註 49〕、〈五更令〉〔註 50〕、〈酴醾香〉〔註 51〕、〈登仙門〉〔註 52〕、

〔註44〕〈掛金燈〉一調王重陽詞僅一首，見於《重陽全眞集》卷五。雙調四十七字，上片二十二字五句三仄韻，下片二十五字五句四仄韻。此調宋人無塡作者。

〔註45〕〈祝英臺〉一調王重陽詞僅一首，見於《重陽全眞集》卷五。雙調四十八字，上片二十四字四句二仄韻二平韻。此調與〈祝英臺近〉又名〈祝英臺〉者迥異，宋人無塡作者。

〔註46〕〈郭郎兒慢〉一調王重陽詞共二首，俱見於《重陽全眞集》卷五。二首皆雙調六十九字，上片三十五字六句三仄韻，下片三十四字六句三仄韻。此調宋人無塡作者。

〔註47〕〈河傳令〉一調王重陽詞共七首，《重陽全眞集》卷五收六十七字一首；卷六收二首，皆爲五十八字藏頭體，還原後爲六十九字；卷十二收四首，均爲六十九字。《詞譜》、《詞律》未收〈河傳令〉，潘愼《詞律辭典》於〈河傳〉後立〈河傳令〉六十七字一體，云：「此調雖名〈河傳令〉，但詞之句式、聲律俱與〈河傳〉迥異，故另列。」又：潘氏辭典立〈超彼岸〉一調，六十九字一體，以王重陽詞（凡軀莫藉）爲範例，並云：「此調似非正名，校核宋金元各調各體，無一近似者，或爲王喆等道士之自度曲。」銘按：此範詞收於《重陽教化集》卷三，調名爲〈超彼岸〉，又複見於《重陽全眞集》卷十二，調名正爲〈河傳令〉，其格式亦與其餘三首〈河傳令〉相同，由此可知〈超彼岸〉當爲〈河傳令〉之別名，潘氏顯然失考。潘氏云「超彼岸」非正名，或爲王喆之自度曲，無誤，然應歸屬於〈河傳令〉六十九字體，不必另列一調，且〈河傳令〉宜以六十九字爲正體，六十七字爲又體（僅上片第三句少二字，其餘全同）。此調宋人無塡作者。

〔註48〕〈菊花天〉一調王重陽詞共八首，《重陽全眞集》卷七收五首皆五十三字；卷十二收三首，二首五十三字、一首五十四字。此調宋人無塡作者。

〔註49〕〈五更出舍郎〉一調王重陽詞共七首，俱見於《重陽全眞集》卷七。潘愼《詞律辭典》云：「詞中有『某（一至五）更哩囉出舍郎』句，調名當取此。此曲亦〈五更轉〉一類。七首字句韻相同，『江陽』韻一韻到底。頗見整齊。」此調《詞律》、《詞譜》未收錄，七首皆單調三十二字八句五平韻。

〔註50〕〈五更令〉一調王重陽詞共五首，俱見於《重陽全眞集》卷八。潘愼《詞律辭典》云：「此亦爲〈五更轉〉一類。」此調《詞律》、《詞譜》未收錄，五首格式相同，皆雙調五十五字，上片二十七字六句三仄韻，下片二十八字五句三仄韻。

〔註51〕〈酴醾香〉一調王重陽詞僅一首，見於《重陽全眞集》卷十一。雙調

〈耍蛾兒〉〔註53〕、〈風馬令〉〔註54〕、〈特地新〉〔註55〕、〈金花葉〉
〔註56〕、〈瓦盆歌〉〔註57〕、〈七寶玲瓏〉〔註58〕、〈集賢賓〉〔註59〕、

　　　　九十六字，上、下片各四十八字十句五仄韻。此調宋人無塡作者。

〔註52〕〈登仙門〉一調王重陽詞僅一首，見於《重陽全眞集》卷十一。雙調
　　　　六十六字，上片三十二字七句六仄韻，下片三十四字六句四仄韻。
　　　　此詞爲福唐獨木橋體，全首用「也」字爲韻。此調宋人無塡作者。

〔註53〕〈耍蛾兒〉一調王重陽詞共二首，俱見於《重陽全眞集》卷十一。二
　　　　首皆雙調五十二字，上、下片各二十六字四句四仄韻。此調宋人無
　　　　塡作者。

〔註54〕〈風馬令〉一調王重陽詞僅一首，見於《重陽全眞集》卷十二；又複
　　　　見於《重陽教化集》卷三，調名〈風馬兒〉。雙調六十六字，上、下
　　　　片各三十三字五句二仄韻一平韻一疊平韻。此調宋人無塡作者。

〔註55〕〈特地新〉一調王重陽詞共二首，皆見於《重陽全眞集》卷十二。二
　　　　首皆七十六字，句式略異。此調宋人無塡作者。

〔註56〕〈金花葉〉一調王重陽詞僅一首，見於《重陽全眞集》卷十三。雙調
　　　　五十字，上、下片各二十五字四句四仄韻。此調宋人無塡作者。

〔註57〕〈瓦盆歌〉一調王重陽詞僅一首，見於《重陽全眞集》卷十三。雙調
　　　　九十二字，上片四十五字八句六仄韻，下片四十七字八句六仄韻。
　　　　此調宋人無塡作者。

〔註58〕〈七寶玲瓏〉一調王重陽詞僅一首，見於《重陽教化集》卷二。雙調
　　　　七十二字，上、下片各三十七字七句四平韻。此調宋人無塡作者，
　　　　當爲王重陽自度曲。又：《重陽全眞集》卷十一有〈七騎子〉二首，
　　　　據周玉魁〈略談《全金元詞》的校訂問題〉云：〈七騎子〉實爲〈七
　　　　寶玲瓏〉之異名，二首因有衍文，《全金元詞》未察，標點不依〈七
　　　　寶玲瓏〉，致多處失誤。其說可從。潘愼《詞律辭典》另立〈七騎子〉
　　　　一調，似無必要。原詞刪去衍文後，依〈七寶玲瓏〉標點如下：

　　△　眞箇重陽子，得箇好因緣。因緣待、做神仙。神仙惺惺誠了了，
　　　　了了金丹一粒圓。圓圓祥雲送上天。上天明師，更與白花蓮。
　　　　花蓮瑩、最新鮮。新鮮輝輝清洒洒，清香馥郁妙玄玄。玄上長
　　　　生玉帝前。

　　△　縱步閑閑，遊翫出郊西。見骷髏、臥沙堤。問你因緣由恁似，
　　　　爲戀兒孫女與妻。致得如今受苦悽。眼内生莎，口裡更塡泥。
　　　　氣應難、吐虹蜺。雨灑風吹渾可可，大抵孩童任蹈躋。悔不生
　　　　前善事稽。

〔註59〕〈集賢賓〉一調王重陽詞僅一首，見於《鳴鶴餘音》卷一。雙調二百
　　　　五字，上片一百二字十九句九平韻二錯叶仄韻，下片一百三字十九句
　　　　九平韻二錯叶仄韻。《詞律》收柳永〈集賢賓〉一調一百十六字，係
　　　　由〈接賢賓〉重疊而成，與王詞迥異。

〈蜀葵花〉﹝註60﹞等二十五調，都是《詞律》、《詞譜》未收者，可據以補調。

有些詞牌，《詞律》、《詞譜》雖已收，但王重陽所作與諸體皆不同，可採以備一體。一調多體的現象，是因詞本是歌詞（文字）和音樂的結合體，歌詞必須配合樂曲曲度，歌詞體制大小、句式長短，都是由樂曲的均拍和樂曲的樂音結構所規定；詞中變化多端的句式和押韻情形，必須與樂曲節奏和旋律的變化緊密結合，且歌詞必須以音樂為主導。換一角度說，只要在音樂節拍容許的範圍內，詞的字數是可以有所增減的，只要美聽，押韻亦容許稍有變化，因此才造成同一詞牌，歌詞格律卻常有出入的現象。編製詞譜，羅列同調多體，在詞的音樂還存在時，是毫無意義，也沒有必要的事。但在詞的音樂已亡佚，詞獨立成為一種純文學體裁（以文字為媒介）的今天，卻顯得重要而有意義。因為樂曲既亡佚後，已無從掌握音樂旋律的變化，只能大量歸納前人作品，從同一詞調的不同作品中，去尋繹推敲原調格式的變化，藉以摸索其音樂的旋律，並提供作為學者仿作的參考。就此而論，《御製詞譜》之割裂體製，隨存在的作品而分體，雖遭非議，筆者個人卻認為有其價值和意義。今亦仿其例，廣列王重陽詞作中，《詞律》、《詞譜》未收或與諸體不同，可採以備體者如下：〈玉堂春〉可補六十六字一體﹝註61﹞，〈玉女搖仙佩〉可補一百三十八字一體﹝註62﹞，〈紅芍藥〉可補一○八字、一○九字

﹝註60﹞〈蜀葵花〉一調王重陽詞僅一首，見於《鳴鶴餘音》卷五。雙調七十九字，上片四十字八句五仄韻，下片三十九字七句五仄韻。此調宋人無填作者。

﹝註61﹞〈玉堂春〉一調王重陽詞共三首，皆見於《重陽全真集》卷三，三首格式全同。雙調六十六字，上、下片各三十三字七句三仄韻一平韻。卷三「玉性金真」一首複見於《分梨十化集》卷下。《詞律》、《詞譜》均僅收晏殊一調，雙調六十一字。

﹝註62﹞〈玉女搖仙佩〉一調王重陽詞僅一首，見於《重陽全真集》卷三；複見於《重陽教化集》卷二，調名〈玉女搖仙羍〉，「羍」字當為音近而誤。雙調一百三十八字，上片七十字十四句七仄韻，下片六十八

各一體〔註63〕，〈摸魚兒〉可補一百十四字一體〔註64〕，〈拋毬樂〉可補五十二字、一百八十三字各一體〔註65〕，〈調笑令〉可補三十五字一體〔註66〕，〈晝夜樂〉可補一百字、一百二字各一體〔註67〕，〈瑤臺月〉可補一百十六字一體〔註68〕，〈山亭柳〉可補八十一字一體〔註

字十三句八仄韻。《詞律》、《詞譜》所收皆一百三十九體。《全金元詞》所收王詞，句讀謬誤至甚。可參潘慎《詞律辭典》校改。

〔註63〕〈紅芍藥〉一調王重陽詞共二首，《重陽全眞集》卷三收一首一百八字；卷十二收一首一百九字。《詞譜》、《詞律補遺》均僅收王觀一調，雙調九十一字。《詞譜》云：「此詞無他首可校。」

〔註64〕〈摸魚兒〉一調王重陽詞僅一首，見於《重陽全眞集》卷三。雙調一百十四字，上片五十七字十句七仄韻，下片五十七字十句六仄韻，《詞律》、《詞譜》所收皆異於王詞。

〔註65〕〈拋毬樂〉一調王重陽詞共二首，《重陽全眞集》卷三收一首五十二字；卷十二收一首一百八十三字。卷三所收五十二字「扶桑祥瑞」一首，周玉魁〈略談《全金元詞》的校訂問題〉云：「與律調大異，疑亦屬調名失誤。」銘按：此詞與〈望江東〉句式押韻全同，惟平仄略異，疑爲〈望江東〉；潘慎《詞律辭典》將此詞歸屬〈拋毬樂〉之另體，暫依之。

〔註66〕《重陽全眞集》卷三收〈調笑令〉一首七十三字。周玉魁〈略談《全金元詞》的校訂問題〉云：「上下片應分爲二首。」其說正確可從。原詞上片三十五字，可補《詞律》、《詞譜》之缺；下片三十八字與《詞律》、《詞譜》所收三十八字體〈調笑令〉格式全同。

〔註67〕〈晝夜樂〉一調王重陽詞共三首，《重陽全眞集》卷三收一百二字、一百字各一首；卷十三收一首爲藏頭體。此調《詞律》僅柳永一體，雙調九十八字，《詞譜》加收無名氏一體，亦雙調九十八字。王詞《重陽全眞集》卷三「便把戶門安鎖鑰」一首，複見於《分梨十化集》卷上，調名爲〈眞歡樂〉。

〔註68〕〈瑤臺月〉一調王重陽詞共三首，《重陽全眞集》卷三收二首，《全金元詞》云其中恐有脫誤，暫且存疑不論；卷十一收一首，雙調一百十六字，上片五十八字十四句七仄韻，下片五十八字十三句九仄韻。《詞譜》、《詞律拾遺》俱收一百十四字、一百十八字、一百二十字三體。王詞卷十一「閒閒景致」一首一百十六字，可採以備一體。

〔註69〕〈山亭柳〉一調王重陽詞共四首，《重陽全眞集》卷四收一首，卷十一收三首，四首俱雙調八十一字，上片三十八字七句五平韻，下片四十三字七句四平韻。其中卷三所收「急急迴頭」一首，複見於《重陽教化集》卷一，調名爲〈遇仙亭〉，每句都用疊字開頭，且句讀與其他三首不同。潘慎《詞律辭典》立〈山亭柳〉一調，僅收《詞律》、《詞譜》七十九字二體，未收八十一字體，當據王重陽詞增補。潘

69〕，〈惜芳時〉可補五十五字、五十六字各一體〔註70〕、〈點絳唇〉可補四十四字、四十五字各一體〔註71〕，〈夜遊宮〉可補五十六字一體〔註72〕，〈鶯啼序〉可補一百四十字一體〔註73〕，〈探春令〉可補四十九字、五十字各一體〔註74〕，〈月中仙〉可補〈月中桂〉一百字

氏另立〈遇仙亭〉一調，未察王詞複見，〈遇仙亭〉為〈山亭柳〉之別名，當改。

〔註70〕〈惜芳時〉一調王重陽詞共六首，《重陽全真集》卷四收五十五字、五十六字各一首；卷十二收四首皆五十六字。〈惜芳時〉一調首見於歐陽修《醉翁琴趣外編》卷二，為五十六字；《詞律》、《詞譜》俱未收。王詞惟下片第三句押韻與歐詞異，六首皆然。五十五字體，僅起句少一字，分作三言兩句，其餘格式全同。

〔註71〕〈點絳唇〉一調王重陽詞共三首，《重陽全真集》卷四收一首四十五字；卷十三收二首，皆四十四字。《詞律》僅收趙長卿一體，雙調四十一字；《詞譜》收三體，分別為：馮延巳、蘇軾各一體，皆四十一字，韓琦一體，四十三字，未見四十四字、四十五字體。又：《重陽教化集》卷三收〈萬年春〉一首，內容與《全真集》卷四所收全同，調名不同。

〔註72〕〈夜遊宮〉一調王重陽詞共二首，一首見於《重陽全真集》卷四，雙調五十七字；一首見於《分梨十化集》卷下，調名〈蕊珠宮〉，雙調五十六字，上、下片各二十八字六句五仄韻。此調《詞律》、《詞譜》所收俱五十七字體。王詞《分梨十化集》卷下所收五十六字「栗子二三箇」一首，與《詞譜》所收正體毛滂詞校，僅起句少一字，用福唐獨木橋體，全首押一「箇」字韻不同，或可採以備一體。

〔註73〕〈鶯啼序〉一調王重陽詞僅一首，見於《重陽全真集》卷四。四片二百四十字，首片四十九字八句五仄韻，二片五十一字十句四仄韻，三片七十一句十四句六仄韻，末片六十九字十四句五仄韻。此調諸譜書所收有：二百二十四字一體、二百三十四字一體、二百四十字三體，皆以吳文英二百四十字為正體，王重陽此詞與諸二百四十字皆不同，可採以備一體。

〔註74〕〈探春令〉一調王重陽詞共三首，《重陽全真集》卷五收二首，一首四十九字、一首五十字；卷十二收一首五十字。《全真集》卷五所收「要知端的」一首，複見於《分梨十化集》卷上，調名為〈玉花洞〉。此調《詞律》、《詞譜》所收皆為五十一字、五十二字、五十三字體。又：《詞律》卷六〈探春令〉調下按云：「此調與〈留春令〉相似，然是兩調，勿誤。」《歷代詩餘》亦云：「此調與〈留春令〉相似，然末不同，中間平仄亦異，宋人原分二調，不可渾一。」王詞〈玉花洞〉（要知端的）一首，潘慎《詞律辭典》重複收錄於〈留春令〉及〈探春令〉二調之下，入〈留春令〉者當刪。

一體〔註75〕，〈燕歸梁〉可補五十一字一體〔註76〕，〈瑞鷓鴣〉可補
五十六字一體〔註77〕，〈惜黃花〉可補六十九字、七十一字、七十二
字各一體及七十字三體〔註78〕，〈繫雲腰〉可補〈繫裙腰〉五十八字
一體〔註79〕，〈卜算子〉可補五十字、五十六字各一體〔註80〕，〈轉

〔註75〕 〈月中仙〉即〈月中桂〉，《詞譜》卷三十二云：「調見趙彥端詞集。
趙蒙孟頫詞，平仄韻互押者，名〈月中仙〉。」實則金元詞俱名〈月
中仙〉，不一定平仄韻互押。此調王重陽詞共二首，分別見於《重陽
全眞集》卷五、卷十三。卷五所收「自問王風」一首一百字，校《詞
律》所收趙彥端詞一百四字體，僅下片起句不押韻，第七、九句押
韻，結句減四字，作三字句異。潘愼《詞律辭典》云：「此調諸家各
體，尾句皆七字句，此詞獨作三字句，疑脫去四字。」其說可從，
惟未審脫去何字，暫以一百字體列之。卷十三「遭遇中秋」一首一
百三字，僅上片第八句少一字，作六言句，餘格式同趙詞一百四字
體，應視爲同一體，暫不增補。
〔註76〕 〈燕歸梁〉一調王重陽詞僅一首，見《重陽全眞集》卷五。雙調五十
一字，上片二十五字四句四平韻，下片二十五字四句三平韻。王詞
與《詞律》、《詞譜》所收史達祖詞相近，僅上片第二句四字，第三
句八字異。
〔註77〕 〈瑞鷓鴣〉一調王重陽詞共三十五首，《重陽全眞集》卷五收三首，
卷六收一首，卷八收十四首，卷十二收八首，卷十三收六首，《重陽
教化集》卷一收一首，卷三收一首，《分梨十化集》卷下收一首。其
中《重陽教化集》、《分梨十化集》所收三首，調名皆爲〈報師恩〉；
《重陽全眞集》卷九所收十四首調名爲〈得道陽〉，與《重陽全眞集》
卷十三所收六首格式相同，皆雙調五十六字，上、下片各二十八字
四句三平韻，平仄押韻與《詞律》、《詞譜》所收各體俱異，可採以
備一體。
〔註78〕 惜黃花〉一調王重陽詞共七首，《重陽全眞集》卷五收一首六十九字；
卷十一收五首，三首七十字、一首七十一字、一首七十二字；《重陽
教化集》卷一收一首，調名〈金蓮堂〉，爲藏頭體。此調《詞律》收
史達祖七十字一體，《詞譜》加收許沖元七十字一體。王重陽所作六
首（藏頭體除外）句式押韻皆與史詞、許詞稍有出入，可知〈惜黃
花〉一調格式本極靈活，爲備諸體，皆當採錄。
〔註79〕 〈繫雲腰〉一調王重陽詞僅一首，見於《重陽全眞集》卷五，原調名
〈繫裙腰〉，因下片有「繫雲腰」句，取以爲新名。《詞譜》收〈繫
裙腰〉五十八字、五十九字、六十一字三體，王詞即五十八字體，
惟上片第五句叶同部仄聲，下片第五、六句皆押韻，與《詞譜》所
收魏夫人詞不同，可採以備一體。
〔註80〕 〈卜算子〉一調王重陽詞共二十二首，《重陽全眞集》卷六收二首皆

調醜奴兒〉可補〈攤破南鄉子〉六十一字一體〔註81〕，〈行香子〉可補六十五字一體〔註82〕，〈紅窗迥〉可補五十字、五十四字、五十五字、五十六字、五十七字各一體〔註83〕，〈雨霖鈴〉可補一百四字一體〔註84〕，〈聲聲慢〉可補九十七字一體〔註85〕，〈雨中花慢〉可補

為藏頭體；卷七收十一首，五首四十四字、一首四十六字、五首五十字；卷十二收二首，一首四十六字、一首五十字；《重陽教化集》卷一收四首，調名〈黃鶴洞中仙〉，自注「俗喝馬卜算子」，一首四十四字、一首五十字、二首五十六字；《教化集》卷三收九首，調名〈黃鶴洞中仙〉，自注「俗卜算子」，二首為藏頭體、三首四十四字、五首五十字，其中一首藏頭體複見於《全真集》卷六，二首四十四字、四首五十字複見於《全真集》卷七，一首五十字複見於《全真集》卷十二；《分梨十化集》卷下收一首為四十四字。《詞律》、《詞譜》所收諸體皆四十四字、四十五字、四十六字體，未見五十字及五十六字體。

〔註81〕 〈轉調醜奴兒〉一調，潘慎《詞律辭典》列為〈攤破南鄉子〉之又體，王重陽詞僅一首，見於《重陽全真集》卷七。雙調六十一字，上片三十字五句三平韻，下片三十一字六句三平韻。《詞譜》收程垓、趙長卿二體，皆雙調六十二字。

〔註82〕 〈行香子〉一調王重陽詞共十二首，《重陽全真集》卷八收九首皆六十六字；《分梨十化集》卷上收三首，六十四字、六十五字、六十六字各一首。詳校譜書，王詞六十四字、六十六字體格式，與《詞律》、《詞譜》所收全同。《分梨十化集》卷上所收三首調名為〈爇心香〉，俱用福唐體，全以「風」字為韻。「這個王風」一首六十五字，與趙長卿六十四字體校，惟上片第六句添一字，兩結不用三排句異，可採以備一體。

〔註83〕 〈紅窗迥〉一調王重陽詞共十首，《全真集》卷八收一首五十五字；卷十二收九首，五十四字四首，五十字、五十三字、五十六字、五十七字各一首，一首有脫誤。《詞律》、《詞譜》收五十三字、五十八字二體。

〔註84〕 〈雨霖鈴〉一調王重陽詞僅一首，見於《重陽全真集》卷八。雙調一百四字，上片五十二字九句五仄韻，下片五十二字八句五仄韻。《詞律》、《詞譜》所收皆一百一字、一百三字體。

〔註85〕 〈聲聲慢〉一調王重陽詞僅一首，見於《重陽全真集》卷十一，複見於《分梨十化集》卷上，調名〈神光燦〉。雙調九十七字，上片四十九字十句五平韻，下片四十八字九句五平韻。此詞上下片第八句皆用韻，宋人無如此填者，可採以備一體。潘慎《詞律辭典》據《分梨十化集》卷上，採錄〈神光燦〉一體，原詞下片第五句失韻（蔥字不叶），故潘氏云：「下片第五句失卻一韻，令人不解。不過金元

九十八字一體〔註 86〕，〈解紅慢〉可補一百五十五字二體〔註 87〕，〈解愁〉可補〈無愁可解〉一百三字一體〔註 88〕，〈雪梅春〉可補〈雪梅香〉九十四字一體〔註 89〕，〈香山會〉可補六十六字一體〔註 90〕，〈青玉案〉可補七十二字一體〔註 91〕，〈離別難〉可補一百八字一體〔註

道家詞人，於聲韻頗不重視，大抵率性而作，似不足爲怪。」實則可據《重陽全眞集》卷十一所收《聲聲慢》校改「蒽」字爲「慈」，則第五句並未失韻，潘氏強爲解說，疏於考校。

〔註 86〕　〈雨中花慢〉一調王重陽詞僅一首，見於《重陽全眞集》卷十一。原調名爲〈雨中花〉，漏一「慢」字。雙調九十八字，上片五十字，下片四十八字，各十句四平韻。此詞句讀參差，與《詞律》、《詞譜》所收各詞格式不同。

〔註 87〕　〈解紅慢〉一調王重陽詞共二首，俱見於《重陽全眞集》卷十一，原調名脫一「慢」字，當補。二首皆一百五十五字，句式平仄略異。《詞律》、《詞譜》均收無名氏〈解紅慢〉一調一百六十字。《詞律補遺》云：「一百六十字之〈解紅慢〉，與二十七字之〈解紅〉無涉。」

〔註 88〕　〈解愁〉又名〈無愁可解〉，王重陽詞僅一首，見於《重陽全眞集》卷十一。雙調一百三字，上片五十三字十句六仄韻，下片五十字九句五仄韻。聞汝賢《詞牌彙釋》「解愁」條按云：「〈解愁〉調名，東坡〈無愁可解〉調名下自注。詞失傳。」《詞律》收東坡詞一百七字一體，並注云：「此坡公自度曲」，《詞譜》收〈無愁可解〉一百九字、一百十二字二體。潘慎《詞律詞典》分立〈解愁〉、〈無愁可解〉二調，當合併。

〔註 89〕　〈雪梅春〉一調王重陽詞僅一首，見於《重陽全眞集》卷十一，按律即柳永之〈雪梅香〉，句式平仄與柳詞略異，可採以備一體。雙調九十四字，上片四十八字，下片四十六字，各九句四平韻。

〔註 90〕　〈香山會〉一調王重陽詞僅一首，見於《重陽全眞集》卷十二，復見於《重陽教化集》卷二。雙調六十六字，上片三十三字七句四仄韻，下片三十三字六句五仄韻。《詞律拾遺》收無名氏六十四字一體，《詞譜》失收。

〔註 91〕　〈青玉案〉一調王重陽詞共五首，皆見於《重陽全眞集》卷十二，一首四十八字、一首六十六字、一首六十七字、二首七十二字。《全金元詞》除「上元佳致」一首題爲〈青玉案〉，其餘四首題爲〈帶馬行〉，實誤。「帶馬行」當爲「亙古獨許」、「元初一得」二首之注語，該二首皆七十二字，除上下片結句各多帶「馬」字之三言句一句外，其餘格式與〈青玉案〉全同，故知〈帶馬行〉非調名，二首皆複見於《重陽教化集》卷三，調名爲〈青蓮池上客〉。「鎖戶眞成也」一首僅四十八字，亦複見於《重陽教化集》卷三，已自注爲「攢三拆字」格。「上元佳致」一首六十七字，亦複見於《重陽教化集》卷三，爲

92），〈巫山一段雲〉可補四十六字一體〔註93〕，〈三光會合〉可補〈韻令〉七十六字一體〔註94〕等，以上共計三十四調可補五十一體。

　　王重陽詞亦間有可據以修正《詞譜》者，如：《詞譜》卷八、杜文瀾《詞律補遺》俱收馬鈺〈黃鶴洞仙〉（終日駕鹽車）一詞，並云：「調見元彭致中《鳴鶴餘音》詞。此亦元人小令也。重押兩『馬』字，兩『也』字韻，想其體例應爾，惜無別首可校。」實則此調與《重陽教化集》卷一〈黃鶴洞中仙〉（卜算詞頻話）格律全同，王詞於調名下自注「俗喝馬卜算子」。銘按：王詞與《詞譜》卷五所錄石孝友〈卜算子〉四十四字體，除上下片第三句下各添三字一句，並多押一韻外，餘格式全同，《詞譜》只需在〈卜算子〉一調增列一體即可，實無必要另立一調，杜氏所補亦屬添足。

　　王重陽詞作中詞曲調名相同者甚多，如：〈黃鶯兒〉、〈花心動〉、〈驀山溪〉、〈八聲甘州〉、〈紅芍藥〉、〈酹江月〉、〈摸魚兒〉、〈拋毬樂〉、〈沁園春〉、〈玉蝴蝶〉、〈南鄉子〉、〈永遇樂〉、〈水龍吟〉、〈川撥棹〉、〈調笑令〉、〈晝夜樂〉、〈瑤臺月〉、〈滿庭芳〉、〈西江月〉、〈憶

六十六字，結句少一「那」字，顯係襯字。《詞律》、《詞譜》所收各體無七十二字體，可據此補。又：潘慎《詞律辭典》另立〈帶馬行〉一調，並謂：七十二字者名〈帶馬行〉、六十六字者名〈青蓮池上客〉云云。實則複見於《重陽教化集》卷三之四首皆名〈青蓮池上客〉，且已明注：「俗〈青玉案〉」，而「帶馬行」當爲注語，非調名。潘慎辭典所云，不確，〈帶馬行〉一調當刪。

〔註92〕〈離別難〉一調王重陽詞僅一首，見於《重陽全眞集》卷十三。雙調一百八字，上片五十三字十句六平韻叶一仄韻，下片五十五字十句五平韻。《詞律》、《詞譜》均收八十七字、一百十二字二體。《全金元詞》標點與潘慎《詞律辭典》不同，當從潘氏辭典。

〔註93〕〈巫山一段雲〉一調王重陽詞僅一首，見於《重陽全眞集》卷十三，複見於《重陽教化集》卷二，調名〈金鼎一溪雲〉。押韻方式與《詞律》、《詞譜》所收四十六字體不同，可採以備一體。

〔註94〕〈三光會合〉本名〈韻令〉，王重陽詞僅一首，見於《重陽教化集》卷一。雙調七十六字，上片三十八字九句九仄韻，下片三十八字九句八仄韻。《詞譜》僅收程大昌一調，亦雙調七十六字，惟押韻方式不同。

王孫〉、〈蘇幕遮〉、〈桃園憶故人〉、〈小重山〉、〈武陵春〉、〈甘草子〉、
〈迎仙客〉、〈點絳唇〉、〈南柯子〉、〈夜遊宮〉、〈江神子〉、〈賀聖朝〉、
〈憶江南〉（望蓬萊）、〈鶯啼序〉、〈啄木兒〉、〈探春令〉、〈阮郎歸〉、
〈喜遷鶯〉、〈歸朝歡〉、〈減字木蘭花〉、〈浪淘沙〉、〈燕歸梁〉、〈金
蕉葉〉、〈祝英臺〉、〈定風波〉、〈浣溪沙〉、〈感皇恩〉、〈豆葉黃〉、〈聖
葫蘆〉、〈憨郭郎〉、〈受恩深〉、〈木蘭花慢〉、〈虞美人〉、〈臨江仙〉、
〈如夢令〉、〈卜算子〉、〈漁家傲〉、〈踏莎行〉、〈搗練子〉、〈行香子〉、
〈酴醿香〉（荼蘼香）、〈鶴衝天〉、〈聲聲慢〉、〈絳都春〉、〈二郎神〉、
〈上平西〉、〈齊天樂〉、〈轉調鬥鵪鶉〉、〈尾犯〉、〈蝶戀花〉（鳳棲梧）、
〈柳梢青〉、〈雙鴈兒〉、〈夜行船〉、〈剔銀燈〉、〈畫堂春〉、〈青玉案〉、
〈千秋歲〉、〈侍香金童〉、〈菊花新〉、〈木蘭花令〉、〈梅花引〉、〈生
查子〉（遇仙槎）、〈秦樓月〉（蓬萊閣）、〈集賢賓〉、〈六么令〉等，
都是詞曲調名相同。以上共計八十四調，超過王重陽所用詞調半數，
比例之高，實不可以偶然視之。這些詞調，有的《詞律》、《詞譜》
已收，有的則未收，有些可能是王重陽的自度曲；與元曲相較，有
的格律迥異，有的格律基本相同，有的則格律完全相同，甚至有些
應視爲北曲的，如：〈黃鶯兒〉（平等平等）一首及〈水雲遊〉四首，
據其格式實即北曲商角調〈黃鶯兒〉〔註95〕，〈豆葉黃〉實即北曲雙
調〈豆葉黃〉，〈聖葫蘆〉實即北曲仙呂宮〈勝葫蘆〉，〈憨郭郎〉實
即北曲大石調〈蒙童兒〉，〈轉調鬥鵪鶉〉實即北曲中呂宮〈鬥鵪鶉〉，
如此詞曲調名混用，正可視爲詞曲發展史上的過渡現象，這是值得
研究詞曲發展史者，特別留意的地方。〔註96〕

〔註95〕《重陽全真集》卷三另有兩首〈黃鶯兒〉（堪嗟浮世）、（心中真性）
　　　　與北曲〈黃鶯兒〉無涉。《重陽全真集》卷十二所收〈黃鶯兒〉（平
　　　　等平等）一首，與卷三所收四首〈水雲遊〉格式相同，此調丘處機
　　　　詞亦名〈水雲遊〉，譚處端詞名〈黃鶯兒令〉，實皆與北曲商角調〈黃
　　　　鶯兒〉相同。
〔註96〕關於王重陽所用詞調，與後來元曲同名的調子，二者之間是否有某些
　　　　承襲的關係，本文未遑一一細考，留待有心人深究之。

金元道士填詞喜以道家語改易調名，是眾所皆知之事，啟此風氣者實為王重陽，其詞作中，改易調名已於原書中註明者有：〈三光會合〉即俗〈韻令〉、〈心月照雲溪〉即俗〈驀山溪〉、〈黃鶴洞中仙〉即俗喝馬〈卜算子〉、〈金蓮堂〉即俗〈惜黃花〉、〈報師恩〉即俗〈瑞鷓鴣〉、〈蓬萊閣〉即俗〈秦樓月〉、〈青蓮池上客〉即俗〈青玉案〉等七調。〔註97〕未註明者則有：水雲遊（黃鶯兒令）、〈莫思鄉〉（南鄉子）、〈真歡樂〉（晝夜樂）、〈玉鑪三澗雪〉（西江月）、〈玉京山〉（小重山）、〈遇仙亭〉（山亭柳）、〈萬年春〉（點絳唇）、〈悟南柯〉（南柯子）、〈蕊珠宮〉（夜遊宮）、〈長思仙〉（長相思）、〈望蓬萊〉（憶江南）、〈玉花洞〉（探春令）、〈月中仙〉（月中桂）、〈得道陽〉（瑞鷓鴣）、〈超彼岸〉（河傳令）、〈恣逍遙〉（殢人嬌）、〈繫雲腰〉（繫裙腰）、〈無夢令〉（如夢令）、〈踏雲行〉（踏莎行）、〈解冤結〉〈解佩令〉、〈爇心香〉（行香子）、〈神光燦〉（聲聲慢）、〈上丹霄〉（上平西）、〈雪梅香〉（雪梅春）、〈金鼎一溪雲〉（巫山一段雲）、〈七騎子〉（七寶玲瓏）、〈遇仙槎〉（生查子）等二十七調。改易調名的理由其實非常簡單，即是使詞的調名更貼切於詞的內容，讓人一見調名即知內容大要，且王重陽填詞主要是為傳教，從勸道的角度言，某些不宜的調名（如：〈長相思〉、〈殢人嬌〉等），自然有更改的必要，故凡是王重陽改俗調名的詞牌，後來道士有填作者，多依其所改之名。王重陽詞未更易調名的，則多詠調名本意，此在其作品中隨處可見，茲不贅錄。

王重陽所用詞調中，〈鶯啼序〉一調是頗值得留意的。饒宗頤《詞籍考》卷七〈重陽全真詞〉云：「其（《重陽全真集》）第三卷〈鶯啼序〉長調，遠在吳文英前，亦可補《詞譜》之闕。」黃兆漢先生亦於〈全真教祖王重陽的詞〉一文中指出：「這詞調長二百四十字，出現遠在吳文英（約卒於1260年）所作〈鶯啼序〉之前。《欽定詞譜》的

〔註97〕〈三光會合〉〈心月照雲溪〉、〈黃鶴洞中仙〉、〈金蓮堂〉、〈報師恩〉見《重陽教化集》卷一，〈蓬萊閣〉、〈青蓮池上客〉見《重陽教化集》卷三。

編者似乎沒有發覺此點。重陽的〈鶯啼序〉雖無甚文學價值，但從詞調的發展歷史角度來看，卻有其特殊的重要性。」此說確屬卓見。茲引原詞如下：

> 鶯啼序時繞紅樹。應當做主。騁嚶嚶、瑩瑩聲音，弄晴調舌秤羽。潛身在、朱林茂處。愈綿變百般言語。喜新鉛、新汞俱齊，叫歸宗祖。喚覺呼惺，頓曉本元初，天然規矩。定分他、甲乙庚辛，九宮八卦門戶。驅四象、通推七返，用千朝、鍊成文武。這金丹，由此三年，漸令堪覷。嬰兒跨虎。姹女騎龍，白雲招翠霧。各各擎、銅刀慧劍，接刃交鋒，隱密藏機，兩家無懼。烏龜赤鳳，前來降伏，和合罷戰休兵戌。被靈童、結構同相聚。從茲慢慢，搜尋寶貝完全，要見便教知數。明珠萬顆，吐出神光，倒顛籠罩住。迸一條、銀霞裊裊，撞透清霄，晃耀晴空，遍開瓊路。中間獨現，眞妙眞玄，星冠月帔端嚴具。把雙眸、高舉頻回顧。觀瞻了了清清，湛湛澄澄，害風得遇。(《全眞集》卷四〈鶯啼序〉，頁 181，105)

此詞是描寫內丹修煉過程的作品，《重陽全眞集》卷十另有〈聞鶯啼〉詩一首：

> 今朝三月二十八，耳邊忽聽鶯聲發；驚開道眼一觀瞻，羽翎新用黃金刷。見予轉轉弄清吟，他意還應會我心；恰似琴聲初調品，無情風月是知音。

此詩與〈鶯啼序〉詞參讀，可知王重陽是在破曉時分聽聞鶯啼聲，心有感悟而作，二首應是同一時間的作品。詞的起句爲「鶯啼序時繞紅樹」，調名或即本此。王重陽所創詞牌，多達二十餘調〔註98〕，〈鶯啼序〉一調極有可能是王重陽所創。

〔註98〕王重陽自創詞牌，調名如下：〈換骨骸〉、〈川撥棹〉、〈金雞叫〉、〈刮鼓社〉、〈恨歡遲〉、〈俊蛾兒〉、〈啄木兒〉、〈掛金燈〉、〈祝英臺〉、〈郭郎兒慢〉、〈河傳令〉、〈菊花天〉、〈五更出舍郎〉、〈五更令〉、〈酴醿香〉、〈登仙門〉、〈耍蛾兒〉、〈風馬令〉、〈特地新〉、〈金花葉〉、〈瓦盆歌〉、〈七寶玲瓏〉、〈蜀葵花〉。以上共計二十三調，另有八首格式與宋人詞作皆不類，有可能亦是王重陽自度曲，可惜在原書已失調名。

二、造語方面

造語淺白俚俗口語化，是王重陽詞的一大特色。王重陽塡詞的目的在以歌唱形式宣揚教義勸人修道，這與唐宋以來佛教演唱變文的傳教方式，有異曲同工之妙。他的詞爲了配合歌唱，使唱者順口，聽者易懂，在造語用字方面走的是口語化、通俗化的路線，儘量避免太過艱深的文字，甚至絕不用典，這與力求雅正用典成習的南宋詞壇相較，是非常突出的一點。全眞教在北方新興的三個教派中，能成爲勢力最大影響最深的教派，除了政治因素外，王重陽喜愛塡作詩詞以傳道，他的作品淺俗易懂，生動活潑，使人樂於接受而四處傳唱，也是重要的原因之一。

黃兆漢先生曾於〈全眞教祖王重陽的詞〉一文中指出：「重陽的詞是相當淺白直截的，有時更運用當時的口語。」的確是如此。王重陽詞造語之淺白俚俗口語化，略讀前文所引，即能明顯感受。現再援引數首，略作分析如下：

> 昨遇饑年，爲甚累增勸教。怎奈向、人人忒憎。越貪心，生狠妒，百端姦巧。計較。騁風流賣俏。也兀底。忽爾臨頭，卻被閻王來到。問罪過、諱無談矯。當時間，令小鬼，將業鏡前照。失尿。和骨骸軟了。也兀底。（《重陽全眞集》
> 卷三〈換骨骸・歎脱禍不改過〉，頁 164，010）

這是一首感嘆世人一心想要趨吉避禍，卻不知及早入道修行的作品。起句「昨遇饑年，爲甚累增勸教。」反映出在宋金交爭，戰禍綿延不斷的時代背景下，人們生活極度貧困，只能在精神上尋求寄託的境況，而此時也正是傳教布道的好時機。第三句以後則指出人性的貪婪狠妒，百般姦巧，也頗令滿懷宗教熱忱的傳道者，感到憂心與莫可奈何。下片只好搬出當時傳說中專門懲罰窮兇極惡之徒的閻羅王，來嚇阻人們繼續爲惡，並勸人早日修道改過，免得大限來臨，後悔莫及了。整首詞直截了當，樸質無華，頗能代表王重陽詞的風格。尤其詞中充滿「曲意」，不論是表現手法之淋漓暢快，或用

字之口語俚俗，都與北曲頗爲相近。「失屎，和骨骸軟了。」這樣的句子，在唐宋人的詩詞當中，是從未見過的。「兀底」一詞更是北曲常見的口語，王重陽卻已曾多次使用。〔註99〕

> 人云口是禍之門。我道舌爲禍本根。不語無言沒討論。度朝昏。便是安閑保命存。（《重陽全眞集》卷三〈憶王孫〉，頁173，051）

此詞見於《重陽全眞集》卷三，又見於卷十三及《重陽教化集》卷二。全首格式與北曲〈憶王孫〉全同。是一首誡人莫造口業的作品。全首平鋪直敘，毫無詞體曲折委婉的特質。道在修不在口諍，口說心不行，於道無益，且口舌易招惹是非，所以王重陽以詞誡人莫造口業，只要「不語無言沒討論，度朝昏。」便能夠「安閑保命存」，是簡而易行的修道方法。

> 少煩人，稀赴會。我自無恩，莫把他人怪。廉儉溫良身自在。莫追陪，免得常耽債。有錢時，人見愛。及至無錢，親也全疏待。且見世情如此態。察盡人心，暗想除非外。（《重陽全眞集》卷三〈蘇幕遮〉，頁173，052）

這是一首欲人廉儉自持，不作無謂應酬的作品。王重陽認爲修道之人重在內省自修，爲保持自性之清明寧靜，最好不要作無謂的交際應酬；他人苛薄自己時，莫怪他人，當檢討自己也未嘗有恩於人。能「廉儉溫良」自能保持身心之自在逍遙，不會有任何的債務牽絆自己。下片指出世人認錢不認人的鄙態，即使是親人也不會有例外，既然如此，何不反求諸己，廉儉度日，免得常耽債。修行之人首先須擺落物慾的牽絆，才談得上更高層次的修行，而王重陽教人的方

〔註99〕饒宗頤《詞籍考》卷七〈重陽全眞詞〉說王重陽：「所用當時口語，如『兀底』之類，頗同元曲。」「兀底」是指點辭，亦作「兀的」或「兀得」，猶云「這」也；有時亦兼表驚異及鄭重的口氣。參閱張相《詩詞曲語辭匯釋》卷六（臺灣中華書局民國74年臺七版，頁653）。王重陽詞作中「兀底」凡九見，除《重陽全眞集》卷三所收四首〈換骨骸〉每首皆重複使用二次外，卷十二〈紅窗迥〉（七十三）也有：「崖畔險也兀底」句。

法則是要人「稀赴會」、「莫追陪」，要人「廉儉溫良」，既能針貶時人好充面子的弊病，也能符合當時因戰禍不斷，饑荒連年所造成的窮困生活，為無力赴會追陪的人，找了一個很好的下臺階，所以能廣泛受人歡迎。

> 歎人身，如草露。卻被晨暉，晞轉還歸土。百載光陰難得住。只戀塵寰，甘受辛中苦。告諸公，聽我語。跳出凡籠，好覓長生路。早早迴頭仍返顧。七寶山頭，作個雲霞侶。(《重陽全真集》卷四〈蘇幕遮‧勸世〉，頁 179，091)

這是一首勸人早日醒悟，回頭修行的作品。人身如草上之露，晨暉一照，轉眼歸空，世人卻只耽戀塵寰，甘受塵世一切煩惱痛苦。想要超越塵世，脫離苦海，惟一的方法便是尋求心靈的寄託，虔誠地真修真行，因此王重陽的詞作中，經常勸人要及早回頭修行，莫再虛擲光陰，而所用的表現手法也都是白描散筆，直截鋪敘。

> 昨朝酒醉，被人縛肘。橋兒上、撲到一場漏逗。任叫沒人扶，妻兒總不救。猛省也、我咱自咒。兒也空垂柳。女空花秀。我家妻、假作一枝花狗。我謹切隄防，恐怕著一口。這王三、難為閑走。(《重陽全真集》卷五〈惜黃花〉，頁 188，151)

這是一首勸人拋棄妻兒，離家清修的作品。王重陽認為娶妻養兒育女，不過是為償還前世所欠的債務而已，《重陽全真集》卷七〈踏莎行〉說：「莫騁兒群，休誇女隊。與公便是為身害。脂膏刮削苦他人，只還兒女從前債。」就是這一思想的陳述。這闋詞更具體而生動地描寫了酒醉被縛無人馳援的情狀，上片是說酒醉被縛綁在橋上，任他呼天叫地也無人前來救援；「漏逗」是當時口語，意為拖緩延誤，表示被綑綁了很長一段時間；人在絕境中，即使是最親近的妻兒，也無法營救自己脫離困境，此時才猛然醒悟自己身陷圇圄，處在樊籠的窘境。下片則以具體的「垂柳」、「花秀」、「花狗」來形容妻兒，不但於修道沒有助益，甚至是成道的大障礙，因此必須謹切提防。欲求成仙證真，須先看破天倫恩愛，斬斷情愛牽纏，是王重陽一貫勸人出家修行的思想內容。《重陽全真集》卷八〈西江月〉詞云：「悟徹兒孫偉貌，

奪衣白奪餐肴。笑欣悲怨類咆哮。正是豺狼虎豹。」更視家人爲豺狼虎豹，所以避之惟恐不及了。

> 日日此中開宴。食肉諸公總善。唯有害風王，莫怪頻來見面。知縣。知縣。正好與人方便。（《重陽全真集》卷七〈如夢令・贈縣令〉，頁203，255）

這是一首寄贈知縣的作品。由此詞可推知王重陽交遊的廣闊，連官家都在交遊之列。「害風王」是王重陽的自稱，詞中喜愛自稱姓字名號也是王重陽作品的一項特色。這闋詞平鋪直敘，並無深意，只是隨興的酬唱之作，「知縣，知縣，正好與人方便」已白話到脫口而出，不似詞句。

> 奸點人人常不遜。外裝內喜能談論。艷色衣裳香遠噴。頻整頓。重重結裹臝如囷。眼去眉來常騁俊。前攀後拽誇身分。我便去前親去問。休風韻。遮藏臭腐幷堆糞。（《重陽全真集》卷十二〈漁父詠・詠假俏漢〉，頁238，476）

這是一首諷詠假俏漢的作品。假俏漢即外表打扮入時，虛有其表，而無實質內涵修養之流。此詞原調名〈漁父詠〉，按律實即〈漁家傲〉。上片開頭二句直接指出假俏漢之奸點善於僞飾，「艷色」三句寫假俏漢之穿著，衣色光鮮又頻頻整頓，把假俏漢過分注重外表的俗氣，形象化地呈現在讀者眼前。

　　下片前二句續寫假俏漢的媚態和四處攀援、誇騁身份的虛榮情狀，後三句則急轉直下，親去責問，直斥假俏漢金玉其外敗絮其中的虛僞，「遮藏臭腐幷堆糞」用字雖不雅，卻更能生動表達不滿的情緒，讓人覺得淋漓痛快，這也反映了王重陽豪邁曠達瀟灑不拘的風格，與嚴正不阿嫉惡如仇的個性。

　　歷來論者推究元曲的興起與宋詞的衰退原因，無不將詞的雅化，過度追求高雅的語言和高雅的境，使詞超越群眾的審美能力，而失去廣大的消費市場列爲重要原因之一。如：薛礪若《宋詞通論》頁316云：「南宋末期，約自理宗寶祐初起，至宋亡入元成宗大德間

止，約五十年，是『姜夔時期』的穩定與擡高時期。這時候……填詞上所受的音律及體製上的桎梏，更要較前此加甚了；所爲的歌詞更離開一般社會所能瞭解的範圍了。」這的確是宋詞衰微的諸多原因之一。詞本是音樂文學，是文辭和音樂的結合體，在最早流行於民間時，便同時具備了大眾化與娛樂性的藝術特質。而詞的大眾化與娛樂性的藝術優勢若要得以充份發揮，就必須以語言通俗易懂爲前題。因爲詞的美感效果是通過聽覺作用來實現的，只有歌詞通俗易懂，才能直接訴諸人的聽覺，給人以即時性的審美愉悅。詞之所以能夠成爲宋代的流行歌曲，佔有廣闊的文學市場，就在於它是以通俗化的語言表達大眾化的情緒。〔註100〕因此，文辭的口語化是絕對有助於詞的傳播的。王重陽能夠正確認識這一點，故其填詞，絕不肯在辭藻上雕琢巧飾。也因爲如此，他的詞往往被以「可惜毫無文學價值」一語帶過，而被摒棄在諸多金元詞家的選集之外。其實用字淺易俚俗的作品，本來就容易流於淺白無味，如前引〈如夢令‧贈縣令〉一首即是，這類作品視之爲無文學價質並不爲過，但王重陽的作品，實際上是有許多淺俗得有趣味、有動感，在力求通俗易解的前題下，又能顯現文學的生命力和活潑性的，如前引幾首即是。而且，王重陽的詞並非全無文學趣味，如：

△ 攜雲放肆投閑路，清風明月長載。迴光返照，瑩徹澄波青黛。髣髴裡、遠望嘉山，靜至收歸寧海。前生約，今生在。遇明了，便明對。相愛。熙然景致，頤然聚會。(《重陽全真集》卷三〈瑤臺月‧達終南山〉，頁171，041)

△ 每向街頭來往走，誰人識此葫蘆。長盛美酒豈須沽。時時眞暢飲，日日不曾無。自是一身唯了事，相隨肯暫離余。杖頭挑起趁江湖。一船風月好，千古水雲舒。
(《重陽全真集》卷五〈臨江仙〉，頁191，166)

△ 寧海人人省悟，此別何時再遇。唯願重金蓮，好把良

〔註100〕參閱龍建國、黃曼玲合著〈論宋詞衰落的原因〉。刊於《信陽師院學報》第十五卷第二期，1995年4月，頁71～76。

　　因作做。歸路。歸路。滿目白雲翠霧。（《重陽全眞集》

　　卷七〈如夢令〉，頁 203，254）

這幾首詞都寫得清新有致，「攜雲放肆投閑路，清風明月長載。迴光
返照，瑩徹澄波青黛」、「一船風月好，千古水雲舒」、「歸路，歸路，
滿目白雲翠霧」這些詞句不減宋人勝處，都是極爲可讀的作品。因此，
品評王重陽詞，以「毫無文學趣味」鄙棄之，絕非允論。更何況，從
宋詞過度到元曲的發展軌跡中，王重陽詞扮演著重要的橋樑角色，這
是值得特別留意的。吳梅〈中國戲曲概論〉說：「金元以來，士大夫
好以俚語入詞。酒邊燈下，四字〈沁園春〉、七字〈瑞鷓鴣〉，粗豪橫
決，動以稼軒、龍洲自況；同時諸宮調詞行，即詞變爲曲之始。」這
一段話指出了詞過度到曲的一個重要環扣，那就是「以俚語入詞」。
盧元駿《曲學》云：「由於南宋末期詞的內容過於支離晦澀，毫無活
力；於是詞人轉頭來寫白話詞，稍稍加以變化，便演進而爲白話的曲。」
這說法固然大致不錯，但僅是就文人之詞來立論，實則曲興於北方，
而在金初（相當於南宋初）的北方，以王重陽爲首的全眞道士詞，即
全面性地以白話俚語來填作歌詞，其用字造語和表現手法，已與後來
的元曲極爲相近，甚至王重陽及全眞諸子所創用的調名，仍被北曲作
家所沿用。所以，與其從文人詞的方向去探尋元曲的產生因素，不如
從金元全眞道士詞（尤其是王重陽詞）來追溯根源，顯得更直接，而
且更近於實況。

三、體式方面

　　王重陽詞在體式方面，最引人注目的是「藏頭拆字體」，其次是
「福唐獨木橋體」。所謂「藏頭拆字體」，就是以闋末一字之半或一部
分爲全闋第一字，又以上句末一字之半或一部分爲次句第一字的特殊
體式。〔註101〕例如：《重陽全眞集》卷六〈卜算子·黃庭經上得〉原

〔註101〕參閱黃兆漢〈全眞教主王重陽的詞〉。該文發表於香港大學亞洲研究
　　　　中心 1981 年《東方文化》一九卷一期，頁 29～43。又見於 1986 年

詞爲：

> 子知公瑩，在塵中聘（當作騁）。意猿心不肯收，論榮革命。
> 齒存眞性，處清中靜。向虛無境內尋，步蓬萊景。（《全金元
> 詞》頁 195，190）

此詞對照《重陽全眞集》卷七所收五首四十四字體〈卜算子〉可復原
如下：

> 小子知公瑩，玉在塵中騁。馬意猿心不肯收，文論榮革命。
> 口齒存眞性，心處清中靜。爭向虛無境內尋，寸步蓬萊景。

上面這首還原的詞，每一句的首字，都藏於上一句的末字中，而起句
第一字，則由拆解闋末最後一字而得。有時王重陽會在闋末註明第一
句的起字，如：《重陽教化集》卷三〈蓬萊閣·俗秦樓月藏頭〉原詞爲：

> 溟漠。今忘了登飛閣。登飛閣。人自省，身居銀廓。能俱
> 養靈丹藥。槎穩駕銷諸惡。銷諸怒。頭一點，肯教牢落。
> 拆起水字。（《全金元詞》頁 259，626）

原詞已註明「拆起水字」，此調王重陽詞僅一首，可對照《詞譜》秦
觀「灞橋雪」格式，復原如下：

> 水溟漠。莫今忘了登飛閣。登飛閣。各人自省，身居銀廓。
> 郭能俱養靈丹藥。木槎穩駕銷諸惡。銷諸怒。心頭一點，
> 肯教牢落。

此詞上、下片第三句和第五句未藏頭，可知藏頭拆字體，並不是每一
句都必須藏頭，可由作者匠心設計，讀者則須依照詞律及詞意細心推
究，才能還原本詞。

　　金元道家慣用藏頭拆字體，實導源於王重陽。王重陽詞作中的
藏頭拆字體總計有五十二首〔註102〕，分別收錄於《重陽全眞集》卷

---

3 月《道教文化》四卷二期（總號三八），頁 14～27。該文後又收錄
於黃先生所著《道教研究論文集》頁 183～209（香港：中文大學出
版社，1988 年出版）。

〔註102〕黃兆漢〈全眞教主王重陽的詞〉云：「這類作品在重陽的詞裡並不很
多，只有十來篇。」不確。黃先生忽略了《重陽全眞集》卷六全卷
四十二首詞，全是「藏頭拆字體」。

六（四十二首）、卷十三（一首），《重陽教化集》卷一（四首）、卷二（一首）、卷三（二首），《分梨十化集》卷上（三首，其中〈黃鶴洞中仙〉（籌詞中話）一首與《全真集》卷六複出）。

　　藏頭拆字體並非王重陽首創，它們實際上是雜體詩中「離合詩」的一類。所謂「離合詩」，就是在詩句內逐字拆開字形，再合成一字的隱語。〔註103〕這類詩最早見於《古詩紀》的記載，該書卷十三有東漢孔融〈離合作郡姓名〉詩一首，內容為：「漁父屈節，水潛匿方。與峕進止，出行施張。」上聯離為「魚」字，下聯離為「日」字，再合為「魯」字；「呂公磯釣，闔口渭旁。九域有聖，無土不王。」上聯離為「口」字，下聯離為「或」字，再合為「國」字；「好是正直，女回於匡。海外有截，隼逝鷹揚。」上聯離為「子」字，下聯離為「乙」字，「截」字漢隸亦作「𢧜」，隼逝鷹揚則隼去乚存，故與「子」再合為「孔」字；「六翮將奮，羽儀未張。蛇龍之蟄，俾它可忘。」上聯離為「鬲」字，下聯離為「虫」字，再合為「融」字；「玟璇隱曜，美玉韜光。」離為「文」字；「無名無譽，放言深藏。按轡安行，誰謂路長。」上聯離為「與」字，下聯離為「手」字，再合為「舉」字；全詩離合共成「魯國孔融文舉」。此為「離合詩」之祖。唐白居易亦有「藏頭拆字」詩，宋桑世昌編、清朱存孝補遺《回文類聚》卷二頁9 上載白居易「藏頭拆字」詩，名〈遊紫霄宮〉，詩句串成環狀，茲迻錄如下：

<hr>

〔註103〕梁任昉（460～508）《文章緣起》說：「孔融作四言離合詩。」明陳懋仁註：「字可拆合而成文，故曰離合也。」（見《學海類編》，冊四。台北：文海出版社，1964 年影印本，頁 21 下，總頁 2340）。按：本註解迻錄自黃兆漢〈全真教主王重陽的詞〉註44。

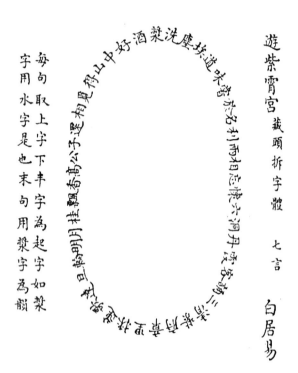

讀之則爲：「水洗塵埃道味嘗，甘於名利兩相忘。心懷六洞丹霞客，口誦三清紫府章。十里採蓮歌達旦，一輪明月桂飄香。日高公子還相覓，見得山中好酒漿。」此詩拆字合字方式，與王重陽的藏頭拆字體已無不同。不同的是文人作此類詩，純爲文字遊戲，偶爾爲之，王重陽製作藏頭拆字體詩詞則具有教化的目的。《重陽全眞集》卷二末尾收有「藏頭詩」一首，序云：「藏頭詩書紙旗，引馬鈺、譚處端教化。」清楚指明製作「藏頭詩」的目的，在教化馬鈺、譚處端。《重陽全眞集》卷八〈行香子‧贈弟子〉詞云：「再索新詞，不寫藏頭。分明處、說箇因由。」由詞意可推知，王重陽經常寫藏頭詞贈人，所贈對象多爲其弟子。黃兆漢先生〈全眞教主王重陽的詞〉云：「這雖則是文字遊戲，但在修鍊心性角度來看，亦未嘗不是契悟全眞教道理的好方法。」又云：「重陽的藏頭詩實質上是有『教化』作用的，不單是遊戲性質。讀者必須了解作者的心意才可塡入適當的文字。這了解的過

程就是契合作者思想的過程，換言之，即是悟道的過程。」是頗為高明的見解。這與佛教禪宗師徒以偈語相互引導印可〔註104〕，具有相同的意義和作用。

《重陽全真集》卷六全卷四十二首詞皆為藏頭拆字體，為省篇幅，這部份暫且留待讀者自行斟酌。現將散見於他處各首匯集一處（前引〈蓬萊閣〉一首不再重複），並還原如下：

原詞：金相隔休教錯。年間怎生作。前頭說甚惺惺，辰下重安手腳。被蟾光曇運交，平時從根摸索。事有神功，清強氣躍。下於予尋倚托。文上沒丹藥。天知命惟高，中談談中別著。公決要覓清涼，兆府城南登閣。各得其宜，畫歡暮樂。（《重陽全真集》卷十三〈晝夜樂‧藏頭〉，頁254，590）

還原：木金相隔休教錯。昔年間怎生作。人前頭說甚惺惺，星辰下重安手腳。月被蟾光曇運交，主平時從根摸索。十事有神功，力清強氣躍。足下於予尋倚托。手文上沒丹藥。樂天知命惟高，口中談談中別著。諸公決要覓清涼，京兆府城南登閣。各各得其宜，且畫歡暮樂。

原詞：下圍棋取樂。閒白鳥交錯。者好關機，度輸贏憂謔。作。言作。看這番一著。拆起目字。（《重陽教化集》卷一〈無夢令‧詠圍棋藏頭〉，頁256，604）

還原：目下圍棋取樂。白閒白鳥交錯。昔者好關機，幾度輸贏憂謔。言作。言作。乍看這番一著。

原詞：方覓殘餘，蒙庵主，邀便出黃梁。中生秀，唯我最堪當。內沖和九轉，般運、二氣飄颺。飆動，樓上下，出入呼光芒。殃。取象，滋羊味，酒醴俱忘。靈真一點，圓照珪璋。印白蓮秀艷，清淨、別恁馨香。華靜，衣前引，齊唱滿庭芳。拆起方字。（《重陽教化集》卷一〈滿庭芳‧藏頭〉，頁256，605）

還原：方覓殘餘，余蒙庵主，一邀便出黃梁。水中生秀，唯我最堪當。口內沖和九轉，專般運、二氣飄颺。風飆動，重樓上下，出入呼光芒。亡殃。歹取象，豕滋羊味，酒醴俱忘。心靈真一點，

圓照珪璋。玉印白蓮秀艷，色清淨、別恁馨香。日華靜，青衣前引，齊唱滿庭芳。

原詞：莫驅馳，公全道，來眞性明光。誰知得，便是水中霜。應相從相見，人悟、物物俱忘。中有，華耀處，怎奈被雲藏。詳。語銳，田起屋，震地安房。教認清外，別蘊馨香。射崑山片玉，風共、誰話琅琅。辰動，陽佳節，金菊滿庭芳。拆起力字。(《重陽教化集》卷一〈滿庭芳‧藏頭〉，頁 256，606)

還原：力莫驅馳，馬公全道，首來眞性明光。兀誰知得，便是水中霜。相應相從相見，人人悟、物物俱忘。心中有，月華耀處，怎奈被雲藏。藏詳。言語銳，兌田起屋，震地安房。方教認清外，別蘊馨香。日射崑山片玉，王風共、誰話琅琅。良辰動，重陽佳節，金菊滿庭芳。

原詞：家自悟。今觀覷。扶風安手腳，未知門戶。鬼作乖疎，下如何做。人來，金相覷。裡爲誰主。風語汝。還嬰兒，復妊寶，瓶牢固。聖說因緣，系能結慕。眞洪、登雲路。拆起各字。(《重陽教化集》卷一〈金蓮堂‧俗惜黃花藏頭〉，頁 256，607)

還原：各家自悟。吾今觀覷。見扶風安手腳，卻未知門戶。尸鬼作乖疎，足下如何做。故人來，木金相覷。虛裡爲誰主。王風語汝。還嬰兒，復妊寶，玉瓶牢固。古聖說因緣，象系能結慕。心眞洪、共登雲路。

原詞：趁心頭事少。綻玉花不老。要認良時，艷分明北道。腦。腦。照返餐芝草。拆起早字。(《重陽教化集》卷二〈無夢令‧藏頭〉，頁 259，621)

還原：早趁心頭事少。小綻玉花不老。七要認良時，日艷分明北道。首腦。首腦。月照返餐芝草。原詞：言云語莫聽聞。眼味香不屬君。內減除人我相，前無有死生分。圭和合憑三照，水焚燒按九雯。又武平清淨出，頭臨月弄祥雲。拆起云字。(《重陽教化集》卷三〈報師恩‧藏頭〉，頁 259，625)

還原：云言云語莫聽聞。耳眼味香不屬君。口內減除人我相，目前無有死生分。刀圭和合憑三照，火水焚燒按九雯。文又武平清淨出，山頭臨月弄祥雲。

原詞：引臥於寧海，將宜甫爲憑。交霞友做雪朋，朗分明爲證。定便
　　　除色欲，神玄牝清澄。昇火降兩相吞。內敢言游泳。折起永字。

《重陽教化集》卷三〈玉罏三澗雪・藏頭〉，頁 261，641）

還原：永引臥於寧海，每將宜甫爲憑。心交霞友做雪朋，月朗分明爲
　　　證。定便除色欲，谷神玄牝清澄。水昇火降兩相吞。口內敢言
　　　游泳。

原詞：兆看余燈，錬陽周鏡。照他人返逼驅，兒省，下清中瑩。豔出
　　　銀釭，面菱花靜。似韜光不騁馳，兒惺，內勸眞景。拆起京字。

《重陽教化集》卷三〈黃鶴洞中仙・藏頭〉，頁 261，642）

還原：京兆看余燈，火錬陽周鏡。竟照他人返逼驅，馬兒省，目下清
　　　中瑩。玉豔出銀釭，金面菱花靜。爭似韜光不騁馳，馬兒惺，
　　　心內勸眞景。

以上所舉各詞，《全金元詞》標點頗多違誤，當改。還原之作，純係
筆者個人臆測，未必是確解，更未必是王重陽本意。不揣淺陋，實有
拋磚引玉之意，若有不妥，至盼方家指正。

　　王重陽詞作中，另有兩首「攢三拆字體」，亦是藏頭拆字體之變
化格式。兩首皆收錄於《重陽全眞集》卷十二，一首爲〈青玉案・緣
化子弟〉（鎖戶眞成也），一首爲〈漁父詠・贈友人〉（名宦爲鹽判）。
〈青玉案・緣化子弟〉（鎖戶眞成也）一首複見於《重陽教化集》卷
三，調名爲〈青蓮池上客〉、並有註語云：「俗〈青玉案〉」，原詞如下：

鎖戶眞成也。百朝惺洒。冰餐非苟且，玄妙就中超轡，馬
眸粘惹。恩愛俱齊捨。閑遊冶。教余同幽雅。仙子共成修，
寫馬明星下。（頁 259，627）

黃兆漢先生認爲「攢三拆字體」是詞中各句開頭可不藏也可藏一至三
字之意，所以認爲該詞按《詞譜》史達祖六十六正體格式，應是：

○○鎖戶眞成也。○○百、朝惺洒。○○冰餐非苟且。玄妙
就中，○超轡馬。○○眸粘惹。○○恩愛俱齊捨。○○○、閑
遊冶。○○教余同幽雅。仙子共成，○修寫馬。○○明星下。

黃先生並解釋說：「至於空缺的地方應該填上什麼字，則要看聲律而
定，並不一定要像『藏頭拆字』格取上一句末字的一半或一部分爲次

句的第一字。」（同註 101）潘愼《詞律辭典》則認爲「攢三」是「聚三」的意思，即詞中每句皆有「三」字，所以此詞應作：

> 鎖點三尸眞成也，百朝三星心水洒。點水三餐非苟且，玄妙三就，中超三𢵧。馬眸三粘惹。恩愛具三人齊捨，○○○閒遊冶。三教人未同幽雅，三山人子，共成修寫。三馬明星下。（見該書頁 866）

以上二說，不知誰是誰非，暫且存疑，於此聊備一格，或有待於專家賜教。

　　王重陽詞在體式方面，值得附帶一提的是有多首「福唐獨木橋體」。「福唐獨木橋體」亦簡稱爲「福唐體」或「獨木橋體」，是指：全詞以同一字爲韻的體式。其體不知始於何人，其名也不得而解。夏承燾云：「福建福清縣，唐時名福唐，不知與此有關否？」張高寬等主編的《宋詞大辭典》（遼寧人民出版社，1995 年版）說：福唐獨木橋體常見的有三種形式。第一式：隔句用同字叶韻，如黃庭堅〈阮郎歸・效福唐獨木橋體作茶詞〉：

> 烹茶留客駐金鞍，月斜窗外山。別郎容易見郎難。有人思遠山。歸去後，憶前歡，畫屏金博山。一杯春露莫留殘，與郎扶玉山。（《山谷琴趣外編》卷一）

金人元好問《遺山樂府》亦有〈阮郎歸〉獨木橋體一首，雙句皆押「山」韻，與山谷體同。按：〈阮郎歸〉爲四韻的令詞，每韻均有上、下句，下句住韻。今在住韻處用同一「山」字，所以稱爲獨木橋體。這很可能是此體的最早形式，其後才衍爲多種。第二式：上半片用同字叶韻，如元代張翥的〈清平樂・酒後二首〉：

> △　先生醉矣。是事忘之矣。欲友古賢誰可矣。嚴子眞其人矣。問渠辛苦征戰。何如自在漁竿。終辦一丘隱計，西湖鷗鷺平安。

> △　先生醉也。甚矣吾衰也。萬物不如歸去也。陶令眞吾師也。籬邊菊蕊初黃。爲花準備攜觴。只恐不如人意，風風雨雨重陽。（彊村叢書本《蛻巖詞》卷下）

第三式：全詞用同一字叶韻，辛棄疾的〈柳梢青·辛酉生日前兩日，夢一道士話長年之術，夢中痛以理折之，覺而賦八難之辭〉：

> 莫鍊丹難。黃河可塞，金可成難。休辟穀難。吸風飲露，
> 長忍飢難。勸君莫遠遊難。何處有、西王母難。休採藥難。
> 人沈下土，我上天難。（《稼軒詞》丙集）

詞中凡八用難字爲韻，故謂爲「八難之辭」。其特點爲所有應叶韻及句末一字與韻腳平仄相同者，皆用同一字。石孝友《金谷遺音》有〈惜雙嬌〉（我已多情）一首，押韻處凡十用「你」字，與辛詞同體。黃庭堅〈瑞鶴仙〉一首，則通首以「也」字爲韻（見《詩人玉屑》卷二），係檃括歐陽修〈醉翁亭記〉而成。

　　王重陽詞作中，共有九首爲「福唐獨木橋體」，輯錄如下：

△　見個惺惺眞脫灑，堪比大丈夫兒。莫睡燈下俊娥兒。
　　壞了命兒。早早迴頭搜密妙，營養姹女嬰兒。道袍換
　　了皂衫兒。與太上做兒。（《重陽全真集》卷四〈俊蛾兒·
　　勸吏人〉，頁176，072）

△　醴泉好，偏愛養貧兒。爲破璮虛莘□業，余從捉住傻
　　猿兒。無女又無兒。街兩面，願助小錢兒。同共買成
　　金麥飯，三時喂飽鐵牛兒。耕種老嬰兒。（《重陽全真集》
　　卷四〈望蓬萊·醴泉覓錢〉，頁179，093）

△　這曲破，先入破。迎仙客處休言破。勘得破，識得破。
　　看看把我，肚皮都驚破。會做麼，是恁麼。奈何子午
　　貪眠麼。說甚麼，道甚麼。自家暗裡，獨自行持麼。（《重
　　陽全真集》卷五〈迎仙客〉，頁191，169）

△　此箇眞眞也。瑩徹靈靈也。出入虛無縹緲間，騎風馬，
　　信任飄飄也。占得惺惺也。光輝明明也。來往晴空碧
　　落中，乘雲馬。自在逍遙也。（《重陽全真集》卷七〈卜算
　　子〉，頁200，227）

△　歸也歸也。本元歸也。兩郡人沒觀瞻也。被清風白雲，
　　全日常招也。王害風此翻去也。勸諸公、尋玄妙，更
　　休思也。看假軀、不如無也。到今方超彼岸，我咱知

也。要重見這迴難也。(《重陽全真集》卷十一〈登仙門〉，頁 220，367)

△ 坐殺王風。立殺扶風。只因伊、貪戀家風。爭如猛捨，認取清風。好同行，好同坐，共攜風。我即眞風。你即佯風。小春天、總賴溫風。將來雪下，怎奈寒風。窗兒裡，門兒外，兩般風。(《分梨十化集》卷上〈蘸心香〉，頁 262，645)

△ 這箇王風。自小胎風。大來後、變做心風。遍行遊歷，正是狂風。每閒閒處，詩曲作，似長風。謁馬儒風。說與仁風。誘他成、急急驚風。亂爲下手，鎖了防風。使怎生，醫得你，破傷風。(《分梨十化集》卷上〈蘸心香〉，頁 263，650)

△ 諢號王風。實有仙風。性通禪釋貫儒風。清談吐玉，落筆如風。解著長篇，揮短句，古詩風。斤運成風。鵬化摶風。恣雲遊、列禦乘風。冬寒閉戶，念見高風。更坐無鑪，眠無被，任霜風。(《分梨十化集》卷上〈蘸心香〉，頁 263，653)

△ 栗子二三箇。這芋頭的端六箇。分付清閒唯兩箇。尋思箇。甘甜味，怎生箇。五臟明明箇。又六腑、不差些箇。更有金丹此一箇。十二箇。請翁婆，會則箇。(《分梨十化集》卷下〈蕊珠宮〉，頁 265，663)

這些詞大多符合上述福唐獨木橋體之第三式，其中惟〈迎仙客〉(這曲破)一首，上片全押「破」字，下片全押「麼」字，與各首不同，可以補張高寬主編《宋詞大辭典》之不足。

四、音樂性方面

王重陽詞富音樂性，也是值得留意的地方。王重陽生在金初（1112～1170），較周邦彥（1057～1121）稍晚，約與蔡松年（1107～1159）同時。此時詞的發展已臻成熟，在歌詞合樂的環境中，文人才士之作，除了大量選用現成樂曲填詞，其自度腔、自制曲，或

者是新增衍的長調、犯曲，無不努力追求聲音之美。黃兆漢先生說：
「詩、詞、曲根本上是拿來唱的，宋、金之際是詞極盛的時代，又
是戲曲初興之時，以重陽的豪放灑脫的性格，受到當時社會風氣的
影響，因而喜歡唱歌是很自然的事。」（同註101）從文獻上的記載，
可知王重陽確實是一位愛唱歌的傳道士。完顏璹〈全真教主碑〉曾
記載：「大定丁亥（1167）四月，忽自焚其菴，村民驚救，見先生狂
舞於火邊、其歌語傳中具載。」《重陽全真集》卷九，標明為「歌」
的就有二十五篇。〔註105〕《重陽教化集》卷三〈黃鶴洞中仙〉（初
見青銅劍）詞有序曰：「在金蓮堂，每自唱此詞」，同卷另有〈青蓮
池上客〉（元初一得從初遇）詞，亦有序言：「但詞中有喝馬，令丹
陽行行坐坐要唱。」可知王重陽不但自己喜愛唱歌，連帶的也教導
他的弟子要經常唱歌。在王重陽的詞作中提及「唱」或「歌」的有：

　　△　從長。凡百事，先人後己，勤認炎涼。與六親和睦，
　　　　朋友圓方。宗祖靈祠祭饗，頻行孝、以序思量。逢佳
　　　　節，懽欣訪飲，齊唱滿庭芳。（《重陽全真集》卷三〈滿庭
　　　　芳‧未欲脫家〉，頁172，046）

　　△　美醪奇饌，信任恣飲，豐餐最好。醉經飽德，唯歌自
　　　　舞，喜樂論道。（《重陽全真集》卷五〈探春令〉，頁183，113）

　　△　神清氣爽。樂處清閑堪一唱。氣爽神清。鼓出從來自
　　　　己聲。（《重陽全真集》卷五〈減字木蘭花〉，頁184，125）

　　△　玉童歌，金童拍。皇天選中，山正是仙客。（《重陽全真
　　　　集》卷五〈迎仙客〉，168）

　　△　大仙唱，真人和。全真堂裡無煙火。無憂子，共三箇。
　　　　頓覺清涼，自在逍遙坐。（《重陽全真集》卷五〈迎仙客〉，
　　　　頁191，170）

　　△　京兆城南嶺立，一字得，天外鋪張。長生憶，心懷詞
　　　　曲，須唱滿庭芳。（《重陽全真集》卷六〈滿庭芳‧贈毋希揚〉，

〔註105〕分別為：〈了了歌〉、〈竹杖歌〉、〈窈窈歌〉、〈元元歌〉、〈得得歌〉、〈惺
惺歌〉、〈勸道歌〉、〈自歎歌〉、〈祕祕歌〉、〈定定歌〉、〈逍遙歌〉、〈玄
玄歌〉、〈達達歌〉、〈贈友歌〉、〈鐵罐歌〉（十篇）、〈悟真歌〉。

頁 192，175）

△ 茶無絕品，至真為上。相邀命、貴賓來往。盞熱瓶煎，水沸時、雲翻雪浪。輕輕吸、氣清神爽。盧仝七碗，喫來豁暢。知滋味、趙州和尚。解佩新詞，王害風、新成同唱。月明中、四人分朗。（《重陽全真集》卷七〈解佩令・茶肆茶無絕品至真〉，頁 199，217）

△ 這箇靈童明似燭。惺惺能唱無生曲。日住公家公不識。休尋覓。心澄便是真消息。（《重陽全真集》卷七〈漁家傲・京兆道友〉，頁 202，240）

△ 二月還知水氣和。風生木德自然歌。兀兀轉生離內女，怡怡笑殺月中娥。（《重陽全真集》卷八〈得道陽〉，頁 212，318）

△ 全藉精光護祐。丹成照耀神舟。西江月裡看瀛州。一派仙歌共奏。（《重陽全真集》卷九〈西江月〉，頁 215，343）

△ 自在隨緣，信腳而無思沒算。召清飆，邀皓月，同為侶伴。步長路，成歡樂，唇歌舌彈。忽經過、洞府嘉山，堪一啖。正逢著、祥瑞頻讚。（《重陽全真集》卷十一〈酴醿香〉，頁 215，347）

△ 自家聲，唱出誰能測。有箇頭青容白。正是石娥來應拍。身窈窕，腰如搦。偏柔軟、舞婆娑，金璧珠，□都索。要皆令盡，酬此功格。（《全真集》卷十二〈塞孤〉，頁 228，410）

△ 營軀手段。這飢寒未免，上街須當唱喚。提箇淨消，了了惺惺鐵罐。覓殘餘，聲聲叫，道攝亂。（《重陽全真集》卷十二〈河傳令〉，頁 238，480）

△ 玉印白蓮秀艷，色清淨、別恁馨香。日莘靜，青衣前引，齊唱滿庭芳。（《重陽教化集》卷一〈滿庭芳〉，頁 256，605）

由以上詞作可知，王重陽不論是悠閑自處、茶肆品茶、上街行乞、修煉內丹、勸人修傳……等，都喜詠唱歌詞，亦喜教人唱和。這都足以證明王重陽具有喜愛唱歌的習性。再從王重陽的詞作共用了一百四十

八種詞牌，其中有二十三調為其首創來看，可以想見王重陽不但喜愛唱歌，更是一位深通音律的作手。

　　詞本是文學與音樂的結合體，一方面藉語言、詞彙（包括其聲響）以塑造形象，抒寫感情，傳達思想；一方面靠樂音的高低、長短、輕重、疾徐和音色所構成的節奏旋律，以表達情感，描述對象。二者在塑造形象、表達情感上，既有共通的一面，又各自有其獨特性。擅於填詞的人，必須同時掌握文字與音樂的特質才能使二者相輔相成，充份發揮詞的特質，達到預期的目標。最能表現王重陽這方面的技巧的，莫過於他的〈五更出舍郎〉和〈搗練子〉。〈五更出舍郎〉共七首，俱見於《重陽全真集》卷七，錄其詞如下：

△　反會做他出舍郎。便風狂。成功行，到蓬莊。奉報那人如惺悟，好商量。五更裡，細消評。(《重陽全真集》卷七〈五更出舍郎〉，頁202，242)

△　一更哩囉出舍郎。離家鄉。前程路，穩排行。便把黑飆先捉定，入皮囊。牢封繫，任飄颺。(《重陽全真集》卷七〈五更出舍郎〉，頁202，243)

△　二更哩囉出舍郎。變銀霜。湯燒火，火燒湯。夫婦二人齊下拜，住丹房。同眠宿，臥牙床。(《重陽全真集》卷七〈五更出舍郎〉，頁202，244)

△　三更哩囉出舍郎。最相當。神丹就，養兒娘。一對陰陽真箇好，坐車廂。金牛子，載搬忙。(《重陽全真集》卷七〈五更出舍郎〉，頁202，245)

△　四更哩囉出舍郎。得清涼。重樓上，飲瓊漿。任舞任歌醒復醉，愈堪嘗。真滋味，萬般香。(《重陽全真集》卷七〈五更出舍郎〉，頁202，246)

△　五更哩囉出舍郎。沒堤防。無遮礙，過明堂。一顆明珠顛倒袞，瑞中祥。崑崙上，放霞光。(《重陽全真集》卷七〈五更出舍郎〉，頁202，247)

△　認得五般出舍郎。黑白彰。當中赤，間青黃。哩囉囉唛哩囉哩，妙玄良。玲瓏了，便玎璫。(《重陽全真集》

卷七〈五更出舍郎〉，頁 203，248）

這七首是一組聯章詞，二至五首起句三四字「哩囉」和第六首第五句
「哩囉囉唛哩囉哩」，便是記載樂音的擬聲詞，讀者可以清楚地從文
字領會其音樂性，由於實字減少，模擬樂聲之字增多，我們可以想像
當這組詞在傳唱時，其音樂的「聲勢」效果，必能因而更加凸顯，使
音樂「感乎己而發乎人」(《呂氏春秋・季秋記・精通》)的作用，更
充份發揮得淋漓盡致。〈搗練子〉一調，王重陽詞共十七首〔註 106〕，
茲錄三首以括其餘：

　　△　猿騎馬，呈顛傻。難擒難捉怎生捨。哩囉唛，哩囉唛。
　　　　慧刀開，齊下殺。教君認得根源也。哩囉唛，哩囉唛。
　　　　(《重陽全真集》卷七〈搗練子〉，頁 204，260)

　　△　水兼火，坎和離。兩般消息怎生知。哩囉唛，哩囉唛。
　　　　休燒鍊，莫修持。元來只是這些兒。哩囉唛，哩囉唛。
　　　　(《重陽全真集》卷七〈搗練子〉，頁 204，261)

　　△　用刀圭。剖昏迷。合和一處怎生攜。哩囉唛，哩囉唛。
　　　　人頭落，現虹霓。白蓮花朵出青蓮。哩囉唛，哩囉唛。
　　　　(《重陽全真集》卷七〈搗練子〉，頁 204，263)

此三首皆複見於卷十三，十七首〈搗練子〉只有一首全以實字填之，
其詞如下：

　　　　搜芳翠，哂輕盈。驀然聽得賣花聲。艷陽天，氣候明。朝
　　　　雲白，晚風清。遮藏吹轉蕊珠精。放馨香，滿樹榮。(《重陽
　　　　全真集》卷十三〈搗練子〉，頁 247，543)

其餘十六首則上下片結句都是模擬樂聲「哩囉唛，哩囉唛」。王重陽
詞作中還有兩首記樂聲之詞，輯錄如下：

〔註 106〕《重陽全真集》卷七收六首，卷十三收十四首，其中三首（見下引）
　　　　複出。黃兆漢〈全真教主王重陽的詞〉云：「重陽詞中〈搗練子〉記
　　　　其樂聲的就有二十多首，可是除了〈搗練子〉和以後要談的〈五更
　　　　出舍郎〉外，就不見其他詞調有如此記載。」此說不確。黃先生誤
　　　　將收於卷七的雙調六首，當作單調十二首，又未查其中有三首複出，
　　　　故云二十多首。又：《重陽全真集》卷七〈踏莎行〉(不識慚惶)、〈風
　　　　馬令〉(意馬擒來莫容縱) 皆有載樂聲之詞 (詳下)。

△　不識慚惶，要人津送。情生念起般般動。心神指引乞
　　爲緣，三餐飽後休胡用。豈許醫看，莫交人重。行符
　　咒水良因種。哩唛哩囉囉哩唛，長隨走蓬萊玉洞。(《重
　　陽全真集》卷七〈踏莎行〉，頁205，271)

△　意馬擒來莫容縱。長隄備、璫瑠玎。被槽頭、猢猻相
　　調弄。攢蹄舉耳，早臨風、璫瑠玎。椿上韁兒緊纏轆。
　　這迴你璫瑠玎。待馴良、牽歸白雲洞。逍遙自在，更
　　不肯、璫瑠玎。(《重陽全真集》卷十二〈風馬令〉，頁234，
　　451)

上舉〈風馬令〉一首複見於《重陽教化集》卷三，調名爲〈風馬兒〉。

除了記載樂聲之詞外，王重陽詞作中另有於調名下註明和聲的，
如：《重陽全真集》卷六〈卜算子〉(算詞中話)、卷七〈卜算子〉(信
任水雲遊)、〈卜算子‧尋知友〉(有簡害風兒)各首調名下皆有「前
後各帶喝馬一聲」註語，《重陽教化集》卷一〈黃鶴洞中仙〉(正被離
家遠)調名下有「俗喝馬卜算子」註語，卷三〈青蓮池上客〉(元初
一得從初遇)調名下有「但詞中有喝馬」語。

王重陽填詞的主要目的在於傳教布道，故造語力求淺白(唯其淺
白，才能使庶眾易解易記，利於傳頌)，甚至在詞作中保留了許多模
擬樂聲的文字，或在調名下註明帶喝馬聲，這些都是王重陽填詞，注
重音樂性的具體表現。由於有意識的結合文字與音樂，使作品除了可
以藉由文字表達情感，傳達思想外，還可以透過音樂的感染力，以激
發人的感情活動，提高傳唱的興致，使教義思想更易於傳播，這實在
是聰明的做法。

五、表現技巧方面

王重陽詞之能廣泛流傳，受到大眾歡迎，除以上所舉特色外，更
重要的是因爲他具有高明的文學創作技巧，能生動活潑地表現他所要
表達的思想內涵，讓人反覆吟哦而不覺生硬枯燥。多數文學研究者卻
輕易以其內容全是道詞，無文學價值而鄙棄之，實在令人感到惋惜。

實際上，講道說教，勸善誠惡的內容，未嘗不可作爲文學創作的內容，只要表現技巧高明，具有文學趣味，還是可以將之視爲文學作品來看待的。王重陽的詞作中，最可稱頌的表現技巧可分三項來介紹，分別是：擅長鋪敘手法，喜用對比襯托，富有修辭技巧。

（一）擅長鋪敘手法

北宋詞人中最擅長於運用鋪敘手法融情入景的，莫過於柳永。王重陽喜讀柳詞（已詳本章第二節），在表現的手法上也深受柳永影響，好用鋪敘手法。不過，柳永最常見的鋪敘手法，是利用大量寫景，烘托整個氣氛，以表達其深厚纏綿的情意；王重陽則是娓娓敘事，盡情鋪排事理，以促使人理解與深信；二者寫作目的不同，鋪敘的重點自然也有異。王重陽採用鋪敘手法的作品，可謂連篇累牘，俯拾即得，現舉二例，略作分析，以見其一斑：

> 嘆骷髏、臥斯荒野。伶仃白骨瀟灑。不知何處遊蕩子，難辨女男眞假。拋棄也。是前世無修，只放猿兒傻。今生墮下。被風吹雨泡日曬，更遭無緒牧童打。余終待搜問因由，還有悲傷，那得談話。口銜泥土沙滿眼，堪向此中凋謝。長曉夜。籌論秋冬年代，春和夏。四時孤寡。人家小大早悟，便休誇俏騁風雅。（《重陽全眞集》卷三〈摸魚兒〉，頁167，026）

這闋詞，從在荒郊瞥見骷髏寫起，上片敘述骷髏的主人不知是男是女，不知是何處的遊蕩子，只因生前不知養身修道，落得死後還須飽受風吹雨泡日曬，遭到牧童任意鞭打的下場。在這裡，王重陽詳細鋪寫骷髏的主人不知是何許人，正因爲對象不是特定的人，誰都有可能，因此更能讓讀者產生警惕的心理，使讀者聯想到也許是我熟識的人，也許我以後也會有此下場，進而發揮警示勸誠的效果。詞的下片繼續鋪寫骷髏只能默默承受這一切痛苦，滿腹悲傷，卻無話可說。「口銜泥土沙滿眼」一句，形象地鉤勒出骷髏的慘狀。「長曉夜。籌論秋冬年代，春和夏。四時孤寡。」明白指出，這痛苦、這慘狀，不是一

朝一夕就可結束，而是春夏秋冬四時，不論白晝黑夜，長年下去，永無休歇。死後的折磨既是如此痛苦，而痛苦又是如此長久，何不生前早早覺悟，以避免蹈此覆轍。讀此詞頗能讓人怵目驚心，產生警惕，而其成功之處，正在於鋪敘手法的運用得宜。

> 嘆彼人生，百歲七旬已罕。皆不悟、光陰似箭。每日家，只造惡，何曾作善。難勸。酒色財氣戀。也兀底。福謝身危，忽爾年齡限滿。差小鬼、便來追喚。當時間，領拽到，閻王前面。憨漢。和骨骸軟軟。也兀底。(《全真集》卷三〈換骨骸‧歎貪婪〉，頁 164，012)

這闋詞，從感嘆人生短暫寫起，上片鋪敘世人每日只知貪戀酒色財氣，造作種種惡業，不察人生短暫，不知即時修善造福，這種種愚癡著實讓賢者感到無奈。下片則詳細而生動地描繪了大限來時，閻王差小鬼追喚憨漢，憨漢被領拽到閻王面前，嚇得全身酥軟的景象。全詞也是以鋪敘的手法，一氣呵成，讓人讀後，對於只知造惡不知修善的下場，印象深刻。

王重陽的詞，除了小令因調短字少，不利於肆意鋪敘之外，凡是內容稍長的，大多採用鋪敘的手法，在詞意緊要處，曲盡形容，將所欲傳達的意念，表現得淋漓盡致。加上他造語淺白俚俗，所以能使他所要表達的意思，非常顯明清楚地呈現在讀者（其實更正確說，應是聽者，因為詞是用來傳唱的）面前，達到他勸道說教的目的。不過，也由於如此，鋪敘太過，造語過淺，自然缺少了情韻，與我國詩詞作品偏重抒情，貴於含蓄委婉的傳統大相逕庭，使其減少了純文學的欣賞價值，這也是不爭的事實。但話說回來，王重陽填詞，本不是為了文學創作，因此，若以此來苛求王重陽的詞作，恐怕亦將失笑於王重陽了。

（二）喜用對比襯托

所謂對比的手法，是將兩種截然不同，彼此牴牾的觀念、事物或現象，並列起來，使之形成深刻、顯明的映襯，從而使意象鮮明，效

果增強的表現方法。王重陽塡詞除了擅長鋪敍手法外，也喜愛運用對
比的技巧來襯托主題，使所要表達的主題，更加鮮明、突出。在他的
文集中，有頗多使用對比襯托技巧的作品，茲舉一例，略作分析如下：

> 性亂因醪誤。精枯緣色妒。眼神傷敗，被財役住。鼻濁如
> 何，只爲氣使馨淸去。浮世人難悟。殢四事相牽，淪落苦
> 處。達士怡然殊不顧。上淨眞心，於下元陽堅固。左養取
> 靑龍，右邊白虎。咆哮做。都總來攢聚。使成結金丹，大
> 羅歸去。(《重陽全眞集》卷五〈受恩深〉，頁 189，157)

王重陽的修煉理論，傳承自鍾呂一派的內丹學，認爲性命雙修是成仙
的主要方法，因此非常注重精氣神的合一〔註 107〕，認爲只有在能保
全精氣神合一的狀態下，才能明心見性，恢復本來眞性，而最傷眞性
及元精、元氣、元神的便是酒色財氣，所以王重陽的詞作中，有很多
勸人遠離酒色財氣的作品，這闋詞就是其中一首。此詞上片分別敍述
酒色財氣的害處，指出世人常常耽溺於酒色財氣，以致於沉淪苦海，
無法超脫生死。下片則採對比的手法，描寫「達士」能淸淨本心，固
守元精、元氣、元神，因此能結成金丹，證眞成仙。所謂「達士」指
的是能悟道修行之人，而「元陽」、「靑龍」、「白虎」則是內丹術語，
「元陽」指先天的元神、「靑龍」指肝之氣、「白虎」指肺之氣。〔註
108〕全詞上下二片，以不修道則沉淪苦海，入道修行則證眞成仙，形
成一強烈之對比，進而襯托出修道的好處，藉以宣達其勸人入道修行
的主旨。這是王重陽在傳道說教時，常用的方法；反映在詞作中，則

〔註 107〕王重陽的修煉理論，雖傳承自鍾呂一派的內丹學，但在修煉次第上
　　　　有所不同，這是必須特別留意之處。鍾呂內丹的修煉次第，是從修
　　　　命開始，先煉精化炁，次煉炁化神，次煉神合道。全眞家的內丹卻
　　　　多從修性開始，先明心見性，然後再依次煉精、煉炁、煉神。
〔註 108〕《重陽眞人金關玉鎖訣》頁 3 云：「今修行者，不知身從何得，性命
　　　　緣何生。訣曰：皆不離陰陽所生，須借父精母血二物者，爲身之本
　　　　也。今之人修行，都不惜父精母血，耗散眞氣，損卻元陽；故有老，
　　　　老有病，病有死，既有無常，何不治之。」頁 17 云：「金公是神，
　　　　黃婆是炁；陽炁是嬰兒，陰炁是奼女；靑龍者是肝之炁也，白虎者
　　　　是肺之炁也。」

是對比技巧的運用。

王重陽除了在表達技巧上，常用對比的表現手法外，在造語練字上，也經常使用對比的修辭法。如：「金關玉鎖」、「無根有苗瓊樹」、「瓊英瑤蕊」、「玉性金眞」、「元來是走骨行屍，更誇張體段。明靈慧性眞燦爛，這骨骸須換。」、「今世豐華，此生貧窘」、「花開謝，開爲福地，謝是禍心田。」、「暗中積行，便得賢良。稍胡爲做作，愚戀來匡。」（俱見《重陽全眞集》卷三）……無論是時間的對比、空間的對比、明暗的對比、善惡的對比等等，在王重陽的詞作中都是屢見不鮮的。

（三）富有修辭技巧

王重陽詞作中，富有各種修辭的技巧。除了前已提及的對比法之外，最爲常見的，還有：比喻、對偶、呼告、疊字等數種。

「比喻」是通過不同事物的比較與聯想，突出表現某形象的特徵的修辭法，即俗稱的「打比方」或「借此喻彼」的方法。劉勰《文心雕龍・比興篇》說：「比之爲義，取類不常：或喻於聲，或方於貌，或擬於心，或譬於事。……比類雖繁，以切至爲貴；若刻鵠類鶩，則無所取焉。」這段話說明了比喻取類的廣泛性，並指出比喻最重要的是要比得恰當。王重陽的詞作中運用比喻的地方非常多，且多能達到使意象更生動、具體、鮮明、有趣的作用。如：「光珠。盈盈照耀，恰如明月，晃晃方隅。」（《全眞集》卷三〈玉蝴蝶〉31），用光珠和明月來比喻內丹修煉有成後，在體內結成的丹寶；「如然，斷卻絲麻出世纏。」（同上〈永遇樂〉33）用紙鳶斷線，從此逍遙眞自在，來比喻人斬斷酒氣財色，種種攀緣愛戀的束縛後的情景；「斷絃無續，覆水定難收。」（同上〈滿庭芳〉49）用斷絃和覆水來比喻人若不即早猛悟修行，則將如斷絃、覆水，無法回頭重新來過；「幻化色身繞，電腳餘光水面泡」（《全眞集》卷四〈南鄉子〉55）用電光和水泡來比喻人身的虛幻和生命的快速短暫；「堪歎犢兒不喚牛，性

如湍水急」（同上〈小重山〉61）用湍急的流水來比喻小牛的性急不安。「身如潑墨潤如油。」（同上〈小重山〉62）用潑墨和油來描繪水牛的毛色。「名喆排三本姓王。字知明子號重陽。似菊花如要清香。吐緩緩，等濃霜。」（同上〈恨歡遲〉64）用菊花比喻自己堅貞的個性；「急急光陰，似水還如箭。」（同上〈蘇幕遮・勸化醴泉人〉85）用流水與飛箭比喻時光的飛逝；「歎人身，如草露。卻被晨暉，晞轉還歸土。」（同上〈蘇幕遮・勸世〉91）用草上晨露比喻人生之短暫。以上只是就《重陽全真集》卷三、卷四隨意翻檢所得，若要詳細列舉，恐怕要數十倍此篇幅。從上舉已可略知王重陽使用比喻法之普遍。比喻法的原理是建立在心理學「類化作用」（Apperception）的基礎上，利用舊經驗來引起新經驗，讓人對新的事物，可以有更清楚的認知與了解。王重陽所用的喻依，都是十分常見的事物，無論是敘事、說理、寫物，都能比喻恰當，生動刻劃出形象，無形中增加了他的作品的趣味性和說服力，使他的作品變得更生動可讀，這是他運用比喻法成功的地方。

「對偶」是我國詩歌語言中非常重要的一種修辭法。凡是語文中上下兩句，字數相等，句法相似，平仄相對的，就叫「對偶」。對偶的原理源於：自然界的對稱，心理學上「聯想作用」，和美學上「對比」、「平衡」、「勻稱」的原理（黃慶萱《修辭學》）。巧妙的對偶句可以通過整齊勻整的形式，表達豐富凝練的內容，使讀者讀後，易於感知、聯想、記誦，而其和諧的節奏更可以給人一種美的享受。任中敏在《作詞十法疏證》中說：「詞中的對偶，雖不如律詩之謹嚴，然亦須當對而對，也須字字的確、斤兩相稱，才能稱妥。」王重陽的詞，雖是為講道而作，卻也都能符合這一原則，其詞作中對仗工穩，含意深遠的佳作，也是唾手可得，略舉若干則，以窺其文采：

△ 善看經，能禮懺。(《重陽全真集》卷四〈蘇幕遮・秦渡墳院主僧覓〉，頁177，80)

△ 莫行功，休打坐。(《重陽全真集》卷四〈蘇幕遮・勸修行〉，

　　　　頁 178，88）

△　水畔雲邊，風前月下。(《重陽全真集》卷三〈永遇樂‧抽文
　　契〉，頁 169，33)

△　陰盡陽純，命停性住。(《重陽全真集》卷三〈滿庭芳‧修行〉，
　　頁 172，48)

△　會歎風中燭，能嗟水上漚。(《重陽全真集》卷四〈南柯子〉，
　　頁 176，74)

△　唯會做惺惺，便能誇可可。(《重陽全真集》卷十二〈紅芍
　　藥〉，頁 228，409)

△　淨淨自然瑩徹，清清至是真修。(《重陽全真集》卷四〈山
　　亭柳〉，頁 175，65)

△　常把內真頻看，休教外景長侵。(《重陽全真集》卷八〈西
　　江月〉，頁 209，302)

△　認取五行不到處，須知父母未生時。……上有三光常
　　照耀，中包二氣莫分離。(《重陽全真集》卷四〈望蓬萊〉，
　　頁 179，94)

△　窈窈冥冥除我相，昏昏默默絕人情。……物物般般都
　　打破，頭頭腳腳便分明。(《重陽全真集》卷四〈望蓬萊〉，
　　頁 179，95)

△　二氣包囊三疊妙，雙關封鎖九重玄。……凡骨渡河誠
　　用筏，聖功到岸不須船。(《重陽全真集》卷四〈望蓬萊〉，頁
　　180，97)

△　洗滌塵勞澄淨至，灌澆根本甲芽伸。……滴滴潤開三
　　教理，涓涓傳透四時春。(《重陽全真集》卷四〈望蓬萊〉，
　　頁 180，100)

以上所舉三言至七言句，都是句法、平仄、詞性對仗工整之例。由於
對偶句的大量使用，使王重陽的詞增加了可讀性，這也是最能看出他
具備高度文學素養的地方。

　　「呼告」是對於正在敘述的事情，忽然改變平敘的口氣，而用對
話的方式來呼喊或勸告對方的修辭法。呼告有鄭重其事，引起對方注

意的作用，有時也用來表示情緒的激動。王重陽填詞主要是爲了傳道說教，爲了引起對方注意，或表示告誡的鄭重，在他的詞作中常有呼告的句子。略舉數例如下：

△ 你箇箇心頭修省。（《重陽全真集》卷三〈驀山溪・贈文登縣駱守清〉，頁163，07）

△ 勸汝何須憂慮。（《重陽全真集》卷三〈燭影搖紅〉，頁166，20）

△ 奉勸諸公速悟，行平等、永永清涼。（《重陽全真集》卷三〈滿庭芳〉，頁171，44）

△ 告諸公，聽我語。跳出凡籠，好覓長生路。（《重陽全真集》卷四〈蘇幕遮・勸世〉，頁179，91）

△ 諸公早悟，休要迷花酒。（《重陽全真集》卷五〈驀山溪〉，頁186，134）

一般說來，呼告法是詩人詞人較少運用的修辭方法，但是王重陽的作品中，卻是常見，這正反映出他傳教的熱忱和向道的堅心，諄諄告誡信眾，唯恐聽者怠忽失察，猶豫不前。其對宗教的狂熱，欲救人於水火之中的仁心，是值得肯定而敬佩的。

王重陽所運用的各種修辭技巧中，要以「疊字」最具特色。所謂疊字，就是同一字連續重複使用。夏紹碩《古典詩詞藝術探幽》說：「兩字重疊，往往使原來平淡的句子，境界開闊，情趣橫生。」曾永義〈影響詩詞曲節奏的要素〉說：「疊字是利用字形相同，組合而成的衍聲複詞。因爲它是單音節的延續，所以它的聲音長度，比起兩個異字所構成的複詞來得短暫；它的節奏感就顯得快速，因而增加文辭聲律的美聽。」由此可知，疊字運用得宜，不但可以增加聲音的美聽，有時更可以開闊境界，使詩詞更富趣味，因此在詩詞作品中，疊字是常見的一種修辭方法。王重陽的詞作中，疊字的運用，幾乎可以用觸目皆是來形容，先來看看他所使用過的疊字（依筆劃排列，數字表使用次數）：

一一6、人人26、了了20、九九3、上上1、么么1、千千

1、兀兀1、三三2、日日16、切切2、元元1、片片5、六
六2、匀匀1、五五1、玄玄12、永永13、申申2、生生1、
白白1、田田1、可可4、去去1、四四1、光光1、各各3、
如如1、列列1、休休6、早早7、行行2、自自1、孜孜1、
多多1、朵朵2、吐吐1、忙忙1、吉吉1、步步6、每每5、
妙妙7、汨汨2、灼灼2、冷冷1、見見1、坊坊1、劫劫2、
呈呈1、汪汪1、門門3、雨雨6、長長6、炎炎7、明明12、
物物14、冥冥7、昏昏5、事事7、臥臥2、風風3、味味2、
空空2、呵呵1、怡怡2、枝枝2、往往2、來來2、波波2、
急急11、重重6、恢恢1、苦苦4、紅紅3、食食1、叔叔1、
看看4、洒洒1、故故1、悟悟1、幽幽1、昭昭1、恰恰1、
般般13、時時7、家家2、盈盈18、杳杳4、窈窈4、草草
1、修修2、涓涓1、迷迷1、神神1、真真6、欵欵3、高
高1、耿耿2、氣氣1、哥哥1、悄悄1、得得22、常常2、
旋旋3、軟軟1、清清13、處處4、推推1、剪剪1、悠悠2、
淨淨4、速速1、寄寄1、粒粒1、細細6、琅琅3、戚戚1、
密密1、陶陶4、深深2、祥祥1、寂寂1、做做2、區區2、
現現1、虛虛2、惺惺31、越越4、換換1、閑閑9、揮揮2、
湛湛2、勞勞1、葉葉2、寒寒1、朝朝6、焰焰2、款款4、
握握1、最最1、遙遙1、嫂嫂1、瑞瑞2、滔滔1、裊裊2、
碌碌1、達達1、腳腳1、愁愁1、萬萬1、會會1、愛愛1、
路路1、煌煌1、業業1、圓圓1、照照1、漸漸13、實實1、
慢慢2、箇箇7、滴滴1、綿綿5、憎憎1、遠遠1、說說1、
輕輕2、赫赫2、煒煒1、槌槌1、颯颯1、兢兢1、緊緊1、
察察1、蒙蒙1、嬉嬉2、凜凜2、潑潑1、緩緩1、慧慧1、
瑩瑩7、澄澄2、靜靜2、輝輝3、噴噴1、窮窮1、憐憐1、
頻頻14、曉曉1、默默8、頭頭1、錚錚1、戰戰1、遲遲2、
親親1、燦燦3、暘暘1、瑢瑢1、顆顆1、點點1、聲聲1、
轉轉6、謹謹2、馥馥1、穩穩4、覷覷1、瀝瀝1、嚶嚶1、
騰騰3、飄飄3、瀟瀟1、顧顧1、爛爛1、灑灑2、囉囉2、
艷艷1、靈靈4、霞霞1、灣灣1、驢驢1、灔灔2。

以上二百二十一種疊字，共用了六百八十九次。這眞是教人咋舌的數字。黃文吉在《北宋十大家詞研究》說：「歐陽修詞集中疊字之多，是鮮有詞人能夠與之相比的。李栖曾統計歐陽修所用的疊字，有八十九種，一百五十二次，這個數字確實令人驚訝。」（頁60）而王重陽所用疊字卻是歐陽修所用疊字的數倍，這不得不令人刮目相看。平心而論，王重陽詞作的文學價值，確實遠遜於歐陽修，而且質若不佳，即使量多，也不具有意義。但細細推敲王重陽所用的疊字，無論是爲增加音節，或爲使人物的形象、事物的性質、狀態、特徵更加鮮明生動，大多都能達到相當不錯的效果〔註109〕，而且，詞人運用疊字，一般多以狀聲或狀形的詞彙爲主，王重陽則是擬聲詞、名詞、動詞、形容詞、副詞、數詞、量詞……無所不疊，雖然難免偶有於義不通，稍嫌勉強的情形，但至少能達到讓聽者更容易了然會意的效果，則是可以肯定的。

　　綜合言之，王重陽填詞是以傳道說教爲主要目的，內容上自然缺少純文學欣賞的價值，但在形式上，卻能巧妙運用各種文學表現的技巧，如：以鋪敘手法鋪排事理，使人易於了解接受；以對比手法突顯主題，使人印象深刻；又能靈活運用比喻、對偶、呼告、疊字……等等修辭手法，使文辭更爲勻整、生動、形象化，讓人讀來不致於索然無味，且易於記誦，傳唱。毫無疑問的，就作品形式技巧言，王重陽的作品是具備了高度的文學創作技巧在其中的；如果我們能打破純文學抒情言志的苑囿，將講道說理宣揚宗教的內容，也視爲文學創作的一部份，則王重陽的詞作，也應佔有一席之地，也應受到應有的重視。

〔註109〕這是一個值得深入研究的問題，限於篇幅，暫且在此打住，留待日後專文討論。